푸른사다리의 탑

푸른 사다리의 탑

끝까지 올라간 자에게만 주어지는 마지막 방

초 판 1쇄 2025년 07월 09일

지은이 강해서
펴낸이 류종렬

펴낸곳 미다스북스
본부장 임종익
편집장 이다경, 김가영
디자인 윤가희, 임인영
책임진행 김은진, 이예나, 김요섭, 안채원, 이예준

등록 2001년 3월 21일 제2001-000040호
주소 서울시 마포구 양화로 133 서교타워 711호
전화 02) 322-7802~3
팩스 02) 6007-1845
블로그 http://blog.naver.com/midasbooks
전자주소 midasbooks@hanmail.net
페이스북 https://www.facebook.com/midasbooks425
인스타그램 https://www.instagram.com/midasbooks

ⓒ 강해서, 미다스북스 2025, *Printed in Korea.*

ISBN 979-11-7355-306-6 03810

값 19,500원

※ 파본은 구입하신 서점에서 교환해드립니다.
※ 이 책에 실린 모든 콘텐츠는 미다스북스가 저작권자와의 계약에 따라 발행한 것이므로 인용하시거나 참고하실 경우 반드시 본사의 허락을 받으셔야 합니다.

미다스북스는 다음세대에게 필요한 지혜와 교양을 생각합니다.

푸른 사다리의 탑

끝까지 올라간 자에게만 주어지는 마지막 방

강해서 소설

미다스북스

목
차

Part 1.　마지막 방의 꿈　　　　　　007

Part 2.　조각의 이름들　　　　　　023

Part 3.　불타는 단절 위에서　　　　041

Part 4.　검은 물과 잊힌 짐승들　　　063

Part 5.　회상의 도서관　　　　　　085

Part 6.　시계는 부서진 채로 돈다　　111

Part 7.　붉은 산 아래　　　　　　　135

Part 8.　인과의 문턱에 서다　　　　197

Part 9.　화합의 노래　　　　　　　237

Prologue

    모든 것이 시작되기 전, 고독한 존재가 있었다. 그녀는 빛으로 가득 찬 공허 속에서 홀로였고, 그 충만한 빛조차 자신을 비출 그림자 하나 허락지 않음을 깨달았다. 끝없는 단독 속에서 그녀는 스스로를 나누기로 결심했고, 그 흩어짐 속에서 광대한 우주가 태어났다. 그녀의 외로움은 파멸적인 속삭임이 되기도 하고, 때로는 따뜻한 화합의 선율이 되어 새로운 세계의 배경을 채웠다. 그렇게 우주는 무한히 확장되며, **이름조차 붙일 수 없는 모든 것들이** 흩어짐을 향한 여정을 시작했다.

    그리고 그 광대한 흩어짐 속, 아득히 높은 **사다리의 탑**이 솟아 있었다. 그곳은 시간의 흐름이 교차하고, 과거와 미래의 그림자가 맴도는 곳. '**아늘**'이라는 이름의 존재는, 알 수 없는 이유로 어긋나버린 추락 속에서 이 탑의 비밀스러운 깨달음을 찾아 헤맨다. 매 층의 경계에서 새로운 인연을 만나고, 탑의 머리에 감춰진 진실과 마주하는 동안, 그녀는 존재의 근원과 이 세계의 역설에 대해 깊이 고뇌하게 될 것이다. 이 탑은 단순한 구조물이 아니다. 그것은 태초의 외로움을 품고 태어난 세계의 축소판이며, 각 층마다 고유한 생명과 역사가 숨 쉬는 거대한 수수께끼다. 그러나 지금, 탑의 안정성을 위협하는 어둠의 그림자가 드리우고 있다. 아늘은 이 거대한 탑이 품은 세 가지 질문에 대한 답을 찾아 멸망의 전조에 대해 이해해야 한다.

    이 이야기는 한 존재의 마지막 발자취이자, 모든 것의 시작과 끝에 대한 자신이 내린 결론이다. 어쩌면 당신이 찾던 진실도 이 탑의 가장 깊은 곳, 혹은 그보다 더 먼 곳에서 기다리고 있을지도 모른다.

Part 1.

마지막 밤의 꿈

누군가 새빨간 불모지에 축복 같은 비를
불러왔다. 그러나 이 행위는 다른 땅들에
돌아가야 할 섭리를 빼앗는 것이었기에,
이 의식은 이후 죄악으로 간주되어 금지
되었다.

제1장

제7의 방

 루넷 에반젤린(Lunette Evangeline)은 젊은 시절을 지금은 문닫은 시골의 에덴베일(Edenveil)이란 동물원에서 청소부로 약 31년간 일했다. 근무 중에는 늘 동물 탈을 쓰고 있었기에 오래 함께 일한 동료들조차 그녀의 본래 얼굴을 모르는 사람들이 많았다. 그녀는 평소에 늘 지독하리만큼 깊은 꿈을 달고 살았는데, 노년이 되어서는 이젠 자신이 하나의 짐승인지 아니면 이 동물원 공간 그 자체인지 혼동하기 시작했다.
 그녀의 단층짜리 집에는 안방과 부엌, 그리고 서재를 비롯한 총 여섯 개의 방이 있었다. 늘 의식적으로는 숨겨진 **일곱째 방**이 있다고 느끼고 있었다. 그 믿음은 자라나 결국 주체할 수 없는 확신이 되었고, 그녀는 주말마다 온종일, 집안 곳곳을 더듬었다. 그녀는 정말로 손끝으로 집을 읽고 있었다. ―벽, 천장, 바닥까지.
 그렇게 방을 옮겨 다닐 때마다 그녀는 새롭게 꿈을 꾸곤 했는데, 왜인지 자신이 어릴 적부터 살던 이 집이 하나의 일련된 시간 위의 평면이 아니라 휘어지고 꺾이며 심지어 때로는 부서진 **거품**의 세계처럼 느껴졌다. 주위의 몇 없는 이웃들은 그녀가 오히려 이런 망상에 빠져 즐기고 있다고 했지만, 사실 그녀는 자신이 할 수 있는 한 필사적으로 이 꿈에서 빠져나오기 위해 발버둥 치고 있었다.

하루는 그녀가 차를 타고 장을 보러 가던 중, 예전에 에덴베일 정문 매표소에서 일하던 네트를 만나 인사를 나눴다. 그는 지금은 마을에 하나뿐인 대형마트의 주차장 관리인이 되어 있었다.

"안녕, 루넷." 네트가 말했다. "잘 지내나요, 네트?" 루넷이 부드럽게 대답했다.

이 둘은 그 긴 시간에서도 늘 하루 중에 여러 번 자주 인사를 나눴지만 공허한 벽 너머에 공을 던지듯 지금까지도 그 이상으로 가까워지진 못했다.

"난 아직도 그날이 기억나요. 당신이 일을 그만두기 며칠 전, 정문에서 인사를 했었죠."

네트는 웃으며 잠시 시선을 돌렸다.

"잠깐만요… 제가 정말 루넷이 맞나요?"

루넷은 말끝을 흐리며 손을 만지작거렸다.

"반쯤 맞아요. 하지만 사실은요…"

루넷이 웃었다.

"당신이 어떤 탈을 썼는지가 더 인상 깊었어요. 마지막 날, 기억하시죠?"

그 말을 듣고 에반젤린은 큰 충격에 빠져 장을 본 짐을 정리하지도 못한 채 며칠을 머리를 꽁꽁 싸매고 지냈다. 집 밖으로도 나가지 않았다. 시간이 지날수록 그녀는 하나의 심상에 집착하기 시작했다. 반드시 그려내야 하는 '단 하나의 마지막 꿈,' 그것이 존재하지 못하는 삶은 결국 거짓으로 끝난다고 생각했다.

'나는 날 속이고 덧씌우고 고쳐 그렸다.'

그녀에게 이 인생은 거울이 달린 커다란 옷장일 뿐이었다. 유일한 탈출구는 이 집에서 그토록 찾아 헤매는 보이지 않는 계단 위의 그 방이라 생각했다.

"나는 그 올라서 본 적 없는 발판 위로 내딛기 위해 그토록 오랜 시간 자신을 괴롭히며 부자연스럽게 자신을 가둔 것이야."

에반젤린은 그 뒤로 아무도 초대하지 않고 어떤 초대에도 응하지 않은 채 집에 머물며 달력에 자신이 꿈을 꿀 그날을 표기하고 기다렸다. 종이가 찢어져 뚫렸으나, 그 뒷장은 없었기에 상관없을지도 모른다. 그러나 이상하게도 심각하게 앙상해진 몰골의 그녀는 그 뒤로 자신이 점점 몸에 힘이 솟고 정신이 선명해지는 것처럼 느껴졌다.

약속한 그날이 오기까지 그녀는 자신의 시간을 오직 자신의 집 방 구석구석을 깨끗이 닦는 일에 몰두하며 쉬지 않았다. 이 노인은 이전에 알던 것들이 새롭게 느껴지기 시작하자 되찾은 활력과 함께 그것을 더 온전히 느끼고 싶어 했다. 결국에는 바닥에 바짝 엎드려 기어다니다가도 혀를 내밀어 맛보기도 하였다.

며칠이 흐른 뒤, 그녀는 방문을 하나씩 떼어내기 시작했다. 굳이 닫을 필요도 없던 문까지 사라지자, 집은 또다시 낯선 형태로 자신을 드러냈다. 하나의 유기체인 것마냥 꿈틀대고 심장이 뛰는 것처럼 보였다. 그날부터 에반젤린은 집과 대화를 시작하며 온종일 혼잣말을 하다가 스스로 화도 내고, 흐느끼기도 했으며, 지나친 언변을 쏟아내다 결국 지쳐 쓰러지고 말았다.

허나 그녀는 아직 의식을 잃을 수 없었다. 간신히 바르르 떨리는 몸을 일으켜 식탁을 부여잡고는 그 충혈된 붉은 눈으로 물이 따라진 컵을 노려보고는 끝끝내 한 방울도 마시지 않고 안방으로 들어가 누웠다.

어떻게 이 노인에게 이런 힘이 남아 있는지 모르겠지만 그녀는 기어코 이

침대로 돌아오는 데 성공했다. 여기는 그녀가 그녀의 어머니로부터 태어난 곳이다. 오래전 자신을 떠받쳐 들어주던 이들이 이젠 여기에 없다. 필사적으로 감기지 않게 버티던 눈은 낙엽처럼 부서지며 약속한 그날이 오자 비로소 닫혔다.

 그녀는 처음으로 이 꿈이 두렵지 않고 편안하며 따뜻한 기운으로 다가왔다. 묘한 기대감도 계속 자라났다. 오래전에 고장났을 보일러 시스템이 돌아가고 있을 리 만무한데도, 그녀의 집은 오히려 뜨거운 김이 가득 차기 시작했으며 심지어 그 열기를 다 품어내지 못해 부풀며 팽창하려는 것처럼 보였다. 그런 노인의 집 위로 하늘의 눈이 내려와 덮는다. 형체를 이루며 모양을 갖추는 것 같았지만 그것도 이내 녹으며 자유를 찾는다.

제 2 장

농부와 씨앗

  또 그곳에서 떨어지는 꿈을 꿨어요. 아름답게 빛나는 영광의 마지막 층계에서 구름같이 내딛다가도 난 더 이상 그 위를 밟지 못했어요. 그게 끝인지 몰랐던 것도 아닙니다. 정말로 이번에는 스스로 충만했습니다. 이제 나는 비로소 깨달았노라 자신했습니다. 세상이 여러 색으로 몰아치며 반짝였어요.

  …하지만 결과는 어떤가요? 먼지가 뿌려진 것처럼 머릿속이 온통 갑갑해졌고, 눈은 금세 빛을 잃었습니다. 내가 발아래 두는 것은 커다랗게 확장된 세계가 아니라 예전처럼 실오라기 하나로 좁아졌어요. 두려워졌습니다. 이제 내 마음은 그저 온전해지고 싶은 본능으로 가득찹니다. 그 기억이… 그 감각이… 그 유산이 나를 다시 강력하게 지배하기 시작합니다. 추락하듯 아래로 빨려가는 느낌이 들고 다른 차원의 감각이 점점 살아나기 시작합니다. 그리고 그 고동은 이윽고 커집니다.

  쿵. 쿵. 진동이 저 너머에서 확장해가며 자신을 알립니다. 부릅니다. 소리입니다. 찾습니다. 열립니다.

  한 손에 포도가 올려진 쟁반을 들고 노란 줄무늬의 양이 방으로 들어옵니다. 침대 옆의 창밖으로 따스한 기운이 완연합니다. 군데군데 녹지 못한 차가운 것들도 보입니다. 여러 짐승들이 모여 자기보다 작은 것을 수확하고 있습니다. 보다 크고 복잡해지는 일련의 행위같기도 합니다. 모든 짐승이 노란 빛을 띱니다."

"떨어지셨어요." 포도지기는 나직이 말했다. "위에서, 하얀 선을 그리며."

"지금은 무슨 색으로 보이나요?" 아늘이 침대 위에서 이불을 걷으며 물었다.

"**흰 색과 노랑 사이**. 시간이 지나면서 점점 진해지고 있습니다."

"제가 여기 온 건 언제였죠?"

"모두가 굶기 시작한 날의 밤이었으니, 열하루 되었지요."

노란 양은 옆 선반 위에 쟁반을 내려놓고, 서랍의 두 번째 칸을 열어 책을 꺼냈다. 숨겨둔 작은 단어라도 찾는 듯, 눈을 가까이 대고 뚫어져라 바라보았다.

"제가 엮은 책은 아니에요. 저는 글자를 담을 줄 모르거든요."

"꺼내시려나요?" 아늘이 조심스레 물었다.

"그러지도 못합니다. 제가 다루지 못하는 물건이거든요. 전 괭이 정도만 쓸 줄 압니다."

그녀는 다시 책을 덮은 뒤, 이번엔 네 번째 칸에 넣었다.

"모두가 태어나면서 자신의 방과 함께 열쇠를 가지지만, 남의 것이란 이렇게 쉽게 엿보기도 힘듭니다."

"제게도… 있을까요?" 아늘이 낮게 되물었다.

"잃어버리셨나요?"

"맡겨두었을지도요."

"호호, 그럴 리가요."

> ### 루넷의 꿈 (다섯 번째 방)
>
> 하늘은 무수히 채워도 끝이 없는 걸 알듯이. 누군가는 선을 긋고, 색깔을 입히고.
> 가끔, 아니 어쩌면 매 순간. 없던 것에서 무엇이 있다고 믿어요.
> 모두가 살아가는 이 탑을 만든 이도 그랬을 거예요. 바로 돌을 하나씩 주워 쌓으면서요.
> 높이 높이 형태를 이루고, 긴 시간의 증명이 되고, 장대한 묶음의 책이 되고.

"선생님의 방에, 무엇이라도 넣어두셨을까요?" 포도지기가 조용히 물었다.

노란 양은 아늘의 옆에 걸터앉아 포도 한 알을 입에 넣고 우물우물 씹었다. 그녀는 그녀의 것인지도 모를 기억을 한참 뒤적이다가 조심스레 입을 열었다.

"움직이는… 작은 소리요."

"째각, 째각. 그것이 앞뒤로 움직이나요?" 포도지기가 되물었다.

"고정돼 있진 않은 것 같아요."

"그렇군요. 저는 잘 몰라서요." 포도지기는 고개를 갸웃했다.

나도 한 알을 집어 코에 가까이 가져다 댔다. 아무 냄새도 없었다. 혀끝으로 살짝 건드려봤지만, 감각은 끝내 닿지 않았다. 목 뒤로 넘길 자신이 없어, 조심스레 다시 쟁반에 올려두었다.

"듣지를 못한다… 들을 수 없다… 들을 줄 모른다…" 포도지기의 목소리가 다시 낮게 흘렀다.

양은 입가를 핥으며 멍하니 하품을 내뱉었다. 잠시 주춤하더니, 마침내 입을 열었다.

"당신은 귀머거리예요. 말 그대로 '듣지 못하는 사람'. 그게 제가 선생님을 아는 첫 번째예요."

"그렇다면," 아늘이 물었다. "저는 당신을 무엇으로 불러야 할까요?"

"저는 '농부'예요." 포도지기가 부드럽게 말했다.

"하늘에서 떨어진 씨앗을 수확하는 존재들. 그중 하나입니다."

양에게 물으니 웃으며 고개를 저었다.

"평평한 자들의 세상엔 다른 층 손님은 드물어요."

"제 방을… 찾아주시려는 건가요?" 아늘이 물었다.

"설마요." 포도지기가 웃으며 고개를 흔들었다. "그건 온전히 당신만이 확실하게 느낄 수 있어요."

농부는 중간중간 멈춰 벽 사이를 들여다보거나, 돌 틈을 조심스레 만지작거렸다.

"저는 **'다른 조각'**으로 당신을 안내해 주려는 거예요. 제가 아는 이 조각에는 당신이란 방이 없거든요. 음… 이 근처일 텐데요."

"조각이요?" 아늘이 물었다.

"세상은 위, 아래, 그리고 옆으로도 쪼개져 있잖아요. 누군가는 그걸 '실오라기', 다른 누군가는 '거품방울'이라 부르죠. 제 친구들은 보통 '조각'이라고 해요."

거품. 그리 불렸던 것 같다.

"당신은 위에서 떨어졌으니까요. 본디 어디에도 영속된 존재는 아닐 겁니다."

"네." 아늘이 고개를 끄덕였다. "당신은… 조각이 쪼개져 있다고 했지요."

"작은 이들의 눈엔, 평평한 우주도 좁아요. 하지만 거인의 눈에는 모든 층이 같아 보이고, 쉽게 도약할 수 있지요."

"그 말은…?"

"지금 우리가 있는 이 층에는," 포도지기가 조용히 말했다. "당신의 방이 없을지도 몰라요."

루넷의 꿈 (구겨진 사다리 도면)

농부는 입안의 딱딱한 것을 뱉습니다. 바닥에 뿌려집니다.
꿈틀꿈틀. 침묵이 떨립니다.
우리는 이 높은 건물 안을 걷기 시작했습니다. 세우면 탑, 눕히면 끈 같기도 합니다.
구불구불 길이 이곳저곳으로 통하는데, 하나는 확실히 알겠습니다.
군데군데 사다리는 많이 놓여져 있는데 위나 아래로 쭉 이어지지는 않습니다.

"드디어 찾았네요." 포도지기가 말했다.

농부는 벽의 돌 중, 이끼로 덮인 타일 하나를 조심스레 들어 올렸다. 그 너머에서 물이 졸졸 새어 나오기 시작했다. 습한 바람이 피어오르며, 역설적으로 생명력이 느껴지지 않는 건조한 냄새가 함께 섞여 들어왔다.

"왜 이곳으로 절 안내하시는 건가요?" 아늘이 물었다.

"누구는 당신과 같은 이유로, 혹은 다른 바람으로 새로운 우주를 찾는 동물들이 있어요. 제 친구도 그랬지요."

"그가 이곳에 사는 겁니까?"

"모르죠. 이미 길을 찾아, 그토록 원하던 위층으로 갔을 수도 있고… 아니면 아래로 내려갔을지도요."

살짝 열린 문 위쪽에는, 누군가가 벽돌을 긁어 새긴 문장이 있었다.

태초에 하늘이 하나의 씨앗만 던졌다면, 우린 무지의 죄를 짓지 않았을 것이다. 그러나 신은 우리 모두를 수확자로 만들었다.

"그리고 어쩌면…" 포도지기가 낮게 말했다. "당신이 방을 잃어버린 게 아니라, 그렇게 되도록 한 것일 수도 있습니다."

"그건 무슨 말인가요?" 아늘이 물었다.

"속설이에요."

아늘은 말없이 고개를 숙였다.

농부는 그 와중에도 어딘가에서 가져온 커다란 돌을 천천히 쌓고 있었다. 일정한 규칙은 없어 보였지만, 이 공간의 난잡한 모든 것들이 누군가의 구체적인 염원으로 벼려낸 것처럼 느껴졌다.

"이 탑 어딘가에는 **고약한 요술쟁이**들이 있다네요." 포도지기의 목소리가 낮게 울렸다. "자기가 아는 걸 제대로 대답하지 못하면, 디뎌온 길을 싹 지워버린다고들 해요. 무슨 말인지는… 해석하는 이들마다 다 다르지요."

제3장

물 아래의 세계

　아이의 발이 앞으로 내딛자마자 잠겼습니다. 아니 이 땅이 거의 그러합니다. 붉고 노란 비가 내려 앞을 볼 수 없을 정도였지만, 그것과는 다른 위화감이 감돕니다. 소녀가 바닥에서 한 움큼 퍼내 들어 올립니다. 이상하리만큼 흙은 비를 머금지 못하고 있습니다. 그래서 더 궁금해집니다. 어째서 위층은 이리 많은 물을 내려보내는지. 그럼에도 이 층은 이렇게도 메말랐는지.
　군데군데 서있는 나무들도 형태만 그럴듯하게 이루고 있을 뿐 화석처럼 굳었습니다. 그저 옆으로 몇 걸음 넘어왔을 뿐인데 완전히 다른 세상입니다. 뿌연 너머로 사다리가 보입니다. 다가가려 해도 웅덩이가 길을 막아 멀리 돌아가야 합니다. 하지만 차오른 물은 일정하지 않습니다. 비는 끊이질 않는데, 수위는 계속 올라가지 않습니다. 아니 오히려 물이 내려가는 웅덩이도 있습니다. 아래로, 이보다 더 아래로 다른 길을 통해 흐르고 있는지도 모릅니다.
　아이가 다다른 곳은 언덕 위에 세워진 망루였습니다. 둘러보았지만 주위에는 아무도 없습니다. 올라가 보려던 중, 다리 한쪽의 주춧돌이 묘하게 꿈틀거립니다. 먼지를 살살 털어내고 읽어봅니다.

> **대이변 후 661년**
> 누군가 새빨간 불모지에 축복 같은 비를 불러왔다. 그러나 이 행위는 다른 땅들에 돌아가야 할 섭리를 빼앗는 것이었기에, 이 의식은 이후 죄악으로 간주되어 금지되었다.

"가만! 거기 있는 분은 뉘시오?" 악어와 거북이가 커다란 로브를 두른 채, 반짝이는 눈으로 나를 응시했다. 이곳 짐승들 역시 몸의 빛깔이 노랗다.

"나는 포도밭에서 농부의 안내로 왔습니다." 아늘이 말했다.

"그대를 경계하는 것이 아니니 놀라지 마시오." 악어가 조심스럽게 말을 이었다. "우리는 배관공이오. 그대는 여기까지 무슨 일로?"

"하늘로 닿거나, 아니면 땅의 끝으로 꺼지는 사다리를 찾고 있습니다."

악어는 얼굴을 긁듯 앞발을 휘둘렀고, 거북이는 느리게 고개를 하늘로 들었다.

"그런 커다란 사다리는 들어본 적이 없소." 거북이, 관구가 말했다. "무얼 잘못 들은 것이 아니오?"

"그대들의 무리로 데려가 주세요. 만일 누군가가 그럴 수 있다면, 제가 알아볼 수 있습니다."

"어렵진 않지만, 조금만 참아주시오. 우리도 몇 가지를 확인하러 나온 참이오." 악어, 가람이 대답했다.

두 짐승은 품에서 종이를 꺼내, 망루 주위의 웅덩이를 하나하나 체크하기 시작했다. 그 사이로도 수위는 내려갔다 다시 올라가기를 반복했다. 악어는 고개를 내 앞으로 꺾으며 걸음을 옮겼다. 따라오라는 신호였다.

"불편하게 하려는 건 아니오만," 가람이 물었다. "별안간 그런 사다리는 왜 찾는 거요?"

"제가… 방으로 돌아가는 길을 잃어버려서요. 흔적이 없으니, 이곳저곳을 둘러보려 합니다."

"살다 보니 그런 동물도 있군. 아니, 인간이기에 그런 거야."

강줄기는 좌우로 길게 뻗어 있어 지나갈 수 없게 막혀 있는 듯 보였다. 그러다 물이 내려가자, 길이 드러났다. 그들은 그것을 알고 있었던 듯, 태연하게 기다렸다.

"여기 사는 짐승들은 주로 무엇을 합니까?" 아늘이 물었다.

"배를 만들지."

"배를요?"

"당신네가 사는 곳에선 흙에서 포도 같은 걸 벼려내겠지. 우리는 조각들로 배를 띄우려 하오."

"여기 땅 밑에는 우리들이 사는 커다란 굴이 있소. 그리고 그 가장 깊은 안쪽엔 호수가 있지."

"거기에… 당신네가 짓는 배가 있나요?" 아늘이 되물었다.

거북은 이마가 부딪힐 정도로 머리를 악어에게 들이밀었지만, 악어는 괜찮다는 듯 말을 이어갔다.

"사실 배는 거의 다 완성되었소. 지금은 그걸 띄우고, **추락**하기 위한 준비 중에 있지."

"동굴에서 무슨 수로? 어디로 간다는 말입니까?"

"에헴…" 관구가 아늘의 말을 막았다. 이야기를 끊기 위함인지, 우리가 막 도착한 지형 때문인지 그는 나를 잠시 멈춰 세웠다.

우리는 모래 언덕 사이, 숨겨진 작은 분지 같은 곳에 도달했다. 이 안쪽엔 작은 물도 고여 있지 않았다.

"가운데에 굴의 입구가 보일 거요." 관구가 말했다.

"저기로 들어갈 겁니다. 당신을 우리 우두머리에게 소개할 거요."

Part 2.

조각의 이름들

본래 171개의 땅들로서 이루어진 평평한 세계는 그동안 각 땅들이 위 또는 아래로 가고자 하는 의식의 차이로 계속해서 균열이 발생하였다. 마침내 이날 이 천체 곁을 비껴가던 먼 하늘의 이웃성인의 존재로 인해 조각들이 크게 들썩이며 웅성거렸다.

제4장

물속, 그 더 깊은 곳으로

 안쪽으로 이어지는 길은 꽤 길었다. 우리가 이곳에 오기 위해 지나온 길보다도 몇 배는 더 길게 느껴졌다. 입구에는 돌을 나르기 위한 수레 철길이 군데군데 이어져 있었고, 그 길을 따라 어두운 갱도 속을 지나야 했다. 벽에 기대 쉬고 있는 작업자들은 생기를 잃은 얼굴이었다.
 더 깊숙한 곳에는 목재 작업장이 있었다. 배에 쓰기 위한 듯, 나무들이 쇠로 정밀하게 재단되고 있었다. 지상에는 살아 있는 나무 한 그루도 없었기에, 이 나무들은 도대체 어디서 온 것인지 궁금해졌다.
 종이를 펼쳐 들고 있는 귀가 길고 눈썹이 짙은 짐승과 가볍게 인사를 나눴다. 이곳의 작업 반장이라고 하였다.
 그 뒤로 주물 공장이 나왔다. 위에서 빨간 쇳물이 폭포처럼 떨어졌다. 이곳에 있는 것은 대부분 물짐승들이었는데 피부가 바짝 말라 괴로워 보였다. 본디부터 이런 일을 하진 않았을 것이다. 어느 통로와 방을 지나든 벽에는 수많은 파이프라인이 눈에 띄었다. 이 지하굴 전체를 뒤덮고 있을 것 같았다.
 마지막으로 얘기했던 철갑의 동굴이 나왔다. 배는 제법 웅장했다. 적게도 수백의 짐승을 태울 수 있을 것처럼 보인다. 배의 주위로, 이 동굴에서 볼 수 있었던 가장 많은 짐승들이 분주하게 움직이고 있다. 수달들이 위태롭게 줄에 매달려 갑판에 나무를 덧대고 있었다.

역시, 어디에도 이 배가 항해할 만한 뚫린 수로는 없다.

배에 다다랐을 때 갑판 위로 어슬렁거리는 짐승이 하나 눈에 띄었다. 뿔이 멋드러지게 자란 키가 큰 물소였다. 악어는 그가 일등항해사라고 알려주었다.

"여어, 우리가 돌아왔다네." 가람이 외쳤다.

"늦었군." 핀두아가 고개도 돌리지 않은 채 말했다. "계량기는 개설된 대로 잘 측정되던가?"

"요새는 늘 한결같다네."

"혹여나 차질이 있어선 안 돼. 출항이 얼마 남지 않았으니까."

"그래, 알겠어. 그리고 말이지— 이 친구는…"

"알겠으니까, 앞에 가서 배식이나 받게 해." 핀두아가 말을 끊었다. "굶기 싫으면 말이야."

엄격해 보이는 물소는 당연히 내가 뒤따르고 있을 것이라 생각하고 별말 없이 배의 위쪽으로 걷기 시작했다. 배의 가운데에는 커다란 솥을 둘러싸고 짐승들이 작은 그릇을 받아 밥을 먹고 있었다. 이것저것 말린 과일들을 끓인 죽 같았다. 아니, 말린 것이라기보단 오래되고 생기가 빠진 것에 가까웠다.

"내가 왜 별말 없이, 묻지도 않고 당신을 데려가는지 알겠소?" 핀두아가 조용히 물었다.

"우리 둘 중 하나는," 아늘이 입꼬리를 올리며 말했다. "서로의 마음을 읽었겠죠."

"음… 책을 좋아하시오?"

"고귀하게 짜여진 것이라면, 무엇이든요."

"이번 우주가 태어나면서 무한한 것들이 저절로 자리를 잡았지." 핀두아는 천천히 눈을 들었다. "그중 실로 의미를 담은 것이란 유한했어. 그리고 그걸 그리고, 뜻대로 벼려낼 수 있는 자들은… 아주 드물었지."

"그래서… 무엇이라도 벼려내셨습니까?" 아늘의 눈동자가 작게 흔들렸다. "그래서, 저의 존재를 알고 계신 거고요?"

"이 땅의 조각으로 들어오는 자네를 보았지." 핀두아는 조용히 고개를 끄덕였다. "악어와 거북이가 자네를 데려오며 나눈 대화도— 전부 알고 있네."

우리는 서로의 쓰임에 대해 짐작했고, 섣불리 머릿속을 알리지도 드러내지도 않았다. 올라간 배의 꼭대기 층에는 앞뒤로 조종할 수 있는 커다란 키가 하나씩 있었고 작은 선실이 하나 있었다.

"선장과 얘기를 나눠보게." 핀두아가 말했다. "이미 말씀드렸으니 기다리고 계실 거야."

벽에는 커다란 파충류의 가죽이 걸려 있었다. 초 하나 없는 어두운 방에서, 노쇠한 짐승이 무엇인가를 펼쳐놓고 읽고 있었다.

"어서 와요. 거기 앞에 있는 의자에 앉아요." 잿그을이 고개를 들며 말했다. "나는 보다시피 오래 서 있을 수 없어서요."

"배려에 감사드립니다." 아늘이 말했다.

그는 허리를 곧게 펴고, 등받이에 몸을 기대었다. 입가로 흐른 침을 손등으로 닦았다.

"말해봐요. 찾으시는 게 있으시지요?" 잿그을이 조용히 말했다.

"선장께는 아직 아무 말도 드리지 않았는데요. 저 밖에 기다리는… 우람한 소에게도요."

"그래서요?" 잿그을의 목소리는 부드러웠다. "그게 무슨 실례가 된다고 생각하십니까?"

조금 고민하던 아늘은 고개를 끄덕이며 짧게 대답했다. "전혀요."

잿그을은 기이하게 뭉개진 한쪽 눈을 더 찡그리며 말했다.

"우리 같은 생명들은, 하나같이 전부 같은 꿈을 꾸잖아요."

"그렇죠." 아늘이 작게 대답했다.

"원하든, 원하지 않든." 잿그을의 눈동자가 떨렸다. "그렇게 태어나버렸으니까요."

아늘은 잠시 멈칫했다. 이것이 정말 자신의 이야기인지, 아니면 남의 이야기를 자신의 것처럼 말하고 있는 건지 생각했다.

"선택의 여지가 없었던 것처럼." 아늘의 목소리가 조용히 가라앉았다.

"반대로… 누군가의 은총일 수도 있고요." 잿그을이 덧붙였다.

"꿈속에서… 누군지도 모르는 그녀가 나타나, 계속 울고 있다면요?" 아늘은 시선을 피하지 않았다.

잿그을이 작게 웃으며 중얼거렸다. "좋든, 싫든. 우리는 그 이유 속에 있어요."

"전혀 신경 쓰지 않고 살아가는 이들도 많습니다."

"그렇죠. 저마다 각자 부여받은 생을 살아가죠." 잿그을은 눈을 감았다. "하지만 그 조각의 일부는, 결국 부름을 따를 수밖에 없습니다."

나도, 이번이 몇 번째인지 모르겠다. 세지 않게 되었다. 깨어 있어도 늘 꿈의 뒤편이다. 안과 밖이 바뀐 지 오래됐을지도 모른다.

"오래된 이야기를 하자고 그대를 기다린 건 아닙니다." 잿그을이 말했다. "물론… 그런 시간도 좋겠지만요. 지금은— 밖을 보셨겠지만, 채비를 해야 하니…"

"쓰임과 역할만 명확히 말씀하시지요." 아늘의 목소리는 단호했다.

"누가 대장장이고, 무엇으로 벼려내는가… 그거지요?"

"무엇으로 녹여내는지도요."

"흠." 잿그을은 살짝 눈을 감으며 말했다. "벼림은… 그저 과정일 뿐인데?"

그는 이내 말을 멈췄다. 잠깐 졸듯이 멍해졌고, 이 늙은 짐승은 실제로 졸았을지도 모른다.

"굴 밖, 조금 떨어진 곳에 집 하나가 있어요." 그가 천천히 다시 입을 열었다. "지금은 비운 지 오래됐지만, 제게는 의미가 있는 곳입니다. 우리 식사만 하고… 이따가 거기서 봅시다. 당신이 온 방향과 반대쪽 경사면에 있으니, 찾기 어렵진 않을 겁니다."

이 메마른 조각의 땅에는 아무것도 없으니 그러려니 싶었다. 문밖에 기다리던 친구는 참지 못하고 가버린 모양이었다. 나는 혼자 갑판의 계단을 내려갔다. 아래에서 식사를 마친 듯한 악어가 나를 반겨주었다. 거북은 보이지 않았다.

"당신이 원한다면, 방을 안내해 주라는 말을 전해 들었소." 가람이 말했다. "배는 고프질 않소?"

"방은 고마워요. 음식은 됐어요."

루넷의 꿈 (재 위의 빛)

음식은 넉넉했으나, 빈 곳을 채우지 못하며
생명은 늘 희미하나 빛나는 진동의 꿈을 꾼다.
뿌연 막연함 속에서 운명이란 사건은 늘 발생하고
알면서도 늘 아는 것은 없고 그 짧은 신호만 빛난다.
그렇기에 뿌린 재는 운명의 징검다리이다.
먼지 구름 속을 한층 더 짙고 복잡하게. 무질서하게. 터지고, 열리며,
펼쳐지면서, 투영되기까지.
누군가의 작은 방에서 일어나는 일이다.

제5장

책과 양피지

동물 가족들이 생활하는 선실은 비좁은 방들이 조립식으로 다닥다닥 붙어있었다. 좁은 방 안에는 침대, 옷걸이, 초 정도가 전부였다. 침대 옆 바닥에는 누군가 떨어트리고 간 듯한 양피지도 있었다. 쓰여 있지도, 그려져 있지도 않았다.

"안녕하세요?" 조심스러운 인사가 들렸다.

완전히 닫히지 않은 문틈으로, 키 작은 동물이 고개를 내밀었다. 아까 배 옆에 매달려 땜질을 하던 수달이었다.

"저는 조타수예요." 그가 말했다. "비록 지금은 잡일도 맡고 있지만요. 포도밭에서 온 동물이 있다고 들어서요."

"반가워요." 아늘이 고개를 끄덕였다. "들어와서 얘기해요."

"고마워요, 실례 좀 할게요." 음푸웨케는 고개를 꾸벅 숙이고 안으로 들어섰다. 코를 들썩이며 킁킁거리더니, 고개를 옆으로 몇 번 젓고는 나를 향해 서너 발자국 더 다가왔다.

"그냥… 반가워서요. 저도 그곳에 있었거든요. 조금 일이 있어서 떠나왔지만…"

"편하게 얘기해봐요." 아늘이 부드럽게 말했다.

"아시잖아요, 그곳은 따뜻하고, 비옥한 땅이죠. 또한 그 땅은 이 탑의 온전한 하나의 조각 중 하나지만, 그 자체로 완전한 느낌도 들고요."

그가 중요한 말을 꺼내도록 하기 위해 나는 일부러 자리를 뜰 듯, 방의 다른 곳을 서성거리기 시작했다.

"아시다시피… 거긴 '**풍요**'잖아요. 무엇을 심더라도, 때가 되면 작물이 이렇게— 스윽 고개를 들고…"

"그 이름은 처음 알았어요." 아늘이 눈길을 잠시 피하며 말했다. "안부를 듣고 싶은 건가요?"

작은 짐승은 반쯤 떨리는 목소리로 흐느끼듯 말했다.

"이럴 줄 알았으면… 그곳의 온기 담은 흙이라도, 더 챙겨올 걸 그랬나 봐요."

루넷의 꿈 (당신의 색으로 쌓은 탑)

오랜 세월 모은 나의 조각조각 바람들이 작은 탑이 되었지요.
눕히면 끈과 같습니다.
새로 생긴 친구도 비슷했어요. 구불구불하고 살랑살랑했지요.
사소한 몸짓에 많은 것들이 태어났어요. 톡톡 쏘며 수백 개, 웅크리며 수만 개.
그렇게 빈 자리와 채움이 모두 태어났어요.
이따금 돌조각을 물어다 주었지요.
까망까망하면서도 푸른 당신을 사랑하게 됐어요.
우리는 꼭대기에 서서 고개를 쳐들어요. 얇고 보이지 않는 거품막에 손을 올려둡니다.

"모자랐던 건가요?" 아늘이 물었다. "흘리기라도 한 건가요?"

"네… 잃어버렸어요." 음푸웨케는 고개를 떨궜다가 갑자기 목소리를 높였다. "아니요! 전 빼앗겼다고 생각해요!"

"흙을요?"

"물론, 흙의 일부도 사라졌지만… 그게 중요한 게 아니었어요."

"천천히 말해봐요." 아늘이 벽에 기대선 채 조용히 말했다.

작은 짐승은 조금이라도 높이를 맞추려는 듯 침대 다리를 타고 올라가 털썩 앉았다.

"세상엔 주기가 있다고 하지만," 음푸웨케는 이불 끝을 움켜쥐며 말했다. "늘 비정기적인 순환이 발생하잖아요. '이변'처럼요."

"모두가 같은 시간 속에 살진 못하니까요." 아늘이 고개를 끄덕였다.

"그래서 모든 걸 만드신 분께서는 엇비슷한 방을 만들어, 모두가 착각 속에 살게 한 걸까요…"

"사려 깊게도," 아늘이 덧붙였다. "천체의 지고 뜸은 누구에게나 직관적으로 허락하셨죠."

"동물들은 누구나 하늘 아래 살게끔 만들어졌으니까요…"

음푸웨케는 추운 듯 몸을 떨었다. 그 떨림은 단지 추위 때문만은 아니었다. 그는 이불 속으로 몸을 조심스레 말아 넣었다.

"하지만 지혜로운 누군가는… 그걸 정확히 맞출 수 있다나 봐요…"

"시간은 흐르는 게 아니라," 아늘이 조용히 말했다. "잡아내는 것이니까요."

"내게도 그런 눈과 지혜가 함께했으면 좋겠어요…"

"이번 **대이변**의 시기를 말하고 싶은 거죠?"

"네…" 음푸웨케의 눈빛이 흔들렸다. "벌써 근 몇 년, 조짐을 보이고 있어요. 정말로… 이번 윤년이 다가오고 있는 걸까요?"

"왜 그걸 신경 쓰는 거죠?" 아늘이 조용히 물었다. "그 엄청나게 긴 주기를 생각하면, 살면서… 그 실체조차 맞닥뜨린 적 없었을 텐데요."

이 작고 짧은 짐승은, 보기와는 다른 삶을 살았을지도 모른다.

"보이지 않는다고 모를까요?" 음푸웨케가 눈을 동그랗게 떴다. "내 주위에, 언제나 있었을 텐데요?"

"당신이 포도밭에서 이곳으로 오게 된 이야기만 해주세요."

"찾아야 할 게 있어요."

작은 짐승은 등을 바라보다 불편한 기색을 드러냈다. 다리를 뒤로 빼 등 뒤를 긁어보려 했지만 잘 닿지 않았다. 결국 목 둘레를 벅벅 긁으며 불만스러운 표정을 지었다.

"당신이 그곳에 대해 얼마나 잘 알지 모르지만…" 음푸웨케는 고개를 숙였다. "근 몇 년간 수확이 가능한 밭은 계속 줄어들고 있었어요. 밭이 좁아진 게 아니라… 송두리째 먹혀버렸어요."

아늘은 말없이 그를 바라봤다.

"걸신들이요. 어떤 존재가 밤에 돌아다녔어요. 커다랗고 찢어진 입을 가진 괴물이 우걱— 삼켜버리는 것처럼. 움푹 패인 구덩이와, 그 주위엔… 더는 무엇도 자라지 않는 죽은 흙뿐이에요. 그런데 몇 년 동안, 아무도 그 실체를 본 적이 없어요."

"당신은 뭐라고 생각하는데요?" 아늘이 물었다.

"저는…" 음푸웨케는 고개를 떨궜다. "미안하지만, 지금은 말해줄 수 없어요."

"요점만 말해요."

"지식… 이 세계의 모든 것이 쓰여진 곳으로 가려 해요."

"거기에 뭐가 있냐고는 묻지 않을게요. 대신…" 아늘이 눈을 들었다. "나한테 뭘 원하죠?"

"동행을 원해요. 서로가 갈라지기 전까지만."

"설득해봐요." 아늘의 목소리가 낮게 가라앉았다. "날 이용하려는 거라면, 더더욱."

수달은 바닥의 빈 양피지를 물어와 가져왔다. 그러곤 집의 지푸라기를 걷어내는 것처럼, 아주 얇게 한 줄씩 벗겨냈다. 숨겨두기 위해 덮어두었던 모양이다. 한 장의 찢어낸 종이 윤곽이 나타났다.

대이변 후 925년

본래 171개의 땅들로서 이루어진 평평한 세계는 그동안 각 땅들이 위 또는 아래로 가고자 하는 의식의 차이로 계속해서 균열이 발생하였다. 마침내 이날 이 천체 곁을 비껴가던 먼 하늘의 이웃성인의 존재로 인해 조각들이 크게 들썩이며 웅성거렸다. 이로 인해 땅들이 크게 6개의 층으로 독립적으로 탈락해, 다신 섞이지 않는 공간으로 분리돼 버렸다.

"대여한 도서의 일부예요." 음푸웨케가 조심스럽게 내밀었다.

"기록인가요?" 아늘이 물었다.

"농부가 오래전에… '그 도서관'에서 빌려온 것이라고 했어요. 포도밭을 떠나는 날, 저는 그곳의 지표를 가져오려고 책 아무 페이지의 귀퉁이를 조그맣게 뜯어왔죠."

"도서관…?" 아늘이 눈썹을 찌푸렸다.

"그곳엔, 이 천체의 탄생부터— 모든 층의 기록이 있다고 들었어요."

"어째서 그것을 농부가?"

"저는… 듣기만 했어요." 음푸웨케의 목소리는 더 이상 이어지지 않았다.

기억 속 대화가 떠올랐다.

―왜 이곳으로 절 안내하시는 건가요?

―누구는 당신과 같은 이유로, 혹은 다른 바람으로― 다른 우주를 찾는 동물들이 있습니다. 제 친구도… 그랬지요.

―그가 이곳에 사는 겁니까?

―모르죠. 이미 길을 찾아, 그토록 원하던 위층으로 갔을 수도 있고… 아니면, 아래로 내려갔을지도요.

제6장

땅의 이름

습지대 망루의 주춧돌에도 이런 기록이 있었다. 적어도 내가 있던 '그곳'에서는 일부라도 이런 건 행하지 않았다. 숨기며, 있어도 결코 드러내진 않는 것이었다. 세계에 대한 기록에서 아랫것은 천한 것이었고, 위의 것은 신성한 것이었으며, 설령 디디고 있는 곳일지라도 기입의 불완전성으로 인해 보다 존귀한 층에 양보했다. 이 행위를 두려워하지 않는 이들은 본인의 분수를 생각할 겨를조차 없는, 말 그대로 **'축복에 잠겨 죽어가는'** 이들뿐이다.

루넷의 꿈 (노란 궤적 위의 짐승)

추락을 준비하는 짐승의 굴 밖에는 여전히 노란 장막이 드리운다.
이 땅의 생명이 띠는 노란 빛줄기.
위에서 아래로 선을 긋는다.
서로의 세상이 그려가는 궤적은 늘상 규칙적이나 쉽사리 교차할 수 없다.
치솟고, 꺼지고, 합치고, 나누어져 닿지 않는 듯이 동떨어져 버렸다.
미세한 노랫소리만 그저 부유한다.

해가 모래 먼지처럼 번져 보이는, 오후의 어느 오두막.

"방을 받았다면서요." 잿그을이 먼저 말을 꺼냈다.

"한 배 위에 있게 됐네요." 아늘이 조용히 응답했다.

선장은 비도 겨우 막을 듯한 이 부서진 집 안을, 오래된 기억처럼 천천히 걸었다. 감상에 젖은 눈으로 그는 조용히 벽에 몸을 기댔다.

"그렇다면 더더욱 들어야죠." 그가 입꼬리를 살짝 올렸다.

"그대가 괜한 곳에서 휩쓸리고 있는 건 아닌지."

"나도 딱딱하게 굴 생각은 없어요." 아늘이 천천히 걸음을 멈췄다.

"선장께서 물길을 바꾸려 하시니, 제가 손을 담가보는 거죠."

"솔직하게 대답하면, 더는 묻지 않겠소." 잿그을의 눈빛이 깊어졌다.

"선생께서는 정말… 위에서 오셨소?"

아늘은 말이 없었다.

"그곳이 어디든 상관없소." 잿그을이 다시 물었다.

"이 층이 아닌가요?"

"그래요." 아늘이 짧게 대답했다.

"…그러면 되겠군." 선장의 목소리가 희미하게 흘렀다.

"이곳으로 부른 이유가 있으시지요."

"그래. 소리를 숨기기 위함만은 아니지."

그는 벽 구석, 잘 보이지 않는 틈 사이에 억지로 끼워넣은 담뱃대를 꺼내 불을 붙였다.

"선생 얘기부터 합시다." 그는 담배를 깊이 들이마시고 천천히 연기를 흘려보냈다.

"'길'을 볼 수 있으시지요?"

"봤어요." 아늘이 응답했다.

"당신들이 아래층까지 내려놓은, '**물의 사다리**'.

인공적인 것입니다만… 매번 이렇게 만들 순 없어요.

운도 따라줬던 거겠지.

이젠, 기회가 그렇게 많이 남아 있진 않다고 봐야 하고."

"배를 비운다고 다 해결될 일은 아니니까요."

늙고 축 처진 도마뱀의 입꼬리가 추하게 떨렸다.

"볼 수 있는 눈이 필요합니다. 그것도 선명하게.

여정이 지체돼서 실패할 순 없어요.

내가 알기로는 위에서 오신 분들은—

아래쪽에서 절대 길을 헤매지 않는다고 들었습니다."

"그 말대로라면," 아늘이 낮은 목소리로 되물었다.

"왜 선장께서 이 아래층에서 제 도움을 받으면서까지… 그렇게 염려하시는 거죠?"

늙은 짐승은 뒷짐을 진 채, 낮게 읊조렸다.

"모르잖습니까.

추락한 내 의식이… 언제까지나 위에 있었던 것처럼 붙잡고 버티고 있을지."

"이번엔 선장 얘기를 들어보죠." 아늘이 시선을 들었다.

"지금 밟고 있는 이 조각의 본래 이름은 '**나눔**'이었어요." 잿그을이 문 앞에 섰다. "지금도, 기억하는 이들은 그렇게 부르죠."

그는 바닥의 흙을 한 움큼 들었다.

비를 머금지 못한 그것을 손에 올리더니,

바람에 불어 날려 보냈다.

"우리는 넉넉했습니다." 그의 음성이 작게 울렸다.
"이 땅은, 뿌리지 않아도 늘 거둘 게 한가득이었어요."
"짐승들의 성품도… 그랬겠네요."
"그들은 대개, 조각의 이름대로 따르거든요."

Part 3.

불타는 단절 위에서

이전에는 보지 못했던 신묘한 것에, 습지대에서 온 짐승들은 질문하기에 바빴다. 이상하게도 그들은 자신들이 원하는 대답을 들을수록 성에 차지 않았다. 오히려 갈증에 목이 말랐다. 그렇게 자신의 피부가 이곳의 열기와 맞지 않는다는 것도 잊은 채, 바싹바싹 그렇게 말라갔다.

제7장

열정의 땅

　오래전 이 땅의 짐승들은 이웃의 조각들로 잉여 자원을 나눠주길 좋아했으나, 사실 늘 자신들의 땅이 아닌 곳에 있는 다른 새로운 것에 매료되었다. 습지대의 짐승들만큼 빈번하게 이곳저곳 넘나들기 좋아하는 족속들도 없으나, 어쩌면 그들은 바삐 움직이지 않아도 저절로 배를 채울 수 있음에도 가진 것들로는 자신을 움직이게 할 수 없었다.
　한곳에 대를 이으며 터를 잡은 이들은 완전하다곤 할 수 없어도 자기네만의 것으로 적당히 배를 채우며 살아갈 수 있다. 결핍이란 늘 잉여가 아니라, 욕구에서 나온다. 아무리 차고 넘쳐도, 불쑥 고개를 들이미는 그것은 가득 채운 그릇을 결국 깨트리고 만다.
　한 날 젊은 도마뱀이 무리와 함께 마을에서 출발해 붉은 산을 처음 방문하기로 하였다. 듣기로는 척박한 불모지라 입에 넣을 것이 매우 귀한 땅이라 들었다. 신께서 능히 옳다고 여기시는 가치를 각각의 조각들로 명하셨는데 어찌 그리 혹독한! 자신들의 꾸러미에 담긴 열매들을 보며 의로움을 행한다는 우쭐함도 있었다. 틀림없이 굶주려 너 나 할 것 없이 기력이 쇠한 모습을 예상했다.
　하지만 발을 들인 붉은 땅에는 누구하나 그런 이는 없었다. 오히려 분주하며, 집중하고, 애를 쓰고 있었다.

'**열정**'이었다. 베어진 나무가 한 번 더 잘리고, 수차례 다듬어졌다. 단단한 금속이 녹여지고 두드려지며 다시 굳혀졌다. 복잡한 신호들이 힘의 흐름들을 만들어 해가 저물어가는 산 전체 이곳저곳을 밝게 빛나게 했다.

우리가 오랫동안 기른 작물과 대조적으로 그들은 큰 동력을 순식간에 다른 것으로 전환시켰다. 아니, 이 작물도 우리가 길러낸 것이 아니라 스스로 땅이 길러낸 것이다. 이들은 이 땅이 가진 자원을 수십 세기에 걸쳐 이해하면서 새로운 질서를 만들어낸 것을 기뻐하고 또한 감사해했다.

열을 뿜는 기계 투성이다. 그래, 이곳은 닫혀진 천장의 끝까지 과열되었다.

루넷의 꿈 (날개를 잃은 층)

날개란 것은 돋은 줄 모르고 자라는 것이며 잃은 줄도 모르고 떨어지는 것입니다.
휘적거리고, 비틀거리면서 세계에 존재하는 여러 탑들을 보았습니다.
문법이나 구조물은 어떠한 도식이나 형태로 주위의 한정된 세계와 섭리를 끌어와 지어졌고
우주의 풍부한 구조들을 만나면서 무결을 버리고, 점점 모두를 하나의 층으로 고립시켰습니다.

그들은 이글거리는 붉은 협곡을 지나 산 중턱에서, 그들은 땅속 깊은 곳에서 무엇을 뽑아 올리고 있는 장치를 보았다. 이것이 무엇이냐 묻자, 그리 공들이지 않고 거저 아래에서 뽑아먹는 것이라 하였다. 크게 놀라 어찌 그

것이 가능하냐고 재차 묻자, 자신들도 이것을 설계한 위치가 아니라 잘은 모르지만 세상에는 이런 것도 있노라 답하였다.

이전에는 보지 못했던 신묘한 것에, 습지대에서 온 짐승들은 질문하기에 바빴다. 이상하게도 그들은 자신들이 원하는 대답을 들을수록 성에 차지 않았다. 오히려 갈증에 목이 말랐다. 그렇게 자신의 피부가 이곳의 열기와 맞지 않는다는 것도 잊은 채, 바싹바싹 그렇게 말라갔다.

그러나 일행 중 누군가는 거들먹거렸다. 동물 수십에 비견할만한 거대한 힘이지만 먹지도 못하는 것에 이렇게 땀을 흘리는 게 무슨 낙이 있겠냐는 것이었다. 그러자 거대한 쥐가 웃으며 말했다.

"우리는 더 이상 주린 배를 잡지 않는답니다."

그들은 실제로 음식을 거의 먹지 않는다고 했다. 오히려 섭취하지 않고 수백 일을 지내고 있는 동물도 있다 하였다. 이따금 이렇게 몇몇의 이웃 조각들에서 온 짐승들이 자기네 땅에서 자란 작물을 두고 가는 것으로 심심한 입의 재미를 줄 뿐. 유별난 몇몇 짐승을 제외하곤 대부분 입으로 받아들이는 것에 흥미가 없다고 하였다.

"잡아먹고, 소화시키는 일은 자세히 들여다보면 꽤 유동적이면서도, 보이지 않게 긴밀하답니다."

대부분의 습지 동물들은 와닿지 않았다. 그들에게는 일어나서 먹고 조금 움직이다 잠들고, 삶이란 꽤 단순하고 반복적인 일이었다. 무엇을 만들어내고 보이지 않는 것을 가공하는 것은 전혀 자신들의 생활에서 상관없는 일이었다. 생존이 문제가 아니라 한다면, 무슨 목적성을 가지고 한단 말인가?

그러나 일부 짐승들은 반드시 그런 꿈을 꾸리라. 우리의 세계는 부풀기도, 터지기도 하지요. 때론 그것이 우리가 시간 속에 머물도록 합니다.

매우 가깝게 느껴지는 그 강렬한 공간 속에 아주 장렬하고 무겁게 찰싹 붙어버렸습니다. 옴짝달싹 못 하는 여기는 안식의 무덤입니다.

그 속에서 우리는 또 한 번 흩어집니다. 결코 헛되지 않을 것 같은 선명한 빛줄기 사이. 결코 들어갈 수 없는 유일한 나의 방. 마침내 들려올지도 모를, 기쁜 화음들의 웅성거림.

큰 쥐는 무리를 모아놓고, 조심스레 속삭였다.

"조만간… 큰 부름을 받을지도 몰라요." 치젠이 입을 열었다.

"누구로부터 말이오?" 잿그을이 눈을 가늘게 떴다.

반쯤 갈라진 눈으로 히죽 웃던 쥐는 그 큰 앞니를 드러내며 두리번거리더니, 천장을 가리켰다.

"우리의 정신이, 기술이, 유산이— 슬슬 저 공간에 닿게 된다는 말이지요."

"보이지 않는 것에," 잿그을은 낮게 되물었다. "왜 눈독을 들이시오?"

"숭상하지 않는다면," 치젠의 눈빛이 반짝였다. "초를 높이 들지 않는다면, 늘 보이던 것만… 또다시 비추게 될 겁니다."

이때 젊은 도마뱀의 크고 노란 눈이 순간적으로 붉게 빛났다. 일부 다른 짐승들도 그랬다. 하지만 대부분의 무리는 시큰둥한 채 별 반응이 없었다.

큰 쥐는 허리춤에 찬 낡은 보따리에서 둥그렇고 기다란 것을 꺼냈다. 그리고 무리를 살펴보다 가장 눈이 붉게 충혈된 자에게 그것을 건네주었다. 안이 비치는 투명한 돌 안에 다시 여러 종류의 작은 돌가루와 꼬아놓은 줄기가 섞여 있었다. 그는 거들먹거리며 말했다.

"아직은 불완전한 빛쏘시개입니다만," 치젠이 말했다. "나머지 부품들은… 당신네 땅에서도 쉽게 구할 수 있을 겁니다."

방문을 끝내고 마을로 돌아온 짐승들은 대부분 피로하여 일찍 곯아떨어졌다. 그중 단 한 채의 집만 밤새도록 붉게 빛났다.

몇 달이 흘러, 촌락 뒤로 노란 둔덕이 생겼습니다. 그 뒤로 수년이 지나 날렵한 아치 모양의 커다란 벽이 우뚝 섰습니다. 몇몇의 젊은 도마뱀들이 발톱이 자라날 새가 없도록 열심히 흙을 파 쌓아 올린 결과입니다.

그러나 그 뒤로 시간이 아무리 지나도 완성이 되지 않았습니다. 누군가 그려준 도면대로 정교하게 빚어대도 일은 끝나지 않았습니다. 다듬기 위한 도구가 부족한 걸까요. 그들은 다시 붉은 산을 방문합니다.

"모든 걸 내어드릴 순 없어요." 치젠이 단호하게 말했다. "이건… 말 그대로입니다."

이들은 흙보다 차갑고 건조한 금속을 빌려왔습니다. 튀어나온 곳이 없고 세밀하게 다듬어져 있습니다. 무엇보다 단단합니다. 그들의 구조물도 더욱 긴밀하게 결속되었습니다. 여기서 무리 중 일부가 노동을 견디지 못해 이탈하여 집으로 돌아갔습니다. 그럴수록 그들은 더 의지할 수밖에 없었습니다.

그는 다시 한번 눈을 반짝이며 덧붙였다.

"무엇을 만드시려는 겁니까? 일단 빌려갔다가— 돌려주십시오."

> ### 루넷의 꿈 (무너진 벽의 인사법)
>
> 눈을 거둬가 달라 호소합니다.
> 세상이 잔뜩 붉게 물들어, 더는 세상이 예전 그대로 노랗게 보이지 않습니다.
> 혀는 뿌리째 수확해 달라고 애원합니다.
> 너무 바짝 말라, 갈라지다 못해 이미 여러 갈래로 찢어지고 말았습니다.
> 장님과 벙어리의 축제가 열렸습니다.
> 서로가 잘 계시냐고 벽을 두드립니다.
> 통. 통.
> 무너진 벽의 틈새로 몸을 맞춰 끼워 넣습니다.

"부감하는 존재들에 대해 생각해본 적 있나?" 잿그을이 물었다.

"부감이요?" 사루코가 눈을 찌푸렸다.

요즘 한층 더 노래진 도마뱀은 옆의 인부를 향해 시선을 돌렸다.

"가끔은… 내가 어디 위에 있는지도 모른 채 허공을 떠다니는 느낌이 들 때가 있어."

인부는 곡괭이를 내려놓고, 조용히 벽에 기대었다.

"그러다 문득," 잿그을이 말을 이었다. "나도 모르게 너무 높이 올라와 있는 걸 본 적이 있어."

"밑을… 보셨나요?" 사루코가 조심스럽게 물었다.

"보았지!"

"작고… 옅어 보이던가요?"

"미약했고, 불분명했지!"

"그럼… 즐기셨다고 느낀 시간이었을까요?"

"그건 모르겠네! 하지만 궁금해졌지. 나처럼 표류하지 않는 존재들에 대해서!"

"그분들은 분명, 저 위에서 단단히 구름이라도 딛고 계시겠죠?"

"알 수 없지!" 잿그을이 어깨를 으쓱였다. "우리처럼 진흙 위에서 구르고 있을지도 몰라. 하지만 분명히… 더 강한 고동을 느꼈다네."

"태동과 같은 것일까요?" 사루코가 눈을 가늘게 뜨며 물었다.

"그런 것과는 달랐네. 태어나기 전, 더 먼 곳에서부터— 이미 품고 온 것이었지."

"글쎄요." 사루코는 벽을 바라보다 작게 말했다. "그런 게 정말 있다면… 그건 누가 아이의 손에 쥐여주는 걸까요?"

제8장

붉은 물결

처음부터 습지대에는 남으로부터 훔쳐올 것이 없었습니다. 다만, 빌려 쓸 것이 가득했지요. 저 무수한 황금빛 은총 말입니다. 글쎄요. 근데 이전에 누가 감히 그것을 담아내겠다고 헤아리기는커녕 계산이란 걸 해봤을까요. 땅에서 나는 것을 그대로 먹고 살아온 짐승들입니다.

그것을 할 수 없었던 물짐승들 대신에 붉은 산의 동굴에서 생활하던 짐승들이 지금 이곳에 와서 선을 긋고 그림을 그리고 있습니다. 그들은 이 거대한 그릇을 구축해 내고 움직이게끔 하였으며 채우고 흔드는 데 필요한 양을 알아낼 수 있었지만 결국 이것이 무엇에 쓰이기 위한 것인지 몰랐습니다.

처음 도마뱀들만으로 흙을 쌓아 올리며 결국 그것이 뜻대로 잘 되지 않았을 때 이들은 처음으로 강하게 품었던 이상이 실질적으로 와르르 무너져 내림을 보고는 구역질 나는 좌절을 느꼈습니다. 처음에는 누군가 매우 심한 투정을 부렸고, 그 뒤로 가벼운 실소와 함께 뱉은 날카로운 말이 이전에 없던 강한 욕을 불러왔습니다. 그 매서운 자극으로, 이후로는 여기 있는 모든 이들이 그 말들을 섞어 쓰기 시작했습니다.

해가 지고, 모두가 해산하여 집으로 돌아가려던 때에 그늘진 어두운 곳에서 한 마리의 검은 짐승이 돌연 나타났습니다. 멀리서 보았을 땐 날렵한 개의 모양이었는데, 그것이 가까이 오자 뿔이 높이 솟아있는 우람한 소의 형상이었습니다. 건장한 이곳 젊은 짐승들보다도 적어도 5뼘은 커 보였습니다.

그에게 관심을 갖든, 무시하고 보내주든 이들은 그가 얼른 무슨 말이든 하길 바랐습니다. 그는 입을 열며 자신 안의 무엇을 꺼내는 것이 아니라 오히려 안쪽으로 집어넣었습니다. 발길질로 흙을 몇 번 걷어차 내곤, 흙을 한 움큼 퍼내 우걱우걱 씹어댔습니다. 한참을 우물거리더니 만족하지 못한 듯 뱉어냈습니다.

"흥!" 핀두아가 비웃듯 코웃음을 쳤다. "어떤 노래도 되지 못했고… 적어도 돌무더기로라도 쌓지는 못했군!"

진작에 얼었어야 하는 차디찬 물이 일부는 잔류하고 나머지는 새로운 형태로 굳어졌습니다.

무언가를 부드럽게 깎아내지는 못한 채, 스스로를 날카롭고 평평하게 세웠습니다.

점점 더 자유로워집니다. 더 이상 어딘가에 담겨져 있지도 않습니다. 없는 세상을 비춰내며 새롭게 왕래도 시작합니다.

어디에도 머물러 있던 시절과 달리 이젠 어디에도 있다고 말하기 어려워졌습니다.

확실히, 이것은 안정적이지 않습니다. 구름이 붕괴되기 전과 다르지 않습니다.

"무엇으로 도량을 확인하였는가?" 핀두아가 차가운 눈빛으로 물었다.

"당신은 누구요?" 잿그을이 천천히 몸을 일으켰다. "긴밀한 작업장이니, 함부로 발을 들이지 마시오."

"불을 밝힌 **장님**이라 해도 도랑은 피해갈 수 있지. 하지만 너희는—" 핀두아는 코웃음을 쳤다. "털어버릴 담뱃재조차 없는 쓰레기들이구나."

"별안간 미친 짐승이로구나." 잿그을이 낮게 웃었다. "난데없이 흙을 입에 쳐넣고 씹어대더니— 저 아래 혼을 흘려놓고 온 것이냐?"

"확실히." 핀두아가 조용히 말했다. "이 조각 땅에 오래 붙어사는 놈들은 다 그렇더군. 나태하고… 구역질 나는 맛이야."

모두 껍질조차 벗지 못한 채, 지쳐 비틀거렸다. 새빨간 멍이 들뜬 등 아래로, 기진한 숨결이 이어졌다. 그러나 씩씩거림은 멈추지 않았다.

그중 우두머리 도마뱀만이 무언가에 홀린 듯, 앞으로 걸어 나왔다.

"흙을 맛보며— 무엇을 알아내셨소?" 잿그을이 물었다. "그려지듯이… 보이셨소? 휘감듯이… 들리셨소? 쓸어내듯이… 올라오던가요?"

"너 또한 장님과 다를 바 없지." 핀두아의 눈이 날카롭게 빛났다. "어찌 그런 걸 입에 담는가? 귀머거리나 다를 바 없는 자가… 무엇을 들을 수 있지?"

"이것을 보시오." 잿그을은 허리춤에서 붉은 산으로부터 받아온 등을 꺼내 보였다.

핀두아는 한동안 말이 없었다. 그 침묵엔 경멸도, 인정도 함께 깃들어 있었다.

"…어디로 가려고?" 그가 낮게 물었다. "그것이 있다 한들— 그대가 갈래를 잡아낼 수 있는 것도 아닌데."

"그건 내 역할이 아니오." 잿그을은 등을 천천히 품에 넣으며 말했다. "다만, 난 태울 숨을 불어넣을 거요."

"흥." 핀두아가 씩 웃었다. "지필 그것은 누구의 것이더라도… 충분하기만

하면 되지!"

"그렇다면 이젠 내가 물읍시다." 잿그을이 시선을 들어 올렸다. "왜 이곳에 오셨소? 완성되지도 않은 작업장에… 무엇을 하러 오셨냔 말이오."

"엎어버릴 생각이외다!" 핀두아의 목소리가 벽을 내리쳤다.

"엉망진창인 것들— 다! 모조리! 싸그리!"

노란 것이 생기를 잃고 쇠하자 붉은 색을 띠었다. 그것은 추락하듯 모양새로 곤두박질쳐 휘감았다.

단단하게 받쳐야 할 토대도 감안해 내지 못할 그것을 겪고서야 처음으로 그저 흘려보내야함을 깨달았다.

여럿 짐승들이 울었다. 거대한 흐름에 녹아 울었다.

노란 도마뱀의 눈에도 온통 붉은 것이 비쳤다. 검은 소가 삼키지 못한 것을 어디로 토할 것이냐 희희덕거리며 비웃었다.

단 한 번도 범람한 적이 없던 이곳은 이전에 없던 새로운 물결에 무참히 휩쓸렸다. 고인 적은 있었지만 넘친 적은 없었으니, 이것은 땅이 기억하지 못했던 만남이었다 이 물은 무겁고도 차가웠을 뿐만 아니라 많이 허기져 있었다.

풍족한 것은 빈 자리로 흘러 들어가는 이치가 아니었으며 긴 시간의 순환에도 각 층이 발맞추지 않았다. 기이하게도 정체된 알록달록한 큰 원형처럼 느껴진다.

오색 구슬의 한 줄은 느릿하지만 일렁거린다. 탁해진 것은 떨어진 물뿐만이 아니었으니, 이곳의 땅과 짐승들의 눈까지 붉은 색을 덧대었다.

굶주림을 알아버리면서 비어있던 다른 것을 채워버리게 되었으니 이 일을 시점으로 층간은 허물어지지 않으나 균형이 달리하게 되었다.

웃고 울며 놀라는 이들은 많았으나, 정작 이 층에서는 누구도 그것이 어디로 흘러갈지 알 수 없었다. 늘 위에서 새롭게 보는 이는 혹여나 전해 들었을까.

"싸그리 잠겨버렸군." 핀두아가 낮게 말했다.

"어떤가?" 잿그을이 시선을 돌렸다. "이젠 좀 다르게 보이는가?"

노란 짐승은 반쯤 허물어진 언덕 끝에 발끝을 세우고 기웃거렸다.

검은 짐승은 도마뱀에게서 건네받은 둥근 등을 꺼냈다. 그 불빛에 자신이 지니고 있던 종이를 비춰보았지만, 불을 쬐듯이 눌러본 그 종이 위에는― 아무것도 투영되지 않았다.

"이것이… 보이나?" 핀두아의 목소리는 조용했다.

"전혀. 아직 이쪽의 숨결을 넉넉히 태워내지 못해서 그런 것인가?" 잿그을이 말했다.

"아니." 핀두아는 고개를 저었다. "이 땅에 남아 있는 걸 얼마나 지불하든― 그건 상관없다. 문제는, 네 의식이 어디에 있느냐는 것이지."

"내가 딛고 있는 이 조각과는… 상관없는 일인가?"

"그건 노예가 세상을 보는 방식이다."

"…양립할 수 있는 것인가?"

"병존하는 것이다."

"…그렇다면, 무엇이 주체인가?"

"그런 개념은 우주 전체에서 보편적인 게 아니야. 그 또한, 노예들의 층간에만 존재하지."

그들의 대화를 지켜보던 다른 짐승들은 놀란 얼굴로 전부 언덕 아래로 뛰어 내려가 버렸다. 둘만이 남았다.

"저기… 반쯤 파묻힌 나무가 보이나?" 잿그을이 턱으로 가리켰다.

"어릴 적, 저 옆에 구덩이를 파고 살았지."

잠시 침묵이 흘렀다.

"늘 먹을 게 끊기지 않던 이 땅에서도, 나는 흙을 파고 벌레를 핥아 먹었어."

핀두아가 조용히 물었다.

"…이곳 출신이 아닌가?"

"아직도 이 땅의 많은 짐승들이 자신들이 땅에서 틔워졌다고 믿고 있지."

"이곳 늙은이들은… 알지 못하는가?"

"기인(起因)과 발생(發生)을 구분하는 짐승은 없다네."

"물은 엎질렀어도— 수많은 철근은 어찌해야겠는가?"

"토대와 쇠는 그대로 이용될 것이다." 핀두아가 응수했다. "임의로 순환을 확인하는 것엔 큰 불균형을 요구하니까."

"물길을 틀 수 있겠나?"

"너의 경우엔… 완전히 반대로 돌리는 것이지."

"어찌 그걸 알 수 있지? 난… 그 어떤 청사진도 보여준 적 없는데."

"그래서 먹어보지 않았나?" 핀두아가 웃음을 머금었다. "직접. 대장장이들은 꽤 많은 걸 읽어낼 수 있어. 누가 알려주는 게 아니라— 그저, 펼쳐보는 것이지."

"나도… 그럴 수 있으면 좋겠군."

"미안하지만, 이건 누군가에 의해 정해진 태생이다."

루넷의 꿈 (씻기지 않는 시작)

태초의 우주가 구름을 흩트리기 전에도
그 안의 무질서한 것들은 이미 군침을 삼켰다.
작은 것은 더 작은 것을 잡아먹길 갈망했고, 크고 복잡해져 유의미하게 빛나고자 하였다.
거시적으로 변태해 가면서 근시적이 되었고
몸뚱아리는 그런 공정을 반복해 가며 뿌리를 계속해서 적셨다.
절여져, 흔들어도, 털어내지 못한다.

제9장

흰 여우의 문답

소녀와 나이를 많이 먹어버린 선장은 잠시 동안 말이 없었다. 둘은 발목과 무릎 사이가 잠길 듯 그렇게 근처를 어슬렁거렸고, 멀리 가지 않고 그 집 주위를 빙빙 돌았다. 나이 많은 짐승이 다리가 불편한지 걸음을 멈추자 작은 아이가 먼저 입을 열었다.

"보이지 않아도 쓰는 것이 있고, 자연스레 도움받는 것들도 있지요." 아늘이 말했다.

"균형이란… 그런 데서 시작한다고 생각합니다." 잿그을이 고개를 끄덕였다.

"거기에 도착하셔도, 원하시는 게 없다면요?"

"세계가 그렇게 만들어졌을 리가요." 잿그을이 담담히 응수했다. "문제는— 수단이죠."

"사다리는… 본디 무엇일까요?" 아늘의 목소리는 낮고 고요했다.

"있으면 안 되는 길." 잿그을의 말은 단호했다. "불완전한 것들이 오르고, 내릴 수 있도록 만들어주는… 변칙."

"탑에서 살아가는 우리에게 있어, 이질적인 것일까요?"

"모든 조각은 나뉘고, 잘라져 있습니다. 특히 위와 아래는— 더욱이 확실하게."

잿그을은 눈을 감았다.

루넷의 꿈 (섬광 뒤의 부유)

정교하게 계산된 기계는 상상만으로 할 수 있었던 작업을 현실화시켰습니다.
높게 쌓인 희망은 황금색으로 빛나는 듯했고, 그 안으로 하늘의 가느다란 실들도 차곡차곡 쌓였습니다.
눈이 찌르듯이 부셨고, 가슴 짓누르듯 일제히 내 안으로 타고 들어왔습니다.
늘 그렇듯, 섬광이 내 안을 훑고 불태우며 지나가는 것처럼 짧고 분명한 시간일 것입니다.
그렇기에 삶을 끝낼 것처럼 숨을 참아보았습니다.
그러자 이제는 잠겨버릴 듯 불안정해져 버렸습니다.
입과 코에, 눈까지 차올라 온통 불투명해져 버렸어요.
정신을 차려보니 또 어딘가에 둥둥 떠있었습니다.
난 여전히 일일이 받아줄 수 없는 빗줄기를 그대로 얻어맞고 있습니다.

"그걸 임의로 잇는다는 건, 단지 누군가의 진부한 상상만으로는 결코 이뤄질 수 없는 일이죠."

이들이 다시 올라탄 배는 기적을 올릴 수도 있고, 돛을 펼칠 수도 있으며, 큰 노를 저을 수도 있지만, 어디에 떠 있게 될지는 정해지지 않았다. 단지 지금은 하늘의 비를 잔뜩 모아놓은 거대한 호수 위에 임시로 올려져 있을 뿐. 이 물이 없다면 그 뒤로는 기약된 바가 없다. 그럼에도 알고 있다고 한다면, 필시 그 통로든, 그 너머든 다녀간 짐승이 분명하다.

이 조각이 처음부터 머금을 수 있는 비의 양은 한정되어 있었다. 나머지는 뱉거나 돌려보내는 것이 아니라 원래 그 자리에 있어야 했다. 그러나 누군가가 이것을 강제로 모아두고, 내부에서 일정한 순환을 만들었다. 귀한 목적에 쓰기 위하여 상세히 계산하기 위함이다. 더불어 더 이상 이곳의 흙들은 생명력을 잃어 젖지를 못하니, 빈 구슬을 가로질러 절제된 쇠만이 그 정교함을 도와줬을 것이다.

배는 닻을 올렸으며, 동굴의 벽은 굉음과 함께 무너지듯이 세차게 진동하였다. 모든 짐승은 배 안의 자신만의 방으로 들어가 머리를 숙이고 숨었으며, 신호가 있을 때까지는 나오지 말란 명령을 지킨다. 통제가 풀린 거대한 흐름이 이곳으로 모이고 있는 것은 맞지만 호수의 물은 평소보다 조금 더 출렁일 뿐이다. 그러나 그 순간은 얼음이 갑작스레 깨지듯이 찾아왔다.

배 위의 모든 짐승은 일순간 같은 감각을 느꼈다. 그것은 정지하듯이 얼어붙는 틈새를 지나가는 것과 같았으며, 녹는 것인지 어는 것인지를 구별해 낼 수 없을 만큼 불분명하고 혼란스러웠다. 마법처럼 과장된 이 시간 속에서 우리의 순간이 영속된 것인지 찰나인지 깨닫지 못했다. 몸이 떠오르고 있는 것인지 추락하는 중인지 알 수 없었다. 이 느낌은 마치 감정과 생사의 중간 정도에서 외줄을 타는 것 같았다. 오색 물감이 머리 위로 폭포처럼 쏟아져 정신을 못 차리고 허우적대는데, 동시에 나는 어느 방향으로 분명히 휩쓸려 가고 있었다.

어쩌면 그것은 길을 잃는다는 경험과도 비슷했다. 그래서 이곳은 그녀가 어디에 서 있든 중요한 느낌은 아니었다. 조금 옮겨 위치를 바꾸어도, 그로 인해 어떤 간극이 생겼다는 느낌은 들지 않았다. 그리고 이 인간 아이는 굳이 더 달라지지 않아도 그것이 나를 찾아왔음을 알았다.

"다시 한번 실례." 흰 여우였다.

"오, 선생님. 저희가 만난 적이 있나요?"

"모르겠어요." 아늘이 대답했다.

"잊으셨죠? 분명 기억을 잃은 거야! 그렇지?"

"제게 말을 거는 당신은 누구죠?"

"어느 여우가 그랬을까? 혹시 나인가? 글쎄— 언제였을까? 모르지! 아니, 사실 분명한데도 말이야!"

말은 빠르게 종알대지만, 여우는 여유롭게 작은 열매를 꺼내 먹고 있었다. 그러다 눈이 확 동그래져 아늘을 쳐다보다가도 곧 김이 식은 듯, 시선이 흐리멍덩해졌다.

"음… 인과랑 시간이 너무 작은 단위로 걸어 들어가 버린 걸까. 그때… 그 욕심쟁이가 그랬으리라고?!"

"아까부터 무슨 말을 하는 거죠?"

"너 얘기. 당신, 선생님, 흰 인간."

"이전에 난 누구였죠?"

"무슨 황당한 농담인가! 선생님께서는 '이전'이 없으시지. 늘, 다시 시작하시는데!"

"이전의 내가 없다니요? 그렇다면 시작하기 전의 나는?"

"죽었겠지. 아니면… 그것과 비슷한 것이거나."

"그럴 리가요! 난 분명, 희미하지만… 무엇을 잡은 채 여기 떨어졌어요. 당신 말대로, 아직 빛깔도 희고요!"

"음… 그러고 보니, 당신… 이상하긴 해! 이번에는 매번 헛디딜 때처럼,

식어 있질 못하네?"

"내가 어디를 오르려 했는데요?"

"흐음… 무슨 일이지…"

"이 흰 짐승은 좀처럼 대화가 되지 않는군." 아늘이 중얼거렸다.

여우는 폴짝폴짝 벽을 타고 뛰기도 하고, 바닥에 선을 그었다가 슥삭슥삭 지우기를 반복했다. 마치 혼자 노는 어린 짐승처럼 보였고, 그 누구도 그의 행동을 온전히 이해하지 못할 것 같았다.

"혹시… 뒷걸음이라 친 것인가?"

아늘은 애써 장단을 맞춰주듯, 살짝 발을 뒤로 빼며 걸었다.

"무질서하게 사는 짐승이, 아주 작은 틈새로 역행을 해본 건가. 그래서 본디 시간에 맡겨둔 기억도, 이전에 뽑아 둔 실을 따라 덮어 감아버린 걸지도. 이상하다… 미련 많은 짐승이 무슨 재주로 그리했을까?"

흰 여우의 중얼거림이 끝날 때까지, 아늘은 조용히 이곳을 더 살펴보기로 했다.

벽 한쪽에 글자를 남기려 했지만, 투명한 반사면 위엔 무엇도 새겨지지 않았다. 괴성을 질러도 소리는 금세 먹먹하게 끊겼다.

이곳은 공허하다 못해, 철저하게 비어 있었다. 누군가가 찾아내지 못하도록 커다란 공간 속에 투명한 막으로 숨겨둔 듯했다.

여우가 총총거리며 다가왔다. 그러더니 아늘의 손바닥을 파헤치듯 할퀴었다. 몸뚱이가 내는 빛깔과는 달리, 육체의 피가 튀었다.

"이것은 제가 선생님께 드리는 물음이자— 선택이며, 자체로… 답입니다."

양쪽 손바닥은 긁힌 채 곧 붓더니, 이윽고 선명한 흉터로 자리 잡았다. 여우는 만족한 듯 웃었다.

여우가 공명을 일으키는 목소리로 읊조렸다.

도착과 시작은 서로가 주인이라며, 반대쪽을 잡아당깁니다.
이대로 태어난 그 순간으로 누우시겠습니까?
아니면, 그대로 노쇠해— 이번 생의 반대편으로 서겠습니까?

Part 4.

검은 물결과 잊힌 정원들

그녀 또한 위에서 '떨어진 자'이다만 아직 흰 빛이 조금도 바래지 않고 있다. 어쩌면 그녀의 하강은, 진짜 추락이 아닌 '**잠시 내려온 것**'일지도 모른다.

제10장

검은 심연

　공중의 층간에 존재하던 빙벽은 눈 부스러기 녹듯이 깨지고, 수직으로 이은 거대한 물줄기를 따라 배는 하늘에서 내려왔다. 기름 같이 무거운 검은 바다는 깨트릴 듯이 반겨주었다. 밤과 같은 이곳의 하늘은, 늘 이렇게 시리게 보이는 것일까. 빛나게 적막했다.
　잠자코 지켜보면, 하늘 위 두 개의 커다란 달이 서로를 도망치고 쫓는 듯하다. 멀어지려 하면 붙고, 따라잡으려 하면 약이 오르듯 반대쪽에서 또 떠오른다. 그 사이로 보이는 수많은 별들은, 안개가 느리게 얼어붙었다가 찢어지는 듯 아스라이 빛났다.
　하늘까지 닿을 듯한 높은 흰 기둥들이 사방에서 모습을 드러냈고, 눈에 들어온 것만도 수십 개나 되었다.

> ### 루넷의 꿈 (하나였던 나를 부수며)
>
> 귀를 기울이지 않아도 들리는 노래가 있습니다.
> 매우 얇은 가닥들이 사각거리는 소리입니다.
> 그렇게 우리는 하나의 시간에 살지 못합니다.
> 끊임없이 나뉘며 교란되고, 어김없이 하나라 믿었던 수만 갈래의 실을 스치며
> 빚으며, 깎고, 다듬어도 우리는 온전하지 못합니다.
> 그것이 단 하나라고, 자신이 그것이라고…
> 결국
> 자신의 몸뚱아리 조각을 하나씩 떼어내 멀리 던져 깨뜨리며,
> 다시
> 그 사이 시간의 간격에 씨앗을 뿌립니다.

바람도 불지 않는 갑판 위로 몇몇의 짐승만 분주하게 뛰어다닙니다. 잔뜩 휘몰아치던 바깥이 고요해진 것을 보아, 무슨 사달이 있었던 것도 이제는 일단락된 모양입니다. 대신 배 안 곳곳에서 속삭이듯 낮고 불안한 울음소리가 들려옵니다.

모두가 이전보다 한층 가빠진 숨과 차가워진 공기를 느낄 수 있습니다. 이 아래로는 이전에 누리던 것들보다 더 많은 것이 잠겼지만, 전체를 생각하면 그리 큰 양은 아닙니다.

아이는 쉴 새 없이 위로, 옆으로, 아래로 꿰뚫어 봅니다.
너머에서 숨 쉬는, 그 뒤의 그 뒤까지 생명의 빛을 확인합니다.

노란 층의 짐승들이, 바로 나눔의 조각에서 추락한 짐승들이 이전에 없던 저급한 빛이 일렁입니다. 귀하게 쓰일 땅을 포기해 아래로 도망쳤으니, 이젠 스스로를 구할 수밖에 없을 것입니다.

한참 동안 노를 젓지 않으니 돛을 펴지도 않을 것입니다. 물론 일절 바람의 소리는 들리지 않습니다. 갑판 쪽에서는 날짐승들이 푸드럭거리는 소리를 냅니다. 물짐승들만 있을 것 같은 이 배 안에도 여러 이형의 짐승들이 함께 머무릅니다. 하지만 대부분의 이들은 아직 진짜 이형(異形)을 조우한 적이 없을 것입니다.

아직 방 안에 있는 짐승들은 하늘의 천체도 확인할 수도 없는 검은 시간의 윤곽에서 벌써 몇 바퀴나 저 날짐승들이 주위를 배회한 것을 모를 것입니다. 교대로 날아올라 꽤 위에서, 제법 멀리까지 살펴보고 돌아왔습니다. 이젠 닻이 내려졌습니다.

뿔피리가 울리는 소리가 들리고, 방을 나온 짐승들이 가장 먼저 맞게 된 것은 불을 쬐고 밥을 먹는 시간입니다.

둥글게 모여 앉아 그들은 이전에는 느낄 수 없는 허기를 달래기 시작했다. 젖어버린 듯 떨려오는 자신의 몸을 얇은 직물로 감싸고 하나둘 위에서 가져온 음식을 베어 문다. 무리 중 일부는 늘 먹던 음식이지만, 이곳에서 다시 먹으니 전보다 훨씬 더 달고 시어, 몸을 바늘로 찌르는 듯 황홀하다며 눈물을 흘리는 이도 있었습니다.

그러나 대부분의 짐승들이 자신의 공복을 호소했던 것과는 달리 병약해진 것마냥 음식을 잘 삼키지 못했다.

마지막으로 주위를 정찰하던 날짐승들이 거칠게 헐떡거리며 돌아왔다. 이들도 이곳에 오자마자 분주히 움직인 만큼 몹시 시장할 터였으나 배의 가장 위쪽에서 그들이 보고 온 것을 조잘거리고 나서야 접시의 국물이라도 핥을 수 있었다.

  배를 어느 정도 채우고 나서야 이들은 낯선 공간에 들어서고 시작된 불안감을 조금 해소할 수 있었다. 이들은 이곳의 시간을 전혀 알 수 없으니, 하늘의 떠 있는 구체를 보며 하염없이 깜박였다. 조금 뒤, 닻을 올리고 아주 느린 속도로 노가 저어지기 시작했다. 돛을 펼쳐도 쓸모가 없다.

  여기는 조금도 바다가 일렁이지 않는다. 검게 묵직하다. 가라앉는 것도 아니며 누군가가 위에서 짓누르고 아래에서 밀어내듯이 제자리에서 침묵하다. 비어있지 않지만 가운데 공허하다는 것은 이런 느낌이지 싶다.

  아이는 식사하지 않았다. 그녀는 고프지 않았을 뿐더러, 의식을 차리고 깨어난 뒤로도 어떤 허기와 갈증에도 시달리지 않았다. 아래층엔 여전히, 그녀의 마음을 움직일 만한 것이 없었다. 갑판 가장자리에 걸터앉아 칠흑의 바닷속을 꿰뚫어 볼 뿐 달리 무슨 행동을 취하지 않았다.

  이내 배가 가장 가까운 땅이라고 할 수 있는 곳에 가까워졌고 선내의 짐승들의 의식이 그곳으로 쏠렸다. 하늘까지 닿을 듯한 하얀 기둥을 중심으로, 회색빛 구멍이 뚫린 바위들이 둘러싼 섬처럼 보였다. 바위마다 깊지는 않지만 날카로운 구멍들이 이곳저곳 나 있었다. 뚫리거나 갈라진 흔적이 아니라, 누군가 정교하게 베어낸 흔적이었다.

  멀리서 올 때는 보이지 않았지만, 빛의 기둥이 감싸고 있는 것은 또 하나의 커다란 절벽이었다. 길고 높이 솟아있었으며, 기이한 울음소리 같은 것이 들려왔다고 한다.

  다가갔던 날짐승들의 보고로는 빛의 정체는 뿌연 물 같았다 합니다. 날던 중 알 수 없는 이유로 솟아 뿜어져 올라오는 물방울들을 맞았다고 하였습니다.

배 안은 하선할 이들과 남을 이들을 구분하며 분주했다. 잿그을 선장은 갑판에 남기로 했고, 일등항해사 핀두아와 몇몇 발 빠른 자들이 먼저 내려 섬 안으로 뛰어들었다. 숨이 깊고 눈 밝은 물짐승들은 바다 속으로 곧장 잠수해 내려갔다.

여전히 말없이 어둠을 응시하던 아이의 뒤로, 늙은 도마뱀이 조용히 다가갔다. 그는 인기척을 내려다 잠시 멈췄다. 빛을 잃어가는 침침한 그의 눈을 비비고 나서야 앞에 있는 소녀가 성장했음을 인지했다. 인간의 나이로 고작 여덟이 채 돼 보이지 않았던 작은 아이가 이젠 그럴듯한 인간의 태를 갖추고 있었다.

제11장

빛의 기둥

"다들 빠르게 섬과 주위를 확인하러 출발했습니다." 잿그을이 말했다. "부디… 낯선 빛들에 현혹되지 않고, 제 길을 찾아야 할 텐데."

"시간도 많이 없고 말이죠." 아늘이 조용히 말했다. "벌써 배 안에선, 일부 신음하는 자들의 소리가 들리기 시작했어요."

"알고는 있었지만… 반응이 생각보다 빠르게 오는군요. 곧 저들도 눈치채고, 동요하는 무리들이 나올 테지요."

"대책이 있으시겠죠?" 아늘이 비꼬듯 말했다. "돌아가겠다는 말들이 나오면, 무슨 말들을 꺼내실지… 궁금하군요."

"그만 비아냥거리고, 한가한 소리도 그만둡시다." 잿그을이 짧게 끊었다. "아까부터 앉아서… 무얼 보고 계시오?"

"작은 생명력. 굶주린 자들. 빼앗기고, 헌납한 자들."

"그 말이 맞다면— 제대로 찾아왔군." 잿그을이 입꼬리를 당겼다.

"나는 이것이 옳다, 그르다 판단할 생각은 없어요. 하지만… 궁금하긴 하네요. 이것에 죄의식을 느끼시나요?"

"어째서 그걸 묻지?" 잿그을의 미간이 살짝 흔들렸다. "이건 섭리 중 일부인 것을… 오히려 당신이 모를 리 없을 텐데? 우린 이전보다, 그저 더 잘 통제할 수 있길 바랄 뿐이오. 의도했건 아니건— 오히려 이들은 우리로부터 더 큰 수혜를 입기도 했소!"

"그냥… 오던 중, 이것과 비슷한 얘기를 들어서요." 아늘이 시선을 돌렸다.

"궁금하군. 나도… 얘기로만 들었지." 잿그을은 턱을 괴고 말했다. "어찌 아랫이들은 그렇게 앙상하고, 그토록 결핍됐는가? 당신은 아시오? 늘… 부족해서 그런 것인가?"

"그들이 충만하지 않은 건— 위로부터 걸러낸 것이 많아 보일 뿐, 빈 껍데기이기 때문입니다. 알맹이는 애초에 없었어요."

"아아…" 잿그을이 작게 숨을 토했다. "이 거대한 탑을 만드신 분은… 어찌 그런 잔혹한 거름망을, 층과 층 사이에 끼워두셨단 말인가…"

선장은 실소하듯 울음을 삼키며, 아늘의 옆에 조심스레 걸터앉았다. 그리고 그녀의 어깨에 손을 올리며 말했다.

"그렇담 말이지… 더욱 궁금해지는군."

그는 겉옷 주머니에서 잔뜩 뭉쳐진 빵 조각을 꺼내어 물속에 집어넣었다.

그 도발적인 행위에, 수면 아래의 것들은— 기름 사이를 오가는 느리고 불규칙한 호흡으로 반응했다.

그녀는 인상을 찌푸렸다. 이건, 조심스럽지 못한 행동이었다.

"늘 궁금했지." 잿그을이 다시 말했다. "우리 땅에 내리는 저 비는— 왜 그렇게 끊이질 않고 내려올 수 있는지. 아래에서 감당조차 못할 양이야. 멸절을 피하기 위해, 우리 또한 서둘러 그 비를 아래로 흘려보낼 수밖에 없었지."

"오히려, 당신네 조각이 그걸 더는 머금지 못해서 불모지가 되어버린 거 아닌가요?" 아늘이 반문했다. "그 덕에 당신들은… 새롭게 눈을 돌릴 곳이 필요했겠죠."

"아니." 잿그을이 고개를 저었다. "내가 가장 이해 안 되는 건— 가장 윗분들께선 도대체 무슨 수로 그 모든 것을 다 가지고 있는가 하는 거야. 먹을 게 얼마나 많아야, 찌꺼기조차 홍수를 만들 수 있지?"

"그렇다면… **천공**이라도 내시게요?"

"이보시오." 잿그을이 웃었다. "나도 내 주제는 안다네. 그게 된다면, 그리해보려 했겠지."

"조심하세요." 아늘의 목소리가 낮아졌다. "지금, 다른 이들도 그렇고… 당신의 의식도— 이 층에 잡아먹히고 있어요. 그것마저 추락해버린다면, 다시는 돌아갈 수 없습니다."

"당신을 옮길 수 있게 해주는 건— 몸뚱이가 아닙니다. 언제나, 당신 안에 있는 작은 돌 부스러기예요."

이 늙은 짐승은 분명히 자기네들은 이해도 할 수 없는 보이지 않는 큰 순환이 있다고 생각하고 있다. 자기네들이 하려는 것처럼, 보다 저층의 미약한 것들을 소모해 당겨 자신들을 풍요롭게 할 수 있다고 믿고 있다. 위에서 내리는 것 이상으로 자신들의 권리를 주장하며 빼앗아 먹는 것을 섭리라고 주장한다.

하지만 나는 이것이 흥미롭다. 분명 그리된 것에는 이들이 더 이상 그 시절로 돌아갈 수 없기 때문도 있을 것이다. 그들은 원래 자신들이 살아가고 있는 조각이 해야 될 소명을 파괴해 그 역할을 잃게 만들었다. 그 결과, 기름졌던 땅은 모든 양분과 수명을 잃고 아무것도 머금지도, 피워내지도 못하는 죽은 땅이 되었다. 추락한 조각의 본질이 어디로 흘러갔는지는 알 수 없지만 되찾을 수 없는 것은 확실하다. 그렇기에 이들에게 남은 건 붉은 산의 그들이 하는 것처럼 빼앗고 수확하는 것. 부족할 게 없었던 이들은 자기네들의 호기심이 만들어낸 갈망을 애착이라 착각했으며, 그 정신이 갈구를 넘어 탐닉으로 떨어졌음을 깨달았을 때 많은 것들이 바뀌어 있었다.

루넷의 꿈 (조각으로 완성되는 탑)

진흙으로만 빚은 탑이 군데군데 비고 공허하자,
쇠와 여러 조각들이 들어와 벼려졌습니다.
한 층 더 복잡하고 깊은 뜻을 담을 수 있게 되었지요.
더 상세한 바람도 적어낼 수 있을 것입니다.
형식을 완성한다면 큰 힘이 될 것입니다.
작은 돌이라도 그 물질의 속내를 알고,
본디 불리어진 구조를 깨닫고, 그것이 어디 장막 너머에서 굴러왔는
지를 알면,
능히 태생까지 거슬러 올라 옛주인에게 길을 물을 것입니다.

이 세계에서 의식은 생존에 필요한 양분과 직결된다. 육신이 본질이 아니라 하더라도, 의식에서 파생된 것이기에 결코 경시할 수 없다. 의식이 예속된 층, 혹은 그보다 높은 층에서 내려오는 양분을 받아야만 생존이 가능하다. 그러니 혹여나 낯선 곳에서 온 손님이 아래층의 밥을 얻어먹게 되면 굶주림을 피할 수 없다. 더군다나 의식이 떨어져 추락한 곳에 새로 예속된다 하더라도 그곳의 밥은 자신이 원래 먹던 것보다 양질일 리 없다.

우리는 늘 우리의 것이 아닌 것을 빼앗고 잡아먹는다. 그게 산다는 것이다. 산다는 것은 남을 잡아먹는 행위의 일련이다.

한나절이 되지 않아 섬을 정찰하러 간 무리 중 일부가 돌아왔다. 잠수한 이들은 아직 아무도 올라오지 않았다. 우선 섬 안에서 돌아다녔던 그들은 탐사하던 중 발견한 몇 가지 이상 증상들에 대해서 먼저 얘기했다.

- 높은 곳에 서있다가도 정신을 차리니 아래에 있기도 하였다.(간혹 서있는 곳을 제대로 인지하지 못했다)
- 서로 지나갔던 곳에 대해 시간 언급이 다르다.(그들이 주고받은 신호의 시간이 뒤죽박죽이다)
- 예전보다 몸이 금세 지치고 체력 회복이 더뎠다.(이건 모두가 한결같이 말했다)

그 뒤로 보고 왔던 것들에 대해 종합적으로 정리하자면 이러했다. 섬은 반경 약 12킬로미터 정도로 크지 않았고 바뀌어버린 하늘의 새로운 천체로 시간의 흐름을 가늠할 수 없었지만 2시간도 채 되지 않아 섬의 중심부까지 도착했을 것이라 하였다. 중간에 위험한 낭떠러지와 바위틈 덕에 제법 애먹긴 했지만 날랬던 이들은 큰 위험 없이 돌파할 수 있었다. 정작 시간을 지연시킨 것은 이들 사이에서 드러난 '망설임'이었다. 그 현상은 가장 처음, 맨 뒤에서 따르던 갈색 발의 늑대에게서 시작되었다. 중간에 예상보다 가빠진 호흡을 가다듬느라 빨리 멈췄섰을 때, 그들은 무리 중 한 마리가 보이지 않는다는 사실을 깨달았다. 이들은 이런 식으로 한 번도 호흡을 맞춘 적은 없었지만 그래도 아무도 중간에 이를 알아차린 적이 없는 게 이상하였다. 핀두아는 낯선 곳에서 동료들이 더 이상 길을 잃지 않도록 넷만 대기시킨 채로 정찰을 멈춘 뒤 쉬도록 하였고, 나머지들을 데리고 빠르게 녀석을 찾아 뒤돌아갔다.

이탈한 자는 그리 멀지 않은 곳에 있었다. 그는 제자리에 서서, 멍하니 하늘을 바라보고 있었다.

다가오는 동료들의 울음소리에 금방 정신을 차린 그는, 놀란 듯 시선을 돌려 바라보았다.

"무슨 일이야? 왜 따라오지 않고 이곳에 남아 있었지?"

"…네?" 그가 눈을 깜빡이며 되물었다. "그게 무슨 소립니까? 전… 그대로 쫓아가고 있었는걸요. 선두 무리야말로… 왜 다들 뒤돌아오는 겁니까?"

그는 자신이 멍해져 있던 시간이 아주 찰나에 지나지 않은 것처럼 전혀 실감하지 못하는 듯하였다. 핀두아는 선원들에게 이제부터는 둘씩 짝을 이루어 서로를 확인하고 이탈하는 자들이 나오지 않도록 경계했다. 그 앞부터는 이전보다 속도를 늦추어 침착하게 대응하고자 하였으나 노력이 무상하게 이탈자는 계속해서 속출했다. 본인들은 자신들이 어떤 공간에 있는 것인지 무슨 시간속에 있는 것인지 좀체 실감하지 못했다. 말 그대로 정신을 어디 팔린 것처럼 그들의 의식은 아직 이곳에 온전히 속하지 못한 듯하였다. 통제 불가능한 무리의 변수들 속에서, 핀두아의 리더십은 속절없이 무너져 내렸다. 그들은 이미 새로운 층에 잡아먹히고 있었고 그렇다고 시간을 지체할 수도 없었다. 핀두아는 결단을 내려야했다.

핀두아는 자신의 날카로운 발톱으로 무리의 모두에게 일일이 작은 상처를 냈다. 그리고 한 식경 동안 변화를 지켜봤다. 눈, 털 빛, 숨 냄새까지. 전체 중 약 7마리 정도만이 위에서 내려오기 전보다 확연히 다른 모습을 띠기 시작했다. 아직까지 무리에서는 감각의 혼란만이 확인될 뿐 기억의 혼선은 발견되지 않았다. 핀두아는 망설였다. 이미 늦어버린 녀석들을 제외한 나머지 짐승들이 이 층에 완전히 적응할 것이 아니라면 이대로 배로 돌려보내는 것이 맞다. 최대한 가능한 오래, 옛것을 섭취하며 주위 환경에 노출되는 시간을 줄여야 한다. 하지만 동시에 또 가늠해야 한다. 애초에 받아들였던 것 아니던가. 이들 중 다수는 불모지가 되어버린 우리의 땅을 다시 기름지게 되돌리기 위해 녹여내야 하지 않는가. 그래, 이것은 필요와 쓰임을 명확히 하여야 하는 문제일 뿐이다.

핀두아는 선발한 7마리와 가능성이 있어 보이는 추가 5마리를 제외하고 나머지들에게는 온 길을 돌아가되 섬으로 진입하는 입구에서 대기하고 배로는 귀환하지 말라고 명령했다. 그렇게 오직 13의 짐승들만이 다시 탐색을 시작했다. 그들은 섬 중앙으로 가는 도중에 이곳에 생명이 살았던 흔적인 동굴들을 여럿 발견했다. 제대로 된 건축물은 확인되지 않았지만 옅은 짐승의 비린내는 남아있었다. 그중 몇 개는 바다와 이어진 수중 동굴로 보였고, 탐사는 불가능했다. 또한 알게 된 것은 이 섬 곳곳에 남아 있는 패인 자국은 확실히 '뜯어 먹은' 흔적이라는 것이다. 물론 지금 이 땅의 낯선 짐승들이 이런 걸 배 안으로 들이밀었다간 구역질과 함께 무엇도 받아들이지 못할 것이다.

이윽고 무리는 섬 중앙 빛의 기둥에 도착했다.

제12장

역전된 흐름

　'공허한 결정(結晶)의 비'—더 이상의 묘사는 불필요했다. 반쯤 얼어붙은 물이 위로 흐르는 난기류를 타고 솟구쳤다. 그것은 하늘의 두 개의 커다란 달빛을 머금고, 기묘한 광채를 반사했다. 가운데 뾰족한 절벽의 뿌리에는 주위로 물이 휘몰아쳐 돌을 더 날카롭게 깎아내고 있다.
　겉으로 보기에는 저 연기 같은 물의 움직임이 크게 물리적인 위협으로 느껴지지 않았다. 핀두아의 지시로 그중에 가장 매달리는 힘이 강한 재규어가 절벽을 기어오르기 시작했다. 그리고 그 뒤로 짐승들이 하나둘 매달렸다. 하지만 겉보기에도 이것은 별로 좋은 생각은 아니었다. 빛의 기둥은 말 그대로 하늘에 천장만큼 높아서 직접 닿아 올라간다는 것은 무모한 생각이었다. 실제로 돌아온 날짐승 중에서도 꼭대기까지 보고 온 이는 없었다. 그럼에도 확인해야 했다. 이 탑의 세계에는 보이는 대로의 물리적 법칙은 아무 의미가 없다. 오랜 세월 살아온 자들도 그 역전을 다 이해하고 읽어낼 수도 없으며 오로지 직접 받아들여 봐야 체감할 수 있다.
　재빠르게 오르던 이들이 반의 반도 오르지 못한 채, 하나둘 절벽을 붙잡지 못하고 떨어지는 것을 보고 나서야 핀두아는 고개를 끄덕였다. 핀두아의 바로 옆에 고꾸라져 떨어진 재규어는 말 그대로, '깨져 죽은' 것이었다. 경화된 그 육신은 이미 살과 피로 이루어진 존재로 보이지 않았다. 그마저도 부서진 조각은 다시 모래처럼 녹아내렸다. 짐승들은 모두 두려움에 몸을 떨고 뒷걸음쳤다. 오직 핀두아만이 이곳을 이해하기 위해 하늘의 천체들을 관찰했다. 그리고 무슨 생각이 든 것인지 이젠 10명이 채 남지 않은 무리의 방향을 돌렸다.

숨을 헐떡거리며 돌아온 핀두아는 배에 남아서 쉬면서 태연히 선장과 이야기를 나누고 있는 하얀 인간이 마음에 들지 않았다. 애초에 그는 더 나은 길잡이로 기대된 것도 아니었다. 다만, 저 존재는 그 자체로 곁에 존재할 가치가 있었다. 이 세계의 탑에는 어느 층에나 공공연하게 받아들여지는 원칙이 3가지가 있는데 그중 제 1원리는 '**높은 의식은 반드시 위로 올라간다는 것**'이다. '높은 의식'은 양질의 개체, 강력한 에너지, 깊은 인과를 상징한다. 그 정제된 순수, 높은 벼림의 기술력이라는 것만으로 누구에게나 우상적인 존재로 다가온다. 그다음 제2원칙은 '**층은 절대로 역전되지 않는다**' 이다. 이 탑은 총 6개의 층으로 나뉘어져 있으며 각 층은 에너지 밀도의 차이가 커 절대로 섞이고 역전이 일어나지 않는다. 마지막 제3원칙은 '**위대한 것은 반드시 복잡하다**'이다. 큰 것은 늘 그보다 작고 단순한 것을 잡아먹고 복잡해지는 이치처럼 복잡한 기교와 기술에는 늘 더 큰 힘과, 많은 자원, 높은 지식이 요구된다. 고도화된 문명 수준은 자연스레 층계에 차이 나게 발생할 수밖에 없다.

즉 달리 말하자면 우리가 저 배의 많은 무리들을 이끌고 과업을 달성한 후 원래의 조각으로 돌아가기 위해서는 반드시 의식이 온전히 원래 있던 곳에 예속되어 있어야 하며, 그 중간에 의식이 여기 이 아래층에 떨어지거나 하는 일은 없어야 한다. 날개가 찢어져 추락한 우리 안의 그것이 살을 치유하고 새 깃털이 솟는 데 소요되는 시간은 생명이 살아가며 체감하는 그것과는 다르다. 그리고 영혼의 방은 절대적으로 개인 단위의 우주이며 감히 누가 대신 열람하여 깨우쳐줄 수 없다.

그러나 애초에 서로 층간의 교류가 거의 발생하지 않음에도 불구하고, 속설처럼 전해지는 몇 가지 원칙이 있다. 그것들은 대부분 위층의 권능처럼 묘사되는, 신앙적인 얘기들이다. 위대한 분의 '복음'을 오래 듣는 것만으로도 추락한 자들이나 원래 천했던 영적 존재들도 저 높은 곳으로 닿을 수 있는 구원과 관련된 미신들이다. 애초에 그것이 실제 목격된 것에서 오는 '치유'의 의미거나 '구원'일 수도 있고 혹은 일시적인 '고양감'일 수도 있다. 하지만 결국, 이 모든 것은 개인 단위의 정신적 고찰에 불과하다. 그런 존재를 곁에 둔다고 해서 반드시 그러하다고 말할 수는 없다. 그럼에도, 이러한 존재는 어쩐지 주위를 기대하게 만든다.

다시 말해, 저 소녀는 내 동지들의 의식을 이곳에 더 오래 붙잡아두게 할 수 있는— 작은 희망이자 기대였다. 뭐 그것을 영향력이라고 할 수도 있겠다. 그녀 또한 위에서 '떨어진 자'이다만 아직 흰 빛이 조금도 바래지 않고 있다. 어쩌면 그녀의 하강은, 진짜 추락이 아닌 **'잠시 내려온 것'**일지도 모른다. 그녀는 이곳에 있는 동안 누구에게도 물들지 않으면서 고귀한 자태만 유지해주면 된다. 분명한 것은 흰 것은 노란 것보다 강하며 검붉은 것에 비해서는 말할 것도 없다.

"물 밑으로 간 자들은요?" 핀두아가 물었다.

"아직이라네." 잿그을이 짧게 대답했다. "자네들은 괜찮았나? 일부 동료들이 보이지 않는군."

"모두 데려올 순 없었소. 다행히 이 섬은 크지 않으니, 언제든 다시 탐사

할 수 있을 거요. 물론⋯ 그럴 필요가 있다면 말이지."

"지금 내 말은—" 잿그을이 시선을 들었다. "무슨 일이 있었느냐는 거요. 말이 돌지 않고, 직선으로 빨랐으면 하네."

"⋯뺏겼소." 핀두아의 눈이 좁아졌다. "저 위로 오르는 빛에 닿아."

"상승이 아니라, 오히려 반대였나? 그 말은⋯ **역전**이라는 건가?"

"그럴 리가 없소." 핀두아가 고개를 저었다. "이건 분명 '해석'이오. 무지한 우리 같은 자들이⋯ 속은 것이오."

그때까지 조용히 듣고 있던 소녀가 입을 열었다.

"저 말 그대로예요. 굳이 비유하자면, 눈이 뒤집힌 자들이 속은 겁니다."

"헷갈리니까 확실히 말해요." 잿그을이 날카롭게 말했다. "세상이 뒤집힌 거요? 아니면⋯ 우리가 잘못 본 거요?"

"누구도 틀린 건 아니에요. 그리고 '원칙'은⋯ 뒤집히지 않아요." 아늘이 천천히 대답했다. "당신들의 눈이 착각을 일으킨 겁니다. 제 눈엔— 처음부터 저건 오르는 기둥이 아니었어요. 밑으로 꺼져가는 빛이었죠. 하늘에 닿는 '기둥' 같은 건 아니었습니다."

"그렇게 잘난 척할 거면 말해보시오." 핀두아가 쏘아붙였다. "저게 무슨 현상이고, 다음엔 우리가 어떻게 대응해야 하는지."

"모든 순환은— 주기를 예측하고, 기다려야 합니다. 그리고⋯ 대비해야 하죠."

"대비?" 잿그을이 되물었다.

선장은 가슴에 걸려 있던 뿔피리를 세 번 불었다. 물속으로 정찰을 간 자들에게, '돌아오라'는 신호였다.

"위협의 주체가 이곳 짐승들이라면, 그들이 이 중에서 가장 탐날 건— 당연히 '**흰고기**' 아니겠습니까?" 잿그을이 말했다. "저들이야말로… 눈이 돌아가겠군."

"아랫자들은 윗 음식을 먹고, 맛을 느낄 수 없습니다." 핀두아가 덧붙였다. "조금 소화는 하겠지만…"

잠시 후, 물 위로 일렁임이 생기더니 떠났던 이들이 하나둘 고개를 내밀었다. 지쳐 보이긴 했지만, 다행히 큰 이상은 없어 보였다.

"무슨 일입니까?"

"벌써 약속한 한 식경이 지난 겁니까?"

"아직 섬 주위만 둘러봤을 뿐이에요."

그중, 수달은 아무 말 없이 생각에 잠긴 채 잠자코 있었다.

"벌써 너희들이 귀환해야 할 시간이, 두 식경이 넘었단 말이다!" 핀두아가 외쳤다.

물짐승들은 혼란스러워했다. 그들이 느낀 체감 시간은 훨씬 짧았기 때문이다.

이로써, 같은 층 안에서도 시간의 밀도가 다른 공간이 존재함이 드러났다.

잿그을은 확신하듯 말했다.

"그렇다면… 가라앉은 건 물이 아니라, 하늘이었군."

"천체는 위에 있는 것이 아닙니다." 아늘이 조용히 말했다. "어디로든— 향할 수 있게 열려 있는 것입니다."

물짐승들은 모두 무사히 돌아와 휴식을 취했다. 섬으로 들어갔던 이들보다 훨씬 여유 있어 보였다.

그중 가장 깊이, 멀리 갔다 온 거북이 관구가 말했다.

"물속은 어두웠지만, 그게 전부는 아니었습니다. 오히려… 우리 땅의 물보다 묽었고, 생기가 적었습니다. 덕분에 헤엄치기가 가벼워, 마치 활공하는 기분이었죠."

"그리고 분명히 보았습니다. 물속 어딘가— 파묻힌 채, 잠든 검붉은 짐승들을요. 그들은 우리를 의식하지 않았고, 그저 여기저기에 묻힌 채, 동면 중인 것처럼… 생명 활동을 자제하고 있었습니다."

그제서야 조용히 있던 음푸웨케가 입을 열었다.

"나는 가까이 다가가서, 그들의 모습을 봤어요."

"종은 다양했지만… 전체적으로 우리보다 덩치는 작았고, 앙상했어요. 이곳의 먹이가 여의치 않아 보였죠."

"이들끼리 피식행위를 하는지는 모르겠지만, 주 먹이는 분명했습니다."

육지 정찰을 나갔던 이들이, 다음 말을 직감하고 숨을 삼켰다.

"바로… 퇴적층이에요." 음푸웨케가 말했다. "미생물과, 약간의 양분이 남아 있는 이곳의 환경을 보면— 바위들이 피식된 흔적들이 다수 확인됐습니다."

몇몇은, 자신들이 실제로 '맛'을 봤다고 고백했다.

"매우 옅은 단맛이 났습니다. 쓴맛도 있었지만… 굳이 비슷한 걸 꼽자면, 향이 다 날아간 말린 과일 껍질 같았어요. 하지만 전혀 포만감은 없었고, 빈 껍데기 같은 식사였어요. 이걸로 배를 채우려면, 자기 덩치의 배는 먹어야 할 겁니다."

그때, 늙은 선의가 조심스럽게 말을 꺼냈다.

"저… 선장님. 짐승들의 건강 상태를 쭉 진찰해 보았습니다. 그런데… 이게 단순한 피로와 정신적 스트레스는 아닌 듯합니다. 몇몇은 활동을 제한해야 할 정도로… 심각합니다. 무리에서 분리해 따로 관리해야 합니다. 말하자면— 격리입니다."

선장은 이미 예상한 듯 조용히 지시를 내렸다.

총 4층의 선내를 동편과 서편으로 나누어 이동하라는 명령. 그 기준은 가까운 가족도, 무리도 아닌 선의와 핀두아의 손짓에 의해 결정되었다.

이 과정에서— 처음으로, 짐승들 사이에 큰 동요와 불안이 일어났다.

소녀는 중증의 짐승 몇을 끌어안았다. 그제야 발작을 일으키던 이들이 다소 진정되었다.

그 행위는 자비도, 설법도, 선교도 아니었다.

여기 짐승들은 회개도, 자기 자신을 용서하는 방법도 알지 못하는 자들뿐. 그러나 깨우치지 못한 자들조차— 위안은 받아들일 수 있었다.

"담는 것은, 그릇이 깨지기 전이어야 할 겁니다." 아늘이 말했다. "그리고 확실히 해야 할 건, 에너지의 크기야말로 곧 기술이며, 곧 양질입니다. 제대로, 높게 쌓지 않는다면— 의식은 계단을 오르지 못할 겁니다."

"당신은 처음부터 희었는지 모르겠으나…" 핀두아가 천천히 말했다. "태생적으로 저항할 수 없는 자들도 있습니다. 그리고 잊지 마시오. 이건 우리를 '상승'시키는 게 아니라— 제자리로 '되돌려놓는' 것일 뿐."

"그렇기에, 층을 오를 만한 '양질'이 아니라, 그저 '충분한 양만 있으면 되는 거요. 별과 별 사이를 잇는 고귀한 이동에 필요한 그 막대한 크기와 기술의 차이— 이런 하찮은 층에 요구할 순 없지 않소. 우리는… 우리에게 어울리는 방식대로, 받아들이고 수단을 명확히 합니다."

"그래서 더욱 이상하군요." 아늘이 그를 똑바로 바라봤다. "다른 이들도 아니고… 어째서 '당신'이?"

"내 눈을 속일 수 있을 줄 알았습니까?"

"…내가 이들에게 약속한 것과 다르지 않다." 핀두아는 시선을 피하지 않았다. "모든 걸 말할 수는 없는 법이다."

"이 탑은 위아래 여섯 개 층. 각 층마다 수십 개의 조각으로 나뉘어져 있습니다." 아늘이 말했다. "층마다 대표적으로 띠는 주계열의 색이 있고, 조각 간에는 개성의 차이가 있지요. 그걸로 유사해 보이는 짐승들 사이에서도 색의 차이를 구분할 수 있어요."

"…하지만 당신은—"

"그만…!" 핀두아가 소리쳤다. "쓸데없는 말은 그만둬라. 필요 없는 참견이다."

Part 5.

환상의 도서관

이 천체가 막 생성되었을 당시, 저 바깥의 수많은 손님들이 깊은 관심을 가지고 찾아왔다. 매일같이 이 행성이 요동칠 만큼 거대한 잔치가 이어졌고, 커다랗고 충격적인 사건들이 끊임없이 벌어졌다. 그 결과, 이 격변의 행성에는 안정이란 찾아올 틈이 없었다.

제13장

천체의 울음

배 안의 동물들에게 새로운 방이 배정되었고, 식사의 시간도 주어졌다. 이젠 반응도 나뉘어졌다.

위에서 가져온 음식을 그대로 먹을 수 있는 자

먹되 소화 불량을 일으키는 자

음식도 이전과 같지 않다. 몇은 익지 않고 썩거나 물러버렸다.

이것을 먹고 몸으로 받아들이지 못하고 토해내는 자

오히려 이를 잘 받아들이기 시작했지만, 먹는 양에 비해 허기를 전혀 해소하지 못하는 자들

이젠 '**나눔**'의 주민들은 서로 간에 그리고 그들의 음식마저도 갈라져 버렸다. 그리고 시간은 이들을 점점 갈라놓는 것이 아니라 한쪽으로 흐르게 할 것이다. 시간이 많이 없다.

"무리를 정리하고, 영학을 강화했소."

잿그을이 천천히 입을 열었다. "이제… 말해주시오. 이제 무엇을 기다려야 합니까."

아늘은 한참을 말없이 하늘을 바라보다가 입을 열었다.

"울고 있어요. 별들이."

그녀는 눈을 감았다. "들어보세요. 귀 기울인다면… 보일 것입니다."

선장은 천체의 움직임에서 오는 소리라고 느꼈던 하늘을 주의 깊게 분석하기 시작했고, 핀두아 또한 울음소리처럼 들렸던 그것의 정체를 찾으려 했다. 그러다 유독 하늘의 한구석의 구슬피 우는 차가운 반주에 주목하기 시작했다. 그 이유를 생각하며 둘러보다 알게 된 것은 하늘을 가로지르는 큰 두 개의 달이 이전에는 분명 서로를 뒤쫓듯 나란히 달리고 있었는데 어느새 그것들이 각자의 궤도로 돌다가 한 곳을 향해 모이고 있었다는 것이다. 그 '구슬픈 빈자리'는 주위 다른 천체들을 향해 외로운 듯 불러 모으는 것처럼 보였다. 늙은 도마뱀과 커다란 소는 비로소 자신들이 올려다보던 풍경이 조감이었음을 깨닫는다. 그리고 문제는 이 천체들이 모이게 되면서 발생하는 균형의 이동인데, 이미 세상은 찌그덕거리며 갈라지는 소리가 들린다.

아늘이 외쳤다. "이제 위아래가 바뀌고 아래에 있던 것이 모든 것을 토해내고 말 것이다. 그렇다면 잠자코 쉬던 이들이 모두 깨어나게 될 것이야!"

선장이 환호하며 소리질렀다.

"그것이 우리의 기회다! 이건 변칙이 아니야! 주기지! 놓쳐서는 안된다! 선원들에게 일러라. 배는 고정시켜야 하는 선원들을 제외하고는 모두 방에 들어가서 정신을 부여잡고 기다려야 한다고! 큰 변화만 견디면 된다고 말이야!"

몇몇 힘이 센 짐승들은 분주히 움직이며 배에서 몇 개의 모래주머니를 매달아 던졌고, 섬의 땅에 고정할 수 있는 커다란 갈고리를 깊게 걸었다. 그러나 이것은 거의 효과가 없었다. 달이 서로 가까워지고 조류가 눈에 보이기 시작했고 그 차이는 이곳에 처음인 이들에게 상식 밖의 변화였다. 배는 삽시간에 크게 요동치며 섬 안으로 삽시간에 끌려 들어가다가도, 곧이어 반대로 바다로 내던져지듯 밀려났다. 더 이상 이제 배는 지탱하지 못할 것이다.

배의 많은 부분들이 파손되기 시작했고 제 기능을 잃는 데 오랜 시간이 걸리지 않을 것이다. 이미 이곳으로 떨어지면서 배는 보수가 필요했다. 그럼에도 선장은 전혀 두려워하지 않고 오히려 한껏 기대에 부풀었고 드디어 달이 겹치는 시간은 다가왔다. 빛을 반사해내는 달이 겹치자 세상은 큰 빛을 잃었고 조수는 극대화되었다. 이제 좌우로 요동치는 건 해수만이 아니다. 땅이! 공기가! 모두 개벽한다!

소녀는 갑판 위에서 이것들을 지켜보았으며, 일체 흔들리지 않고 고요했다. 그런 그녀의 뒤로 수달이 조용히 다가와 쿡쿡 그녀를 건드렸다.

"사실 아무에게도 얘기하지 않았지만…" 음푸웨케가 낮게 말했다. "난 물속에서— 비석을 하나 발견했어요. 나눔의 조각에도 있던… 그것."

"누가 새긴 비문. 언뜻 보면 기록으로 보이지만, 사실… 당신은 알아차렸죠?"

"이것 또한 하나의 탑을 구축하는 공식의 한 줄. 방대한 목적과 기술을 구현하는, 작은 톱니 나사."

"무얼 말하고 싶은 건가요?" 아늘이 시선을 피하지 않았다. "당신은… 늘 진실을 우물거리고 내뱉는 것 같아, 불편해요."

"내가 말하고 싶은 건— 이건 공통의 기록이라는 겁니다. '동등한 높이'에서 바라본 시선 말입니다."

"그래서, 그 내용은?"

> **1317년 전, 천체 탄생 후 8백 6십 9만 7천 5백 2십 3번째 붉은 곰의 출몰. '대이변'**
>
> 이날, 태양이 머리 꼭대기에 오르고 달이 땅끝에서 스멀스멀 올라오려 할 즈음— 세계의 모든 이들이 심상치 않은 대기의 흐름을 느끼고 낯선 땅의 소리를 들었다.
> 태양이 완전히 지고, 달빛이 채워진 잠깐 사이— 하늘을 나는 모든 것들이 아래로 빨려드는 느낌을 받았다.
> 일부는 그 힘을 견디지 못하고 바닥으로 곤두박질쳤으며, 본래 땅에 붙어 있던 이들조차 낯선 중력에 눌려 주저앉았다.

> **대이변 후 121년**
>
> 많은 생명들이 변화된 자연에 적응했고, 세계는 요동을 멈추고 규칙적인 자리를 잡아갔다. 하지만 붉은 곰이 나타나는 밤이면 여전히 예상치 못한 사건과 생명들이 등장했다.
>
> **대이변 후 925년**
>
> 본래 171개의 땅들로 이루어졌던 이 세계는 각 땅에 작용하는 힘의 차이로 인해 균열이 발생했다.
> *이날, 하늘에서 떨어진 별똥별로 인해 큰 폭발이 일어났고—
> 조각들은 6개의 층으로 독립적으로 탈락하여 서로 찢어진 공간으로 추락했다.*

"이 행성의 서사네요." 아늘이 낮게 말했다. "저도 예전에… 비슷한 걸 들은 기억이 납니다."

"수백만 번의 대이변 후에도, 이 **감옥**은 여전히 잘 운영되었다. 세계에는 여전히 당기는 힘과 밀어내는 힘을 이해하는 자들이 등장했고, 그들은 저마다의 방식으로 그것을 활용하는 걸 즐겼다. 그리고 대부분— 그런 자들이 우두머리가 되었다."

"조각을 벼리는 자들이 드물던 시절, 미개한 짐승들끼리는… 분명히 그랬겠죠." 아늘이 대꾸했다.

"자격에 취한 자들은 자신들의 원죄를 이해하려는 노력조차 하지 않은 채 무지한 왕좌에 남는 것에 만족했다. 태초의 그녀의 부름을 받을 리도 없고— 하늘의 소리와 멀어진 이유조차 결코 깨닫지 못했다."

"아, 그랬지." 아늘이 말했다. "당신은 농부에게서 기록을 좀 훔쳐왔다고 했죠."

"맞습니다."

루넷의 꿈 (추락을 받아들이지 못한 존재들)

거듭된 대이변 속에서도,
흰 짐승들은— 그나마 영민하게도 하늘의 단절에 의문을 가졌고, 웅얼거림조차 받아 적어보려는 시도를 하긴 했다.
그러나 우민한 그들은, 자신들조차 추락할 수 있다는 필멸의 존재라는 사실을 쉽게 받아들이지 못했고, 결국 무기력해졌다.

"당신이 그런 기록에 심취하는 이유가 뭔가요?" 아늘이 물었다. "무엇을… 바꿀 수 있다고 믿나요?"

"그렇습니다." 음푸웨케의 눈빛이 단단해졌다. "우리는 '단절'을 극복해야 합니다. 비로소— 하늘에 용서를 구하고, 진정한 '연결'을 거듭해야 합니다."

"…"

아늘은 사실 이 일관된 기술 자체보다, 그걸 누가 남겼는가에 더 관심이 있었다.

"…왜 내게 이런 걸 전하는 거죠?"

"세상의 단절은 결국, 생명력을 잃게 만들 겁니다." 음푸웨케가 천천히 말했다. "저 평화로운 숲의 포도밭마저, 새까맣게 죽을 정도로. 나는 그걸 멈추게 하는 것이— 우리 같은 자들의 사명이라 생각합니다."

"난 그리 생각하지 않아요." 아늘이 고개를 저었다. "그런 일에 관심도 없어요. 우린… 결이 일치하지 않네요. 그걸로 충분합니다."

"흰 짐승들은 우주의 당기고 밀어내는 힘을 이해하고, 물질을 벼려낼 수 있지요." 음푸웨케의 목소리가 높아졌다. "그건 곧— 세계를 기록하고, 정돈할 수 있는 잠재력입니다."

"지금의 6층은… 썩었습니다."

"날 조종하려 하지 말아요." 아늘이 낮게 잘랐다. "대가 없는, 손쉬운 물질과 힘의 이동은 없습니다. 허황된 연금술… 그런 걸 떠들고 있군요."

그 순간, 옆으로 비틀거리던 선장이 모자를 간신히 눌러쓰며 뛰어왔다.

"여기 있었군!" 잿그을이 숨을 몰아쉬며 말했다. "아까부터 누구랑 떠들고 있었소? 이 혼란 속에서… 찾아다녀야 했잖소!"

"…그래. 이제 곧인 거지요. 최적의 순간을— 알 수 있게 일러주시오. 당신네는… 우리보다 뛰어난 수학자들이니."

아늘이 돌아보았을 땐, 음푸웨케는 이미 사라지고 없었다…

"…오염되지 않게, 당신의 빛을 지켜주세요." 그녀가 천천히 말했다. "당신의 노란 불이 온전히 남을 수 있도록요."

잿그을은 숨을 멈추듯 묻는다.

"…어디까지 알고 있는 것인가. 흰 짐승들은… 정말 다른가… 어디까지 알고 있는 것인가."

선장이 품속에서 동그란 발광체를 꺼냈다. 이 물건은 꽤 오랜 시간이 지났음에도 처음의 선명한 빛을 유지했다. 아니 그러도록 완성해 낸 것이다. 처음엔 불완전했던 그것이지만. 어느 한 짐승이 자기네 땅을 그 이상의 가치로 만들겠다는 염원을 덧댔다. 비록 그 조각은 이젠 돌이킬 수 없는 손상을 입었지만. 이 늙은 도마뱀의 열망은 갈구 사이에 줄다리기를 하여 악착같이 버텨냈다. 무너지는 땅에서도 흙을 기필코 끌어모아 쌓은 둔덕 위에 선 것처럼. 수몰되지 않게 살아남으려 애썼을 뿐이나. 그 힘을 이해하여 통제하기 시작해 정교한 지하시설을 구축해낸 것처럼. 단순히 따르는 자들은 이해할 수 없을 것이나. 이 도마뱀만큼은 점점 복잡해지길 바라며 거시적인 존재로 자신을 담금질했다. 그렇기에 그의 의식은 그의 수단과 행위에 비해 온전하고 추락하지 않은 채 유지할 수 있었다. 방식은 차이나지만 느낌에서는 구역질 나는 6층의 기만을 떠오르게 한다. 그래, 이 자의 동그란 불을 완성해 내기 위해 필요했던 나머지 부속은, 삭아서 녹아버린 땅 위에도 아직도 남아 있는 그 집터 위에 있는 한 그루의 말린 가지였다.

이건 이변이라고도 부를 수준도 안 되는 작은 순환이지만. 제법 그럴듯한 형체를 드러낸다. 배를 고정하고 있던 모든 줄은 끊어져 날아갔으며 바다는 결국 뒤집히며 육지는 꺼져 세상이 반대로 보이기 시작했다. 하늘에는 이전까지 보이지 않던 천체들이 새롭게 나타났고, 이 과정에서 배는 한 바퀴 굴러 제자리로 돌아왔지만 이미 반파 직전인 것처럼 너덜거렸다. 곳곳에서 비명이 터져 나왔다. 드디어 이제 이들이 기다리던 땅으로 꺼지는 것처럼 보이는 빛의 동아줄이 아래로 내려간다.

슬며시 궁금증을 이겨내지 못한 자들이 지시를 어기고 방에서 나와 갑판으로 나왔다. 그들은 두려움과 떨림 속에 마지막이 될 순간일지도 모를 세상을 보았다. 그리고 동시에 드디어 드러낸 이곳 생태계의 주민들을 보고 공포에 떨었다. 몇 식경 전까지는 죽은 듯 자고 있던 이들은 깨어나자마자 배를 미친 듯이 뜯어먹기 시작했다. 이 조각의 수많은 바위들처럼 순식간에 배도 본래의 형태를 잃고 말 것이다.

제14장

노란 등불

"아직이오?" 잿그을이 목소리를 높였다. "대체 저들은 왜… 이제야 활동을 시작하는 거요? 이 시기만을— 기다린 겁니까?"

"부정의 에너지는 늘, 불순물이 많고… 효율이 낮습니다." 아늘이 차분히 말했다. "그리고 그 크기와 양에 비해 순도가 낮으니 맘껏 발산해도, 그만한 보상이 따르지 않죠."

"그렇기에 이곳 짐승들은— 그걸 효율적으로 쓰기 위해 스스로를 적응시켜 왔을 겁니다."

"4층의 부정의 조각을… 뭐라 불러야 할까요?"

"이곳의 '**탐닉**'은, 층을 주기적으로 회전시켜 찌꺼기를 정제한 뒤 밀도가 높아진 해수를 들이켜 마침내 깨어난 거겠죠."

"…더 귀한 먹이가 눈앞에 나타날 줄은 몰랐겠지만."

아늘은 조용히 시선을 돌렸다.

"그래도, 이렇게 하나의 층 안에서 무질서가 발생하다니. 말 그대로— '원칙'을 깬 역전이 아닌가요."

"즉, 이 놈들은…" 핀두아가 낮게 말했다. "물속이든, 흙이나 돌 속의 양분을 정제하기 위해— 최대한 다른 활동을 하지 않고 휴면 상태로 들어가 있었던 것이군."

"그래서… 저 빛의 기둥에 노출된 우리 동료들이 말라 죽게 된 건…"

"3층으로 내려가며 그들의 육신이 여과돼 버렸기 때문인가."

"조각의 큰 흐름에 휩쓸렸다고 봐야겠지요." 아늘이 고개를 끄덕였다.

"이게… 자연스러운 일인가?" 핀두아가 조용히 중얼거렸다. "부정의 감정이란 게 자연스럽게 터지는 게 아니라, 표출에도 절차가 필요한 만큼… 본질적으로 부자연스러운 건가?"

"세계, 관계, 육체, 행위, 의식─" 아늘이 천천히 나열했다. "모두가 복합적으로 얽힌 구조예요. 긍정과 부정은 그 안에서 생기는 극히 자연스러운 결과입니다."

"지금 그게 중요한 게 아니야!" 잿그을이 손바닥으로 갑판을 쳤다. "우린 지금… 역전된 빛의 기둥 중 하나를 선택해야 해."

"문제는─ 거기로 배를 옮길 방법도 없고, 아니, 그전에…"

그는 숨을 몰아쉬었다.

"지금 이 배가 그때까지… 버티지 못할지도 몰라."

"결국… 피식당하게 될 거야."

소녀가 선장의 노란 빛 구슬을 뺏어 들었다. 그 순간, 배의 중심부에서부터 뭔가 찢어지는 듯한 소리가 울려 퍼졌다. 배 안에는 이미 물이 들이차 있었고, 휩쓸려 가거나 뜯겨나가는 짐승들도 하나둘 나타나기 시작했다. 그래도 이들은 힘차게 저항했다. 아랫짐승들은 개체 하나하나로는 위층보다 강하거나 튼튼하지 못했다. 하지만 문제는, 그 수였다. 절대적인 원칙은 아니지만 늘 아래층은 위층보다 그 수가 많았다. 아늘은 사실 이들에게 무슨 구체적인 도움을 줄 마음은 사실 없었다. 그저 조언자 역할, 딱 그 정도의 관계만 맺으려 했다. 최대한 나서지 않으리라 생각했던 그녀는 호의로 작은 재주를 보이기로 결심했다.
　노란 등을 아래로 비추어, 볼록하고 널찍한 막을 만들어냈다. 그 일렁거리는 빛의 천은 황금 장막처럼 보였다. 비록 아주 크지는 않았지만, 목적엔 부족하지 않았다. 주위에 이용할 것은 이미 많았기에. 큰 질량의 빛에 만들어진 방사형의 천의 끝자락으로 주위 휘몰아치는 빛의 소용돌이가 꺾여 들어가기 시작했다. 작은 줄기가 휘어지면서 실처럼 엉긴 그것은 한 굵은 밧줄처럼 두꺼워졌으며, 이 소녀는 옷을 짜내듯 능숙하게 그걸로 천막의 뼈대인 살을 만들고, 또한 가장자리를 옭아매 균형을 갖출 수 있게 묶어냈다. 그리하여 모든 빛의 기둥은 하나의 꼬리가 되어 길게 늘어지며 둥근 공처럼 바뀐 장막을 지탱해 올리는 모양이 되었다. 바다의 모든 흐름은 한 점을 기준으로 나선 형태로 휘몰아 뭉쳐 올라 흐르게 되었다. 매우 직관적인 변환으로 이것은 누구든 이해시킬 수 있었다. 다만, 그 노란 영역에 직접 들어갈 수 있는 자들과, 끈을 통해 닿을 수밖에 없는 자들은 구분될 것이다. 사실 이 배의 몇몇 선원 정도는 소녀의 작은 권능으로 자비를 베풀어줄 수도 있었으나, 그녀는 자칫 따뜻한 처사로 포장될 수 있는 기만이 될 수 있는 실수를 하지 않고자 한다. 강대한 세계의 흐름에 이곳의 검붉은 짐승들은 하늘로 끌려 올라가다가 튕겨져 떨어져 나가길 반복했고 이상하게도 이 배만은 끌려가지 않았다. 선장과 핀두아를 포함한 몇 명은 간신히 무엇이든 잡을 수 있는 것을 부여잡은 채 버텨냈다. 아마 이 배는 나눔의 조각이 아닌 다른 조각에서 조달한 원목일 것이다.
　이 노란 등의 핵심 소재는 곧 소임을 다할 것이다. 원래 나뭇가지의 일부였기에, 다시 그 자리로 환원될 것이다…

"모두… 방에서 나오도록 하라 하세요." 아늘의 목소리는 낮고 단단했다.

잿그을은 숨을 멈췄다가, 터지듯 감탄했다.

"…대단하고, 멋지군…!" 그가 외쳤다. "내가 머릿속으로 그렸던 것보다— 훨씬 대단하오!"

선장은 무릎이 꺾여 몇 번이나 휘청이며, 마침내 커다란 뿔피리를 울렸다. 그 소리는 육중하고 떨리는 파장으로 배 안에 울려 퍼졌다.

두려움에 떨며 숨어 있던 선원들은 하나둘, 방에서 기어 나오기 시작했다.

잿그을은 그 광경을 바라보며, 묵직하게 중얼거렸다.

"…처음부터, 힘이 부족한 건 아니었군…"

그는 고개를 돌려 아늘을 바라봤다.

"아니— 당신이었기에… 가능했겠지."

소녀의 눈에서는 백색의 광채가 터져 나왔다. 그것은 마치 유약하고 미개한 존재들을 가려내듯, 배의 구석구석을 관통하며 훑었다. 적어도 전체의 2할. 구해낼 수 없는 자들이, 생각보다 많았다. 선장이 처음에 그렸던 그림은 이랬을 것이다. 빛의 구슬로 사다리를 형성하고, 그 부족한 높이는 낙오될 선원들로 채워 넣는 방식. 이 비참하고 어설픈 선장의 그림은 다행히도 필요가 없어졌다. 각 층의 생태계에는 필연적인 순환이 있고, 세계의 원칙에 따라 더 높은 층의 이질적인 질량에는 낮은 것들이 저항 없이 끌릴 수밖에 없다. 마치 작은 것이 큰 것에게 삼켜지듯. 하지만 이 원리를 정확히 예측하고 실행에 옮기기까지는, 누군가의 귀띔이나 조종 없이는 어려웠을 것이다. 결과적으로 이들의 목표는 성공할 것이다. 이후 안정적인 자원을 약속받을 것이다.

"곧… 헤어지게 되니, 이제 물어봅시다." 아늘이 천천히 입을 열었다.

"그러시오." 잿그을이 미소 지었다. "이리 수월하게 된 건— 당신 덕이니 말이오."

"당신들은 위에서 쏟아지는 비를 일부러 하나로 모을 수 있도록 수많은 파이프를 통해— 제어해 냈죠."

아늘의 시선은 파이프가 시작된 천정을 향해 있었다.

"원래는, 자연스럽게 여과되듯 지금 우리가 있는 4층으로 내려보냈어야 맞지만… 당신네 땅은 이미 망가져, 제 기능을 할 수 없게 되었지요."

"그래서 억지로 구현해낸 겁니다. 보다 많은 물을 모아, 억지로… 천공을 낸 것."

아늘은 고개를 돌려 그를 바라보았다.

"말은 이리 쉽게 정리하지만— 이건 꽤 섬세한 작도예요. 정말… 일등항해사가 짠 계획입니까?"

"어찌 이곳까지 온 것이 누구 하나의 머리였겠소." 잿그을이 씩 웃었다. "하지만— 그의 지략과 지식이 없었다면, 불가능했겠지."

그는 똑바로 아늘을 바라보며 말했다.

"자네에게 감사의 의미로… 답하자면— 당신이, 계속 원래 있던 곳으로 돌아가는 여정을 이어간다면 결국… 그를 다시 만나게 될 겁니다."

"그는, 층간에 이루고자 하는 바가 있소."

잿그을은 뒷짐을 진 채, 천천히 몸을 돌렸다.

"…그럼 이제 가리다. 잘 지내시오."

"잠깐!" 아늘이 한 걸음 앞으로 내디뎠다. "그게… 5층입니까? 4층입니까?"

잿그을은 멈칫하더니, 작게 고개를 돌렸다.

"직접 듣는 게 좋을 거요." 그는 조용히 대답했다. "나도… 그리 자세히는 모르니."

선장은 마지막 뿔피리를 힘차게 불었다. 희망을 잔뜩 머금은 채로 돌아가는 그의 소리치곤 아쉬움과 낙담도 섞여 있었다. 배의 짐승들은 하나둘 잡은 것을 놓고 하늘로 떠올라 빨려 들어갔다. 일부 살아남은 자들은 노란 경계를 얇은 막처럼 통과해 가볍게 품어졌고, 끝내 그러지 못한 자들은 꼬리에 덕지덕지 붙어 녹아들었다. 이윽고, 이곳에 내려오기 전 들렸던 세상을 찢는 듯한 굉음이 다시 울려 퍼졌다. 모든 수렴과 발산이 동시에 일어났다. 아래에서 떠받혀 밀어내는 힘은 점점 강해졌고 생겨난 천공은 점점 벌어져 찢어지기 시작했다. 그 틈 사이로, 커다란 노란 알처럼 변한 그것이 점점 밀려 들어갔고, 그 여파로 하늘의 많은 곳에 금이 가고 찢어졌다. 가까운 천체들 중 일부는 부서졌고, 거대한 달 하나는 완전히 쪼개져 큰 덩이와 작은 조각으로 나뉘었다. 그리하여 그 부스러기들은 주위를 맴도는 고리가 되었다. 다행히도 달 중 하나는 한쪽 귀퉁이가 크게 탈락돼 나갔을 뿐 형태를 유지할 수 있었다. 이 부자연스러운 의식이 시작되고, 시간이 얼마나 흘렀는지도 모를 무렵, 노란 짐승들은 마침내 이 층을 완전히 빠져나갔다.

그리고 그 다음은 소녀도 예상치 못한 전말이었다. 소녀는 위로 올라갈 수 없게 된 붉은 실들이 끊어져 떨어지고 돌아올 줄 알았다. 허나, 이들의 집념과 희망은 생각보다 대단했던 걸지도 모른다. 하늘에는 황금 나무의 뿌리 부분이 크게 자라나 노출 돼 있었으며, 이것은 분명 위층의 나무가 성장하여 뿌리를 내렸다는 것이며. 그 말은 위층으로 그들의 바람대로 상당량의 양분이 이동되었다는 것이리라. 비록 의식은 위로까지 돌아갈 수 없었어도 이곳에 남게 된 선원들은 뿌리로나마 위에 닿았다는 걸 느낄 수 있을 것이다. 그리고 이 천체가 주기를 맞아 역전되는 시기마다 다시 저 뿌리는 이곳의 먹이들을 빨아들이게 될 테니 인공적인 순환은 성공한 셈이다.

이제 소녀에게 남은 것은, 다 부서진 배와 선장이 두고 간 텅 빈 등뿐이었다. 뭐, 소녀도 덕분에 이 층까지 이동할 수 있었던 것도 사실이다. 서로 도움을 받는 관계는 끝이 났고 이제 그녀는 자신의 길을 가야한다. 우선 자신을 이곳에 자연스럽게 숨겨 눈에 띄지 않게 해야한다. 마치 병든 이곳의 짐승들처럼 미약하고 가느다란 존재처럼 위장해야 한다. 그녀는 아직 일렁이는 붉은 실타래를 몇 개 건져 올라 부서진 배의 몇 조각을 엮어 작은 나룻배를 만들었다. 그리고 빈 등에 새로운 껍질을 덧씌웠고, 붉은 등을 밝혀 주변을 이곳의 환경과 다를 바 없도록 위장했다. 이로써 외지인이 왔다는 것을 누구도 눈치챌 수 없게 되었다.

아늘은 고개를 잠시 들어 하늘을 바라보았다. 이전에 비해 제법 일그러졌지만 엉망진창이라 할 정도는 아니었다. 이젠 하늘의 점들이 새로운 궤도와 질서를 따라 그려진다. 이 인간의 작은 배에는 무엇 하나 실린 것이 없지만 그뿐이야 괜찮다. 손짓으로 사물을 짜내고 에너지를 잣는 이 존재에게 딱히 노가 없다 해도 작은 문제도 되지 않을 것이다. 다만 이젠 방향을 고민할 뿐이다. 이 바다와 이어진 다른 4층의 조각들 중에 어디에 도달해야 할지가 그것이다. 아늘이 통찰한 바로는, 이 조각의 전체 너비는 사방 80리에 채 미치지 않았다. 그러나 포도지기가 문을 열었을 때처럼, 수평 계층 또한 단순히 옆으로 이동한다고 해서 닿을 수 있는 것은 아니었다. 감정과 의식도 거리감에 따라 상관관계가 달라지듯, 인접 지점과 전환 지점 또한 쉽게 간과할 수 없었다. 제아무리 이곳이 그녀에게 있어 아래층이라 한들 이 인간이 모든 걸 관망할 만큼 초월적인 존재도 아니었다.

그렇기에 그녀는 직접 느끼고, 직접 생각했다. 이곳에 잠든 주인들이 깨어나지 않도록, 그녀는 수면에 작은 일렁거림만을 남겨 감각을 더듬었다. 바닥 구석구석. 또한 읊조리듯 울어 소리낸다. 하늘 이곳저곳을 간지럽히듯. 충분히 시간을 들이고 나서 이 여자는 이 조각에 연결된 14개의 수평층들을 찾아낸다. 그리고 선별한다. 자신이 생각하는 조건에 가까운 물성이 느껴지는 공간으로. 직접 볼 순 없으나 어렴풋이 그려낼 순 있다. 한 곳은 큰 눈바람이 불고 한 치 앞도 보기 힘들 만큼 휘몰아치는 것뿐 만이 아니라 어찌나 구슬프게 울어대는지 귀가 먹먹할 정도로 주파수가 꽉 차 있었다. 다른 한 곳은, 맞닿는 모든 길이 얼어 있었는데 특이한 점은 모든 길이 하나의 일정한 고동으로 움직이고 있는 것 같았다. 맥박과 호흡이 일제히 동화된 것처럼 일정하고 단조로웠다. 아늘은 잠시 고민하다 방향을 결정했고 배를 조심스레 천천히 앞으로 밀어냈다. 비록 길지는 않았지만, 그녀는 잠시 명상에 잠겼다. 내가 기억을 잃고 떨어졌던 날. 여우가 조롱하듯 떠들었던 혼잣말. 난 이전에 무엇을 하려고 했으며 그 결과로 원래 있던 곳에 더 이상 머물지 못했다. 그렇다고 그녀가 더 이상 흰 짐승이 아닌 것도 아니고 6층으로 돌아갈 수 없는 것도 아니었다. 긴 시간을 살아가는 존재답게 그녀는 자신의 답을 결정짓기 전에 많은 변수들을 펼쳐놓고 여지를 두고 싶을 뿐이다. 그래 이 여자가 잃어버린 건 비단 단순히 기억의 파편만이 아니라 좀 더 본질적인 것일지도 모른다. 조금 시간이 흐른 뒤 그녀는 물속에 손을 찔러 넣었다. 단지 차갑기만 한 것이 아니라, 그 물은 성질 자체가 달라져 있었다. 그녀가 수면 가까이에 입김을 불자, 물이 색을 나누며 번져갔다. 이내 물결 사이 중심으로 뚜렷한 선이 떠올랐다. 아늘은 주먹을 쥐어 들었고 그대로 내려찍듯이 그 길을 주먹으로 쳤다. 그 순간에 삽시간에 바닷물이 쩍 쩍 얼어붙듯이 하얗게 얼어붙었으며 그 울림과 함께 바다의 작은 길이 열렸다. 아늘은 배에서 내려, 그 길 너머의 작은 일렁거림을 가볍게 두드린 후, 조용히 몸을 밀어 넣었다.

루넷의 꿈 (칠흑 옆의 노래)

최초의 그녀가 태어나고 아찔할 만큼 오랜 시간 뒤에도 타인이란 개념은 여전히 없었다.

어느 날, 그제서야 그녀는 자신의 옆으로 작은 그림자가 져 있다는 것을 알았다.

그녀는 쭈그리고 앉아 한참을 돌아보았다.

이윽고 그것은 하나의 칠흑이 아님을 깨달았다.

수억의 조도에 수조의 오색을 띠었다.

그러나 이 순간까지도 광원은 하나에서 비롯됐다.

긴 연속의 끈 사이 문득 깨달았다. 자신이 오랜 세월 그 많은 질문을 답해왔음을.

이때 찰나, 그녀는 큰 외로움을 느꼈다.

그리하여 나누었다. 스스로가 무량의 목소리가 될 때까지.

그것은 우주 빈자리를 떠도는 노래가 되었다.

뿌렸다. 하늘까지 닿도록 모아온 커다란 탑의 조각을 우주 구석구석에.

그것은 원죄가 되었다.

제15장

얼음 도서관

눈 부스러기, 눈 모래, 눈 자갈. 뭐라고 불러야 할지 모르겠다. 분명 물의 결정이니, 이것은 촉촉하게 수분을 머금고 있어야 함에도 건조하기 이를 데 없다. 즉 이건 처음부터 그렇게 보였을 뿐 물이 아니리라. 이후 아늘의 행보는 위에서 내려다본다면 쉽게 전진하지 못하고 망설이는 것처럼 보일지도 모르겠다. 지금 이 여자는 헤매며 사방을 도는 것처럼 보이지만 실제로는 길을 따라가고 있을 뿐이다.

그녀처럼 통찰이 뛰어난 자가 본다면, 이 땅은 커다란 얼음 판 위에 놓인 투명한 유리 미로처럼 보이리라. 다만 이 미로는 끊임없이 유동적일 뿐 아니라, 상호작용하려 들었고 이 인간에게서 어떤 답을 얻고 싶어 하는 듯했다. 아늘은 한 식경이 지나도록 한 방향으로 천 보도 채 걷지 못했지만, 그 과정이 전혀 지루하거나 짜증나지는 않았다. '**이 존재**'가 떠드는 지론들이 제법 재미있었기 때문이다. 이 존재는 말 대신 소리와 질감, 미세한 진동의 강세로 의사를 표현했다. 외부 방문자에게는 적대적이거나 위협적인 기색도 없었다. 다만, 계속해서 무언가를 확인하려는 의도를 드러냈다. 그 존재는, 이 여자에게 새겨져 있는 지난달 여우가 낸 십자가 상처가 혹시 'KEY-WORLD'냐고 물었다. 만약 그렇다면, 당신이 '**백지의 수수께끼**'가 되는 것이냐는 말이었다.

　아늘은 이 말을 이해할 수 없었다. 그녀는 먼저 자신이 아는 어떤 것도 말하지 않았고, 오히려 이것을 아느냐고 되물었다. 벽은 이것이, 모든 소통 문제의 해답을 추론할 수 있는 가장 간단한 단서이자 단절을 복구할 수 있는 해결책인 'KEY-WORLD'처럼 보인다고 말했다. 그러나 아늘이 어디서 이것을 보았느냐고 묻자, 끝내 대답하지 않았다. 그래도 확실한 건, 미로의 문이 점점 더 빠르고 명확하게 어떤 방향으로 이끌고 있다는 점이다. 그것이 문을 열어주려는 것인지, 비켜 주려는 것인지, 아니면 그녀를 어딘가로 데려다 주려는 것인지 알 수 없었다. 그녀가 길을 따라 나아갈수록, 투명했던 벽은 점점 짙어지고 어두워졌으며, 이제는 마치 그녀를 둘러싼 동굴처럼 느껴졌다.

　마침내 도달한 곳에는, 미로의 일부가 아닌 원래부터 존재해 온 듯한 초록색 문이 있었다. 그녀는 망설임 없이 손잡이를 잡아당겼다. 내부는 어두웠지만, 복도를 따라 일렬로 걸린 등이 불을 밝혀 주위를 살피기엔 충분했다. 겉보기에는 멋진 저택 같았지만, 내부를 이루는 자재는 거의 모두 두꺼운 얼음이었다. 이 공간은, 현재 위치한 4층의 다른 조각들과도 연결되어 있지 않았다. 마치 조각 안의 조각이라고 해야 할까. 누군가가 은밀히 숨겨둔, 어느 층에도 속하지 않은 완전히 별개의 공간처럼 보였다. 공간의 기운은 전혀 위협적이지 않았다. 아늘은 구경하듯 복도를 따라 걷다가, 매우 커다란 문 앞에 멈춰 섰다.

　문은 아늘의 키를 기준으로 최대 열 배에 달할 만큼 거대했다. 이 정도 크기조차도, 방금 전 층에서 마주친 짐승들에게는 어울리지 않는 규모였다. 그 옆에는, 상대적으로 개구멍처럼 느껴질 만큼 작은 짐승들이 드나들 수 있는 출입구도 있었다. 하지만 그 문은 오랫동안 사용되지 않은 듯 보였다. 아늘은 그 문을 조심스레 열어 내부를 살핀 뒤, 두 눈을 휘둥그레 뜨고 놀랐다. 문의 높이에 맞먹는 거대한 방 안에는, 높다란 책장이 사방으로 뻗어 있었고, 그 수는 수천만 권일지 수억 권일지조차 가늠할 수 없었다.

책장에는 중간중간 숫자와 기호가 새겨진 표식들이 있었고, 이조차도 엄청난 수였다.

이곳을 관리하는 자는 틀림없이 뛰어난 기록가이자, 집요한 수집광일 것이다.

아늘은 여러 구역을 돌아보다, 붉은 달과 곰이 새겨진 표식 앞에 멈춰 섰다.

그리고 그중 하나를 꺼내 펼쳤다.

"이 천체가 막 생성되었을 당시, 저 바깥의 수많은 손님들이 깊은 관심을 가지고 찾아왔다. 매일같이 이 행성이 요동칠 만큼 거대한 잔치가 이어졌고, 커다랗고 충격적인 사건들이 끊임없이 벌어졌다. 그 결과, 이 격변의 행성에는 안정이란 찾아올 틈이 없었다.

어쩌면, 이 사다리의 탑이라 불리는 세계가 구축되기 전이었을 것이다. 적어도 그때만큼은 모두가 평등했다. 하늘에는 단 하나의 의지만이 존재했고, 나머지는 모두 그 파생일 뿐이었다. 모두가 똑같이 무지했기에, 소통은 자연스러웠고 멀어질 이유 또한 존재하지 않았다.

그러나 시간이 흐르며, 그 자손의 자손은 또다시 다른 자손으로 희석되었다. 그들은 자신이 손에 쥐고 있는 것이 무엇인지조차 헷갈리기 시작했다. 더 긴 시간이 지난 뒤에는, 자신이 어디에서부터 거듭났는지도 알지 못한 채, 스스로를 감옥처럼 가두기 시작했다."

아늘은 한숨을 깊게 쉰 뒤 책의 뒷부분 장을 폈다.

"이후로는 그 누구도 이 천체를 찾지 않았고, 무엇 하나 내려앉지도 않았다. 사람들은 이곳을 '우매한 울타리'라 불렀지만, 그 뜻을 제대로 이해하지 못한 채 자신들이 만든 계층 세계에 빗대어 **'사다리'**라 부르기 시작했다. 감옥의 탑은 우주 전체로 보자면 하나의 미미한 방울에 불과했으나, 그 안의 문명은 그 얇은 막조차 열고 나갈 힘을 갖추지 못했다."

갑자기, 커다란 진동이 울렸다. 침착하지만 묵직한 발걸음. 이 넓은 도서관에는 처음부터— 그 존재가 조용히 숨죽인 채, 어딘가에 있었다.

아늘의 방문을 이미 눈치채고 있었지만, 이 낯선 존재가 무엇에 관심을 두는지… 무슨 목적으로 여기에 왔는지를 지켜보고 있었을지도 모른다.

복도를 돌아 큰 그림자가 모습을 드러냈다.

그것은—**기린이었다**. 기묘하게도 고요하고, 무거운 존재였다.

"읽을 수 있나?" 기린이 입을 열었다. 그의 목소리는 낮고, 울림이 있었다.

"숨겨둔 것처럼은… 안 보이던데요." 아늘이 천천히 대답했다.

"보이는 것이… 아는 것이다." 기린 라프토지가 말했다.

"그런데 왜, 내가 이걸 읽을 때까지 기다린 거죠?"

"기다리지 않았어." 라프토지는 고개를 천천히 움직였다. "내 일을 하고 있었지."

"오히려 기다린 건 자네가 아니었나. 작은 인간이여."

"객이 주인을 잠시 기다렸을 뿐. 오래 참지는 않았으니… 봐주지요." 아늘이 가볍게 웃었다.

"기껏해야 수명의 반 정도만 산 인간 정도로 보이는데— 흰 짐승들이란, 늘 건방지군." 기린의 입꼬리가 살짝 휘어졌다.

"그럼 정중하게…" 아늘이 말했다. "사서에게 이곳의 안내를 구하지요."

"바보들의 시간 낭비를 줄여주는 게 내 역할이니." 라프토지는 고개를 끄덕였다. "기꺼이— 도와주지."

기린은 복도를 오가며 책 몇 권을 물어 자신의 등에 얹으며 다녔고, 아늘은 그녀의 뒤를 혹시나 밟힐세라 조금 떨어져서 따랐다. 그녀의 혹에 있는 책이 흔들거려 떨어질 법도 한데 이 기린은 매우 능숙하게 운반하였다.

그녀의 책상과 의자는 좀 기이했는데, 자연스럽게 굽힐 수 있도록 높이를 조절할 수 있는 듯했으며 상판이 조금 기울어져 있었다. 아마 목을 쉽게 쓰기 위함으로 보였다. 폭은 대략 2미터 정도였다. 의자 또한 높이를 조절 할 수 있게 생겼으며 길고 넓은 형태에 다리를 길게 뻗을 수 있는 발판도 있었다. 그것이 미끄럼을 방지하여 지지해주는 역할도 하는 것 같다.

"이 탑을 이루는 것들에 대해 정리해줘." 아늘이 말했다. "상세하고… 본질적으로. 말이야."

"흰 짐승 정도 되는 자가— 이 천체의 역사와 구조를 모른단 말인가?" 라프토지가 고개를 기울였다. "니가 아까 들여다보던 책에도 써 있잖나. 처음, 갓난 행성이 형성된 뒤— 많은 손님들이 다녀간 끝에 지금 같은 '알맹이'를 갖추게 되었다고."

> ## 루넷의 꿈 (27살의 여름)
>
> 돌의 수만큼 무수한 시간이 흐르고
> 어느 순간부터 전 제 심장을 무의식적으로 긁고 있었습니다.
> 속에서 무언가 꿈틀거리듯이 간질거렸거든요.
> 크게 숨을 내뱉고도 떨쳐 낼 수 없던 그것에게서 전 깊숙이 손을 내밀어 마주했습니다.
> 작디작을 것 같던 그것은 더 한없이 작아진 내게 커다란 벽으로 다가왔어요.
> 그것은 언젠가 무심코 튀어 심장에 박힌 돌 조각이었을까요?

"태모께서는…" 아늘이 눈을 가늘게 떴다. "자식들을 창조하신 후, 그 뒤로는 돌아보시기는커녕, 찾지도 않고… 계속해서 멀어지기만 하셨지."

"그러면서도— 자신이 있는 '**진정한 도달점**'은 결코 말해주시지 않았고."

"배부른 지혜의 탐구를…" 라프토지가 조용히 말했다. "어찌, 지식의 저장소에서 찾을 수 있겠나."

"이건 탐구가 아니야." 아늘의 말투는 더 이상 차분하지 않았다. "이 행성 전체의 생존이 걸린 미래 과제야. 누가 지금 눈앞의 배고픔 같은 고민을 하고 있는 줄 알아?"

"이 행성은…" 라프토지는 천천히 고개를 들었다. "오래전, 연결점을 잃었지."

"굳이 태모뿐만이 아니다. 이젠 누구도— 이 행성에 발을 들이려 하지 않아."

"그게 언제가 되었든, 이 행성은 결국 회전과 순환을 멈추고 '파멸'이라는 종지부를 찍게 돼."

"지극히… 계산된 결말이야."

"벌써 수백 년도 더 전에, 위층의 어느 뛰어난 분께서 그걸 예측하셨지. 반박할 수도 없을 정도로."

그는 몸을 기울여 아늘을 바라보았다.

"그런데— 어쩌란 말인가."

"누가 그걸 막을 수 있다고 하던가?"

"…그 오랜 세월, 가장 호사를 누리고 배를 불리며 덕을 본 건—"

그는 잠시 말을 멈췄다.

"너희들이지 않나."

"원래, 이 탑엔… 그 어떤 '계층'도 없었다."

아늘은 천장을 가리키며 고개를 들었다. 넓은 도서관 위로 투명한 얼음 지붕을 통해 희미한 빛이 새어들었다.

"이 원반 모양의 행성에— '층'이 생기기 시작한 건, 언제부터였지?" 아늘이 물었다.

"그렇게 직접적으로 물을 거라면…" 라프토지가 코웃음을 쳤다. "책 하나 읽는 수고도 하지 않았겠군."

기린은 턱으로 책장을 가리켰다. 아늘은 조용히 일어나 붉은 달과 곰이 그려진 표식의 책장으로 다시 걸어갔다. 이번에는 다른 책을 꺼내 펼쳤다.

"대이변 후 925년, 본래 171개의 땅들로서 이루어진 이 세계는 그동안 각 땅들에 작용하는 힘의 차이로 인해 균열이 발생해왔고, 마침내 이날 하늘에서 떨어진 별똥별로 인한 큰 폭발이 일어났다. 이로 인해 각 조각들은 6개의 층으로 독립적으로 탈락해 서로 찢어진 공간으로 떨어져 나갔다."

"그래…, 대이변의 첫 기록들… 그리고 층이 생겨난 과정. 한때는 모든 것이 하나였지만, 이제는 서로 단절되었어." 아늘의 목소리가 낮게 가라앉았다.

"기억이 제법 돌아오는 모양이군." 라프토지가 씩 웃었다. "역시 재수 없지만… 6층의 부스러기라는 거겠지."

"여기는 어떤 곳이지?" 아늘이 둘러보았다. "이 도서관은 4층에 있으면서도, 4층에 속해 있지 않은 것 같아. 이런 공간이… 어떻게 가능한 거지?"

"이 도서관은 어디에도 속하지 않아." 라프토지가 창가로 천천히 걸어갔다. "이곳은 내 비극의 기념비이자, 피난처야."

그의 얼굴에는 오랜 세월이 새겨놓은 고통이 묻어 있었다.

"왜 내가 이 도서관을 만들었는지 궁금하다면, 나의 이야기를 들어봐도 좋겠군."

Part 6.

세계는 부서진 채로 돈다

이 행성은 자연적으로 형성된 게 아니라
인위적으로 설계된 거야.
각 층마다 역할이 있고, 시스템이 있어.
그리고 그 시스템은 몇몇의 이익을 위해
구축됐지.

제16장

라포토지의 과거

아늘은 고개를 끄덕였다.
"넌 외곽이라는 곳을 아는가?"
"외곽…?"
"나는 원래 6층의 외곽에서 태어났어. 중심부에서 멀리 떨어진, 그래서 다른 6층 짐승들과는 다른 존재였지. 6층의 아름다움과 평화로움을 경험했지만, 동시에 그곳의 독선과 경직성도 보았어."
"외곽은… 정확히 어디를 말하는 거지?"
"흰 짐승들이 보기엔 별 의미 없는 경계지처럼 보일지도 모르지. 하지만 실은, 각 층의 에너지 순환이 집중되는 가장 중요한 공간이야. 아래층으로 흘러내린 에너지가 그대로 사라지는 게 아니라— 바로 이 외곽을 통해 다시 위로 끌어올려지는 거지."
아늘의 눈이 크게 떠졌다.
"놀랐나?" 라프토지가 고개를 끄덕였다. "그래, 그건 일부만을 위한 비밀이었지. 네가 기억을 완전히 되찾는다면 아마 알게 될 거야. 이 행성의 에너지는 완벽한 순환 구조로 설계되었어. 위에서 아래로 흐르는 것처럼 보이지만, 실제로는 외곽을 통해 다시 올라간다."

한순간, 그의 눈에 그늘이 드리웠다.

"내 친구 바실라모르… 그는 이 비밀을 발견했어. 6층의 뛰어난 공학자였던 그는 **'거품 표류자'**라는 장치를 만들어 외곽을 연구했지. 그리고… 6층이 실제로는 순수한 낙원이 아니라, 아래층에서 빨아올린 에너지로 유지되는 착취 구조라는 걸 알게 됐어."

"그리고 그건… 위험한 발견이었겠군."

"그렇지. 바실라모르는 **'고양감'**이라는 6층의 특별한 외곽 지역에서 연구를 계속했어. 그곳은 행성 에너지의 비밀스러운 중심지였지. 하지만 어느 날, 론트리다라는 성인 수달이 그를 찾아왔어. 6층에서 상당한 권력을 가진 자였지."

'론트리다'—그 이름을 들은 순간, 아늘의 깊은 기억 어딘가에서 파장이 일었다.

"론트리다는 바실라모르를 죽이려 했어. 그의 연구가 6층의 질서를 위협한다고 판단했거든. 하지만 바실라모르는 거품 표류자를 사용해 다른 차원으로 도망쳤지. 적어도… 그렇게 생각했어."

기린의 목소리가 떨렸다.

"진실은… 그가 4층의 얼음땅으로 추락했다는 거야. 그곳에서 그는 완전히 절망했고, 거품 표류자를 마지막으로 작동시켜 자신의 본질을 변형시켰지. 그렇게 바실라모르는— 이 투명 미로가 되었어."

아늘은 도서관 벽을 바라보았다. 그것이 단순한 얼음이 아니라, 변형된 생명체의 흔적이라는 것을 깨달았다.

"나는 그를 필사적으로 찾아 4층까지 왔어. 하지만 그가 투명 미로가 된 후에는 되돌릴 수 없었지. 그래서 나는 이 도서관을 만들었어. 적어도, 그의 연구와 지식은 보존하고 싶었으니까."

"그래서 이 도서관은 단순한 책의 모음이 아니라… 바실라모르의 기억과 의식이 일부 담겨 있는 거군."

"그렇지. 여기 있는 책들은 그의 유산과, 내가 수집한 정보들이 섞여 있는 기록물들이야."

"당신은… 얼마나 오래 이곳에 있었지?"

"시간이 무슨 의미가 있겠어? 여긴 시간이 거의 흐르지 않아. 그것도 바실라모르의 설계야. 이 공간은 층간의 시간 흐름에서 벗어나 있어."

아늘은 잠시 생각에 잠겼다. 그리고 문득, 다른 질문이 떠올랐다.

"6층에는 붉은 곰 숭배가 있다고 들었어. 그것도… 바실라모르의 연구와 관련이 있나?"

라프토지의 눈빛이 반짝였다.

"예리한 질문이군. 그래, 그는 붉은 곰 숭배의 실체도 연구했어. 그건 6층 지배 시스템의 종교적 장치였지. 붉은 곰의 출현은, 사실 절대자들이 행성의 에너지 흐름을 조작할 때 나타나는 현상이었어."

"3165년 전 대이변… 회복의 땅과 붉은 곰의 개입…"

"기억이 돌아오는군. 그래, '**회복**'이라는 조각에서 일어난 사건은 자연현상이 아니었어. 절대자들이 특정 조각에 '편의'를 준 거지. 붉은 곰의 달이 뜬 날 기적처럼 구원받은 것처럼 보였지만— 실제로는 그들이 흐름을 조작한 결과였어."

"바실라모르가 그것을 증명했나?"

"그가 거품 표류자로 5층 회복 조각의 동일한 환경을 실험실에 재현했을 때, 우린 놀라운 걸 목격했어. 보이지 않는 막을 뚫고 유입되는 에너지가 5층의 외곽을 돌아 6층으로 순환하는 모습을. 그게… 바실라모르의 마지막 연구였지."

아늘은 이제 더 많은 것을 이해하고 있었다. 행성의 순환, 층간의 진짜 관계, 그리고… 자신이 왜 여기에 있는지.

"이제 네 차례야." 라프토지가 물었다. "넌 누구지? 정말… 기억을 잃은 것뿐인가? 아니면 다른 목적이 있는 건가?"

"나는…" 아늘이 천천히 말했다. "기억이 완전하지 않아. 하지만 조금씩 돌아오고 있어. 내가 6층에서 왔다는 것, 그리고… 무언가를 찾고 있다가, 어떠한 이질감을,— 아니 잘 모르겠어."

"넌 평범한 흰 짐승이 아니야. 그 빛의 흔적은 보통과는 달라. 무엇을 보았기에 추락한 거지?"

아늘은 손바닥을 펼쳤다. 십자가 모양의 흉터가 희미하게 빛났다.

"그건 잘 모르겠어. 그리고 여정 중에 흰 여우를 만났어. 그가 이 상처를 남겼지. KEY-WORLD라고 했어."

라프토지의 눈이 크게 뜨였다.

"그들이 직접 나섰다면… 상황은 정말 심각한 거야. 세 마리 여우는 절대자들의 화신이야. 그들이 너를 시험한다는 건— 네가 그들에게 위협이 된다는 뜻이지."

"세 마리…? 난 한 마리밖에 못 만났는데."

"그가 너에게 직접 상처를 남겼다면 아마 그는 '라이오네'라는 포식의 여우야. 나머지 둘은 브레먀와 카우살. 시간과 인과를 담당하지. 그들은 이 행성의 운명을 결정짓는 존재들이야."

라프토지는 잠시 생각에 잠겼다가 말했다.

"그 각인은 축복이자 저주야. 진실을 볼 수 있게 해주지만, 그 진실에 사로잡히게도 하지. 조심해. 그들은 네가 진실을 깨닫되, 그 안에 스스로 갇히길 원할지도 몰라."

"나는 길을 찾고 있어. 내 방을… 아니, 그보다 더 큰 무언가를."

"네가 가야 할 곳이 정확히 어딘진 몰라도 한 가지는 분명해. 흰 짐승들은 대부분 6층으로 돌아가길 원하지. 하지만… 정말 그게 네가 원하는 거야?"

아늘은 대답하지 않았다.

"이 길을 계속 가려면 너는 브레먀와 카우살을 만나게 될 거야. 그들의 수수께끼는 훨씬 더 복잡하고, 난해해. 하지만 그걸 통과해야만 네가 진정으로 원하는 것에 도달할 수 있어."

"그들을 어디서 찾을 수 있지?"

"브레먀는 시간이 뒤틀린 곳에 있어. 4층, 눈바람이 부는 조각을 찾아봐. 그곳은 시간 밀도가 일정하지 않아. 때론 빠르게, 때론 느리게 흘러. 그곳에서… 브레먀를 만날 수 있을 거야. 이 땅일 수도 있고, 아니면 비슷한 환경의 다른 조각일 수도 있지."

"그리고 카우살은?"

"그건 브레먀가 알려줄 거야. 각 여우는 다음 여우로 가는 길을 제시하니까."

라이오네… 처음 만난 여우도 내게 길을 제시했던 건가. 아늘은 일어섰다. 아직 많은 게 불분명했지만, 이제— 다음 단계는 분명해졌다.

"떠나기 전에 한 가지 더." 라프토지가 말했다. "바실라모르가 남긴 마지막 메시지가 있어. 그가 투명 미로가 되기 직전에 남긴 말이야."

기린은 책 한 권을 꺼내 아늘에게 건넸다. 책의 첫 장에는 단 하나의 문장이 적혀 있었다.

"우리는 원죄를 통해 노래를 들을 수 있네. 하나의 순간에만 포착되지 않게

교란되기 때문이지. 시간 간격을 두고 씨앗을 심어 곡식을 자라게 할 거야."

"…이게 무슨 뜻이지?"

"그건 네가 스스로 찾아야 해." 라프토지가 천천히 말했다. "하지만 힌트를 주자면— **'원죄'**란 모든 생명체의 태생적 한계를 의미해. 태초의 그녀가 우주를 팽창시키고 갈라놓은 이후, 모든 존재는 세 가지 제약에 묶이게 되었지."

"포식. 시간. 인과."

"이 제약 없이는— 우리는 너무 미약한 존재가 되어 태초의 그녀의 목소리를 들을 수 없게 돼."

아늘은 그 말의 의미를 깊이 새겼다. 이제 그녀는, 도서관을 떠날 준비가 되었다.

"행운을 빌어." 라프토지가 마지막으로 말했다. "네가 어떤 선택을 하든, 그것이 진정 네가 원하는 것이길 바라."

아늘은 고개를 끄덕이고, 초록색 문을 향해 천천히 걸어갔다.

루넷의 꿈 (첫 거품의 기록)

이야기의 가장 처음, 한 알의 거품이 뻐끔였습니다.

그와 동시에 운명의 실 앞단도 생겨났어요. 이윽고 태초인 그녀가 태어났습니다.

수차례 은하가 뜨고 저무는 동안 그녀는 하늘을 향해 읊조렸습니다.

단 하나의 신을 향해 끊임없이 말을 걸었어요.

수억의 시간에도 날카로운 외침은 생채기 하나 내지 못했습니다.

제17장

투명 미로의 비밀

아늘은 초록색 문 앞에 다시 한번 서서 뒤를 돌아보았다. 라프토지는 이미 책장 사이로 사라지고, 넓은 도서관은 조용한 고요 속에 잠겨 있었다. 그녀는 손잡이를 잡아 문을 열려했지만, 갑자기 문이 굳게 닫힌 듯 움직이지 않았다.

"떠나기 전에," 라프토지의 목소리가 도서관 전체에 울렸다. "투명 미로와 제대로 대면해보는 것도 좋을 것 같아. 바실라모르의 본질을 이해하면 앞으로의 여정에 도움이 될 테니."

아늘은 고개를 끄덕였다. "어떻게 가지?"

"바닥의 얼음 타일을 따라가. 파란빛이 도는 곳으로."

그녀가 살펴보니 바닥에 정말 희미한 파란 빛을 발하는 타일의 길이 나타났다. 그녀는 그 길을 따라 도서관 깊숙한 곳으로 걸어갔다. 책장들이 점점 좁아지고 밀집되는 공간을 지나, 마침내 그녀는 둥근 방에 도착했다.

이 공간은 완전히 투명한 벽으로 둘러싸여 있었고, 천장이 없어 무한히 위로 뻗어 올라가는 듯했다. 벽은 맑은 유리처럼 보였지만, 손을 대보니 차가운 얼음의 감촉이 느껴졌다.

"이것이… 바실라모르인가?" 아늘이 속삭였다.

"그의 일부지," 라프토지가 그녀 뒤에 나타나며 대답했다. "그가 마지막으로 자신을 변형시킨 곳이야. 이 투명 미로는 그의 의식의 흔적이자, 그가 발견한 진실의 기록이기도 해."

아늘이 투명한 벽에 손을 대자, 벽 안쪽에서 희미한 빛이 일어나 움직이기 시작했다. 마치 누군가의 기억이 깨어나는 것처럼, 그 빛은 점점 형태를 갖추어 이미지를 만들어냈다.

그 안에는 한 바실로피드가 보였다. 그는 무언가를 열심히 연구하고 있었고, 그 옆에는 복잡한 장치가 놓여 있었다.

"거품 표류자," 라프토지가 말했다. "바실라모르의 가장 위대한 발명품이야. 차원 간의 이동을 가능하게 하는 장치지."

이미지는 계속 변화했다. 이번에는 바실라모르가 5층의 실험장에서 무언가를 시연하는 모습이 보였다. 그는 거품 표류자를 작동시켜 작은 환경을 만들어내고 있었다.

"이것은 그가 회복의 땅을 실험실에 재현했을 때야," 라프토지가 설명했다. "바로 그때 우리는 보이지 않는 에너지 흐름을 발견했지. 5층에서 6층으로 올라가는…"

이미지는 다시 바뀌어, 바실라모르가 커다란 수달과 대화하는 장면이 나타났다. 수달의 얼굴은 권위와 교활함이 섞인 표정이었다.

"론트리다," 아늘이 무의식적으로 내뱉었다.

"그래," 라프토지의 목소리가 어두워졌다. "6층의 성인 수달이자, 권력을 가진 자. 그는 바실라모르의 발견을 자신의 이익을 위해 이용하려 했어. 하지만 바실라모르가 거부하자…"

이미지는 이제 바실라모르가 거대한 빛의 폭포 앞에 서 있는 모습을 보여줬다. 그의 뒤에는, 론트리다가 그를 향해 다가가고 있었다.

"그는 바실라모르를 밀어버렸어," 라프토지가 숨을 깊이 들이마시며 말했다. "고양감은 6층의 외곽이지. 그곳은 행성의 에너지 흐름이 관통하는 중심이야. 보통은 그런 강력한 에너지에 닿으면 존재는 완전히 분해돼버리지. 하지만 바실라모르에게는 거품 표류자가 있었어."

이제 이미지는 바실라모르가 추락하는 모습을 보여주었다. 그는 빠르게 무언가를 꺼내 작동시켰고, 그의 주변에 이상한 빛의 방울이 형성되기 시작했다.

"그는 거품 표류자를 통해 다른 차원으로 탈출하려 했어," 라프토지가 계속했다. "하지만 에너지의 충격이 너무 강해 제대로 작동하지 않았지. 대신, 그는 4층의 얼음땅에 떨어졌어."

마지막 이미지는 얼음땅에 쓰러진 바실라모르의 모습이었다. 그는 절망에 빠진 채 거품 표류자를 다시 꺼내들었다.

"그는 마지막 선택을 했어," 라프토지가 슬픈 목소리로 말했다. "자신을 완전히 변형시켜 투명 미로가 되기로. 그가 발견한 모든 진실과 지식을 보존하기 위해서."

투명한 벽 안의 이미지가 사라지고, 그 자리에 복잡한 기호와 방정식들이 나타났다. 행성의 에너지 순환 구조를 나타내는 도표와 계산식들이었다.

"이것이 바실라모르가 발견한 행성의 비밀이야," 라프토지가 설명했다. "이 행성은 자연적으로 형성된 게 아니라 인위적으로 설계된 거야. 각 층마다 역할이 있고, 시스템이 있어. 그리고 그 시스템은 몇몇의 이익을 위해 구축됐지."

아늘은 식별할 수 없는 복잡한 방정식들을 유심히 바라보았다. 어딘가 익숙한 패턴이 보였지만, 완전히 이해하기는 어려웠다.

"이건 뭐지?" 그녀가 특이한 형태의 다이어그램을 가리키며 물었다.

"환생 시스템의 설계도야," 라프토지가 대답했다. "6층의 절대자들이 어떻게 영혼의 순환을 통제하는지 보여주는 거지. 생명체가 죽을 때, 그 영혼은 특정 경로를 따라 재배치돼. 대부분은 기억을 잃지만…"

"기억을 유지하는 예외도 있군," 아늘이 말을 이었다.

"그래," 라프토지가 아늘을 오랫동안 바라보았다. "너처럼."

루넷의 꿈 (그녀가 태어난 뒤 39번째 겨울)

내가 어릴 적 달을 무서워하던 때가 있었어.
그 시절 보았던 달은 단순히 하늘에 매달려 있다는 그런 것이 아니었어.
그것은 나의 위로도 아래로도 있었지.
그런 달을 하염없이 보고 있으면 나는 늘 마음속으로 충동과 답답함을 느꼈고.
그것이 뭔지 궁금했었어. 어느 날 나는 알게 되었지.
그것이 나와 저 달의 메울 수 없는 괴리감에서 오는 것이었다고.
그 답답함을 이겨내지 못하고 나는 한순간 위의 달로 빨려 들어가거나 아래의 달로 추락하는 충동을 느꼈던 거야.

아늘은 순간 머릿속에 스치는 기억에 몸을 떨었다. 눈을 감았다 뜨니, 라프토지가 걱정스럽게 그녀를 바라보고 있었다.

"괜찮아?" 기린이 물었다.

"그냥… 다른 기억이 떠올랐어," 아늘이 대답했다. 그녀는 투명한 벽에 손을 다시 대보았다. "이 미로는… 살아있는 거야?"

"어떤 의미에서는 그래," 라프토지가 설명했다. "바실라모르의 의식은 완전히 사라진 게 아니야. 그의 생각과 감정, 발견한 것들이 이 미로 안에 담겨 있어. 그래서 이 도서관이 가능했던 거지."

아늘은 다른 통로를 가리켰다. "저기에는 뭐가 있지?"

"그곳은 바실라모르가 마지막으로 연구하던 주제야," 라프토지가 말했다. "태초의 그녀에 관한 거지."

아늘은 호기심에 그 통로로 향했다. 투명한 벽이 좁은 복도를 형성하고 있었고, 끝에는 작은 방이 있었다. 그 방의 벽에는 무수한 별들과 우주의 이미지가 비춰졌다.

"태초의 그녀…" 아늘이 속삭였다.

복도를 따라 걸으며, 그녀는 바실라모르가 수집한 정보들을 흘끗흘끗 보았다. 태초의 그녀에 관한 고대 이야기, 창조의 순간에 대한 추측, 그리고 우주의 기원에 관한 이론들이 벽에 투영되어 있었다.

작은 방에 도착하자, 천장에 아름다운 별자리들이 비춰졌다. 그중 한 별자리는 여성의 형상을 하고 있었다.

"태초의 그녀는 실제로 우주 그 자체였어," 라프토지가 설명했다. "모든 것을 품고 있었지만, 외롭다고 느꼈지. 그래서 자신을 나누기로 했어. 흩어진 조각들이 서로를 찾을 수 있기를 바라면서."

"그리고 그 흩어짐이… 우리의 존재를 만들었다는 거야?" 아늘이 물었다.

"그래," 라프토지가 고개를 끄덕였다. "하지만 그 과정에서 아이러니가 있었어. 처음에는 자신밖에 없어서 외로웠던 그녀가, 자신을 나누어 우주를 팽창시키고 확대함으로써 오히려 모든 것이 흩어지고 더욱 외로워지는 결과를 낳았거든."

"우주의 원죄…" 아늘이 생각에 잠겨 말했다.

"바실라모르는 그 울음소리를 찾고 있었어," 라프토지가 계속했다. "태초의 그녀가 남긴 화합의 메시지. 우주 곳에 복사된 울음에 담긴 그 소리를 듣고자 했지. 그리고 그가 마지막으로 찾아낸 것은…"

투명한 벽에 새로운 이미지가 나타났다. 복잡한 파동이 시각화된 그래프였다.

"그는 그 울음소리의 패턴을 발견했어. 하지만 그것을 완전히 해석하기 전에… 론트리다가 나타났지."

아늘은 그래프를 유심히 살폈다. 규칙적이면서도 무한히 변화하는 패턴이었다. 어딘가 익숙하게 느껴졌다.

"이 패턴이… 내게 익숙해," 그녀가 말했다.

라프토지는 아늘을 주의 깊게 바라보았다. "흥미롭군. 바실라모르는 이 패턴이 모든 생명체의 본질에 내재되어 있다고 믿었어. 하지만 대부분의 존재들은 그것을 인식하지 못하고 살아가지."

아늘은 벽에 다시 손을 대보았다. 이번에는 벽이 따뜻하게 느껴졌다.

"그는 내가 올 것을 알고 있었던 걸까?" 그녀가 물었다.

라프토지는 잠시 침묵했다가 대답했다. "바실라모르는 특별한 영혼이 언젠가 이 진실을 찾아올 것이라고 믿었어. 환생의 순환에서 벗어나, 태초의 그녀의 목소리를 듣고 화합의 메시지를 이해할 수 있는 존재를. 바로, **'환생거부자'**를 말이야."

"그리고 그게 나라고 생각해?"

"그건 네가 결정할 일이야," 라프토지가 부드럽게 대답했다. "하지만 한 가지는 확실해. 너는 평범한 환생체가 아니야. 48번의 환생을 거친 이후에도 기억의 단편들을 간직하고 있으니까."

아늘의 눈이 커졌다. "48번이라고? 그걸 어떻게 알아?"

라프토지는 미소를 지었다. "이 도서관은 모든 것을 기록하고 있으니까. 너는 49번째 환생 중이야. 그리고 49는 의미 있는 숫자지… 이 사다리의 탑의 생명체로서 가장 높은 지점에서 마지막 시험을 의미하는…"

아늘은 자신의 손을 내려다보았다. 여우가 남긴 상처가 희미하게 빛나고 있었다.

"이제 가야 할 때가 온 것 같아." 그녀가 말했다.

라프토지는 고개를 끄덕였다. "맞아. 하지만 가기 전에 바실라모르가 너에게 남긴 것이 하나 더 있어."

기린은 작은 방의 중앙으로 그녀를 안내했다. 바닥에는 작은 수정 같은 물체가 놓여 있었다.

"이것은 거품 표류자의 핵심 부품이야," 라프토지가 설명했다. "바실라모르가 남긴 마지막 유산. 이것은 너에게 길을 보여줄 거야."

아늘이 조심스럽게 그것을 집어 들자, 수정은 그녀의 손안에서 따뜻하게 빛났다.

"어떻게 사용하는 거지?"

"네가 필요할 때 알게 될 거야," 라프토지가 대답했다. "이제 가자. 초록색 문으로 돌아가면, 이번에는 열릴 거야."

그들은 함께 투명 미로를 빠져나와 도서관으로 돌아왔다. 초록색 문 앞에 서자, 라프토지가 마지막으로 말했다.

"브레먀를 찾아. 4층의 눈바람이 부는 조각에서. 그리고 조심해, 아늘. 세 마리 여우는 너를 시험하려 할 테니까."

아늘은 깊이 고개를 숙여 감사를 표했다. "당신과 바실라모르의 도움에 감사해요. 이 지식이 내 여정에 도움이 될 거예요."

"행운을 빌어," 라프토지가 말했다. "그리고 기억해, 네가 무엇을 선택하든 그것이 진정 네가 원하는 것이길."

아늘은 초록색 문을 열었다. 이번에는 문이 쉽게 열렸다. 문 너머로는 눈부신 하얀 빛이 펼쳐져 있었다. 그녀는 뒤돌아 라프토지에게 마지막 인사를 건넨 뒤, 그 빛 속으로 걸어 들어갔다.

제18장

눈의 조각으로

아늘은 초록색 문을 통과하자마자 강렬한 한기에 휩싸였다. 라프토지의 도서관에서 나온 것은 분명했지만, 그녀가 마주한 세계는 전혀 다른 곳이었다. 사방으로 눈보라가 휘몰아치고, 땅은 하얀 눈으로 뒤덮여 있었다. 저 멀리 희미하게 산맥의 윤곽만이 보였다.

"이것이 4층의 눈바람이 부는 조각…" 아늘은 처음에 이 땅에 디딜 때보다 잔혹해진 추위에 어깨를 움츠리며 중얼거렸다.

바람은 귀를 때리듯 울부짖었고, 눈은 그녀의 얼굴에 따갑게 내려앉았다. 이 혹독한 환경에서 오래 버티긴 어려울 것 같았다. 그녀는 손에 쥐고 있던 거품 표류자의 핵심을 꺼내 살펴보았다. 수정은 여전히 따뜻하게 빛나고 있었지만, 그 빛은 눈보라 속에서 멀리까지 뻗어나가지 못했다.

"어느 쪽으로 가야 하지?" 그녀는 사방을 둘러보았지만, 모든 방향이 똑같이 보였다.

그때, 수정이 갑자기 더 밝게 빛나기 시작했다. 아늘이 그것을 다른 방향으로 돌리자, 빛의 강도가 변했다. 그녀는 빛이 가장 강하게 나타나는 방향을 향해 걸음을 내디뎠다.

눈밭을 헤치며 나아가는 것은 쉽지 않았다. 발이 무릎까지 눈에 빠져들었고,

바람은 계속해서 그녀를 밀어내려 했다. 하지만 아늘은 끈질기게 앞으로 나아갔다. 시간이 흐르는 감각은 이상하게도 일정하지 않았다. 때로는 몇 시간이 순식간에 지나가는 것 같았고, 때로는 몇 걸음이 영원처럼 느껴졌다.

루넷의 꿈 (동물원 중앙 뜰, 아직 개장하기도 전)

눈 속에서 길을 잃은 적이 있어요. 동물원 근처 산책로에서 갑자기 눈보라가 몰아쳤죠. 발자국은 금세 지워지고, 내가 왔던 길도 알 수 없게 되었어요. 그 순간 이상하게도 두렵지 않았어요. 오히려 해방된 기분이었지요. 더 이상 돌아갈 길을 찾을 필요가 없다는 생각이 들었으니까. 하지만 그 자유는 오래가지 않았어요. 결국 나는 습관처럼 발자국을 더듬으며 원래 길을 찾았으니까요. 때로는 길을 잃는 것이 찾는 것보다 더 가치 있을 때가 있는데.

아늘은 걸음을 멈추고 깊게 숨을 들이마셨다. 갑자기 떠오른 낯설고도 맞닿아 있는 것 같은 애잔함이 그녀의 마음을 흔들었다. 그것은 마치 다른 사람의 기억인 동시에 자신의 것처럼 느껴졌다.

"길을 잃는 것… 그것도 하나의 방법이구나," 그녀는 미소 지었다.

그녀는 이제 눈보라를 더 이상 장애물로 보지 않기로 했다. 대신, 그것을 흐름으로 받아들이고 그 안에서 움직이기 시작했다. 놀랍게도, 이러한 태도 변화는 효과가 있었다. 바람은 여전히 강했지만, 이제 그녀를 방해하는 것이 아니라 때로는 그녀의 등을 밀어주는 것 같았다.

수정의 빛은 점점 더 강해졌고, 아늘은 이제 눈보라 속에서도 희미한 형체를 구별할 수 있게 되었다. 저 앞에 무언가가 있었다. 거대한 구조물, 아니면 산맥일까?

조금 더 가까이 다가가자, 그것은 얼음으로 만들어진 탑임이 분명해졌다. 탑은 눈보라 속에서도 은은하게 빛나고 있었다. 아늘은 그것을 향해 서둘러 나아갔다.

탑 앞에 도착하자, 그녀는 그 규모에 압도되었다. 탑은 하늘 높이 솟아있었고, 그 높이는 상상할 수 없을 정도였다. 표면은 완벽하게 매끄러운 얼음으로 되어 있었다. 입구는 보이지 않았다.

"어떻게 들어가지?" 아늘은 탑의 표면을 손으로 만져보았다. 차가웠지만, 그녀가 예상했던 것보다는 따뜻했다.

갑자기, 얼음 표면이 물결치듯 움직이기 시작했다. 그녀의 손이 닿은 자리에서부터 얼음이 녹아내리는 듯했다. 그러나 물이 되지는 않았다. 대신, 얼음은 마치 커튼처럼 양쪽으로 열리며 입구를 형성했다.

아늘은 주저하지 않고 탑 안으로 들어섰다. 내부는 외부와는 달리 따뜻했다. 바닥, 벽, 천장까지 모두 얼음으로 되어 있었지만, 추위는 느껴지지 않았다. 가운데에는 나선형 계단이 위로 뻗어 있었다.

"누구십니까, 손님?" 공간을 채우는 부드러운 목소리가 들려왔다.

아늘은 주변을 둘러보았지만, 아무도 보이지 않았다. "제 이름은 아늘입니다. 브레먀라는 흰 여우를 찾고 있어요."

잠시 침묵이 흘렀다. 그리고 다시 목소리가 들려왔다. "브레먀를 찾는다… 흥미롭군요. 그를 찾는 자는 많지 않습니다. 대부분은 그를 피하죠."

"그를 어디서 찾을 수 있나요?" 아늘이 물었다.

"시간이 흐르지 않는 곳에서," 목소리가 대답했다. "위로 올라가세요. 이미 그는 일부러 당신 근처의 시간으로 잘라냈으니. 그러나 조심하십시오. 이 탑에서는 시간이 일정하게 흐르지 않습니다."

아늘은 나선형 계단을 오르기 시작했다. 첫 몇 걸음은 쉬웠다. 하지만 오를수록, 그녀는 이상한 저항을 느꼈다. 마치 공기가 점점 더 밀도가 높아지는 것 같았다. 몸이 무거워지고 움직임이 느려졌다.

"이곳은 시간이 늘어나는 층이군요," 그녀는 중얼거렸.

한 걸음 내딛는 데 평소보다 훨씬 더 많은 시간이 걸렸다. 아늘은 인내심을 갖고 천천히 계속 올라갔다. 그리고 마침내 그녀는 다음 층에 도달했다.

이 층은 이전과 완전히 달랐다. 여기서는 오히려 모든 것이 빠르게 움직이는 것 같았다. 그녀의 생각도, 심장 박동도 빨라졌다. 그녀는 자신이 계단을 뛰어올라가고 있음을 깨달았다.

"시간이 압축되는 층…"

그녀는 계속해서 층을 올라갔다. 각 층마다 시간의 흐름이 달랐다. 어떤 층에서는 시간이 거의 멈춘 것 같았고, 어떤 층에서는 너무 빨라 거의 인식할 수 없었다. 그리고 마침내, 그녀는 탑의 꼭대기에 도달했다.

그곳은 원형 방이었다. 천장은 투명한 얼음으로 되어 있어, 위에서 내리는 눈보라를 볼 수 있었다. 방의 중앙에는 시계처럼 생긴 장치가 있었다. 그러나 이 시계의 바늘은 일정한 방향으로 돌지 않았다. 때로는 앞으로, 때로는 뒤로, 때로는 옆으로 움직였다.

그리고 그 시계 옆에, 여우가 앉아 있었다. 그의 털은 은색과 푸른색이 섞여 있었고, 눈은 깊은 심연처럼 어두웠다.

"또 다른 여우…" 아늘이 물었다.

여우는 고개를 끄덕였다. "맞아, 아늘. 스스로 찾아오게 되었군."

아늘은 경계하며 여우를 바라보았다. "당신은 나를 어떻게 알고 있죠?"

"저는 시간을 보는 자입니다," 브레먀가 대답했다. 그의 목소리는 메아리처럼 들렸다. 어떤 말은 그가 입을 열기도 전에 들리고, 어떤 말은 한참 후에야 들렸다. "너의 과거와 미래가 모두 하나의 시계(視界) 안에 들어온다."

"그럼 당신은 내가 왜 여기 왔는지도 알고 있겠군요," 아늘이 말했다.

"부분적으로는," 브레먀가 대답했다. "너는 네 자신을 찾고 있어. 하지만 그 과정에서 더 큰 무언가를 발견하게 될 거야."

"라프토지가 말했어요, 당신이 나를 시험할 거라고."

브레먀는 웃었다. 그의 웃음소리는 공간에 울려 퍼졌다. "시험? 아니, 나는 시험하지 않아. 나는 단지 보여줄 뿐이지."

여우는 앞발로 시계를 가리켰다. "이 장치를 보렴. 이것은 시간의 흐름을 나타내. 대부분의 존재들은 시간이 직선으로, 과거에서 미래로 흐른다고 생각해. 하지만 실제로는…"

시계의 바늘이 갑자기 빠르게 회전하기 시작했다. 그리고 방 전체가 변하기 시작했다. 벽이 투명해지며, 아늘은 자신이 다른 시공간에 있는 것처럼 느꼈다.

"네가 환생할 때마다, 너는 이 시계를 따라 움직였어," 브레먀가 설명했다. "하지만 너의 49번째 환생, 아니. 거부된 49번째 삶이라 하는 게 맞겠군. 이번에는 다르지."

거부된 49번째? 그게 무슨 말이지.

아늘은 이제 자신의 여러 환생을 보는 것 같았다. 다른 몸, 다른 얼굴, 다른 삶들. 하지만 모두 그녀였다.

"왜 이번에는 다른가요?" 그녀가 물었다.

"너는 태초의 그녀의 울음소리를 들었어," 브레먀가 대답했다. "죽음의 문턱에서, 너는 일시적으로 이 우주의 무질서 조류(潮流)를 거부한 채 역전을 일으켰어. 즉 넌 생명이 죽는 것을 거부했다는 말이다. 너는 건방지게 이 우주의 흐름에 거부하고 역행했지."

"내가 아직… 48번째 삶이라고?"

"글쎄, 너가 이제 그런 숫자가 의미가 있을까요?"

아늘은 이제 기억이 조금씩 돌아오는 것을 느꼈다. 그녀의 마지막 죽음, 그리고 그 순간에 들었던 그 소리… 그것은 말로 표현할 수 없는 울음이었다. 슬픔과 기쁨, 외로움과 사랑이 모두 담긴 소리.

"그 소리는… 태초의 그녀의 노래였어요," 아늘이 속삭였다.

"그래," 브레먀가 확인했다. "그리고 그 소리를 듣고 응답한 건 네가 처음이야. 그래서 네 환생은 달라진 거지. 너는 기억을 간직했고, 다시 그 소리를 찾아 나섰어."

아늘은 이제 자신이 왜 6층에서 추락했는지 어렴풋이 이해하기 시작했다. 그것은 사고가 아니었다. 그것은 그녀의 선택이었다.

"하지만 아직 많은 것이 기억나지 않아요," 그녀가 말했다.

"시간이 필요해," 브레먀가 말했다. "네가 겪어야 할 여정이 아직 남아있어. 하지만 먼저, 내가 너에게 보여줄 것이 있어."

여우는 시계를 다시 가리켰다. 이번에는 바늘이 멈추고, 시계 자체가 변형되기 시작했다. 그것은 이제 거대한 모래시계처럼 보였다.

"이것은 네 남은 시간을 나타내," 브레먀가 설명했다. "새로 주어진 너의 기회의 시간은 특별해. 이것이 마지막 기회야."

"무슨 기회요?"

"선택의 기회," 여우가 대답했다. "네가 정말로 원하는 것을 선택할 기회. 환생의 순환에서 벗어날 것인지, 아니면 계속해서 그 안에 머물 것인지."

아늘은 모래시계를 바라보았다. 위쪽에는 아직 많은 모래가 남아 있었지만, 그것은 끊임없이 아래로 흘러내리고 있었다.

"내가 선택해야 할 때는 언제인가요?"

"그것 또한 네 선택이야," 브레먀가 미소 지었다. "하지만 너를 시험하기 위해, 나는 너에게 수수께끼를 내주마."

브레먀는 갑자기 사라졌다가, 방의 다른 쪽에 나타났다. 그리고 그의 목소리가 울려 퍼졌다.

"너의 과거의 그림자가 현재의 그림자가 아니듯이, 넌 너를 쫓아 너가 들어온 문으로 다시 나갈 수 없을 것이며, 너를 맞이해줄 미래의 문 너머에 기다리는 것도 너가 아닐 것이다."

"그 사이 존재하는 것은 과거도 미래도 아닌 너와 매우 가까운 거품의 시간이며 그것은 터지기도, 부풀어 오르기도 할 것이다."

아늘은 이 수수께끼의 의미를 곰곰이 생각했다. 시간의 본질과 자아의 연속성에 관한 것…

"시간에 갇히지 않으면서도 시간 속에 존재하는 방법을 묻고 있군요," 그녀가 마침내 대답했다. "과거의 나와 미래의 나는 같은 존재가 아니에요. 하지만 그렇다고 완전히 다른 존재도 아니죠. 우리는 계속해서 변화하고 흐르는 존재예요. 마치 물이 강을 이루듯이."

브레먀의 눈이 반짝였다. "그리고?"

"그리고… 내가 들어온 문으로 나갈 수 없다는 것은, 과거로 돌아갈 수 없다는 뜻이에요. 미래의 문 너머에 기다리는 것이 내가 아니라는 것은, 미래의 내가 현재의 나와 다를 것이라는 뜻이고요. 하지만 그 사이에 '거품의 시간'이 있다… 그것은 현재의 순간을 의미하는 것 같아요. 우리가 실제로 존재하는 유일한 시간…"

"그렇다면 네 선택은?" 브레먀가 물었다.

아늘은 깊게 숨을 들이마셨다. "저는… 현재의 순간 속에서 살기로 선택합니다. 과거에 집착하지 않고, 미래를 두려워하지 않으면서. 하지만 제가 가야 할 길은 아직 분명하지 않아요."

브레먀는 만족한 듯 고개를 끄덕였다. "좋아. 네 대답은 현명해. 그리고 네 여정은 이제 막 시작됐어. 카우살을 찾아야 해. 하지만 그전에, 너는 아직도 많은 것을 보고 선택해야 한다."

"세 번째 여우는 어디에 있나요?"

"그는 선택과 결과가 만나는 곳에 있어," 브레먀가 대답했다. "하지만 그에게 가기 전에, 너는 먼저 다른 곳들을 방문해야 해. 5층의 붉은 산으로 가. 그곳에서 너는 아직 더 이 행성, 사다리의 탑에 대해서 알아야 할 것이 있다."

"어떻게 그곳에 갈 수 있나요?" 아늘이 물었다.

브레먀는 시계를 가리켰다. 이제 그것은 문의 형태로 변해 있었다. "이 문을 통해 가. 하지만 기억해, 시간은 네 편이 아니야. 모래시계의 모래는 계속해서 흘러내리고 있어."

아늘은 문을 향해 다가갔다. 문을 열기 전, 그녀는 다시 브레먀를 바라보았다. "제가 당신의 시험을 통과한 건가요?"

여우는 웃었다. 이번에는 그의 웃음이 시간과 동기화되어 들렸다. "내가 말했듯이, 나는 시험하지 않아. 나는 단지 보여줄 뿐이야. 네가 본 것을 어떻게 해석하고 사용할지는 네 몫이지."

 아늘은 고개를 끄덕이고 문을 열었다. 문 너머로는 붉은 빛이 흘러나왔다. 그녀는 깊게 숨을 들이마신 뒤, 앞으로 나아갔다. 5층의 붉은 산으로.

Part 7.

붉은 산 아래

행성은 6개의 뚜렷한 층으로 나뉘어 있었다. 각 층은 다른 색으로 표시되어 있었다. 가장 아래층은 암색, 그 위로 붉은색, 선홍색, 주황색, 노란색, 그리고 최상층은 흰색이었다. 그리고 행성 위, 외부 공간에는 희미하게 일곱 번째 영역이 표시되어 있었다.

제19장

시간의 미로

문을 통과한 순간, 아늘은 극적인 환경 변화를 느꼈다. 차가운 공기와 눈보라는 사라지고, 대신 건조하고 뜨거운 열기가 그녀를 감쌌다. 그러나 아직 붉은 산이 아니었다. 그녀는 이상한 공간에 서 있었다. 주변은 안개처럼 흐릿했고, 여러 통로가 다양한 방향으로 뻗어 있었다.

"시간의 미로…" 아늘은 속삭였다.

브레먀가 그녀를 바로 5층으로 보내지 않은 것은 분명했다. 대신, 그는 그녀에게 마지막 도전을 내린 것 같았다. 올바른 통로를 찾아 5층으로 가야 했다.

아늘은 손에 든 거품 표류자의 핵심부를 살펴보았다. 이전과 달리 수정은 이제 여러 색으로 빛났다. 각 색은 다른 통로를 가리키는 것 같았다.

"어느 길이 맞을까…"

그녀가 고민하는 순간, 갑자기 주변의 안개가 소용돌이치며 환영을 만들어냈다. 그것은 마치 그녀의 과거 삶들의 단편들 같았다. 서로 다른 시대, 서로 다른 장소에서의 기억들. 모두 그녀였지만, 동시에 그녀가 아니었다.

한 환영 속에서 그녀는 웅장한 6층 건물의 정원에 서 있었다. 흰 가운을 입은 그녀는 다른 흰 짐승들과 함께 복잡한 의식을 준비하고 있었다.

다른 환영에서는 그녀가 포도밭에서 일하는 모습이 보였다. 이때의 그녀는 젊고 활기찼다. 농부와 함께 열매를 수확하면서 웃고 있었다.

또 다른 환영에서는 그녀가 붉은 산의 기계 앞에 서 있었다. 그녀의 눈에는 결의가 차 있었고, 손에는 문서가 들려 있었다.

환영들은 계속해서 나타났다가 사라졌다. 그녀의 48번의 환생, 아니 그보다 더 많은 삶들이 파노라마처럼 펼쳐졌다.

"이것들… 모두 내 기억인가?" 아늘은 혼란스러워했다.

그때 한 환영이 특별히 그녀의 주의를 끌었다. 그것은 계단 위에 서 있는 그녀의 모습이었다. 6층과 7층 사이의 계단. 그녀는 위를 올려다보고 있었고, 그녀의 얼굴에는 확고한 결심이 서려 있었다.

아늘은 본능적으로 그 환영을 향해 걸어갔다. 그녀가 가까이 다가가자, 환영은 더 선명해졌다. 이제 그녀는 계단 위에서 무슨 일이 있었는지 보고 있었다.

환영 속의 그녀는 계단 위에서 여우 세 마리를 만났다. 흰색과 푸른색이 섞인 특이한 털을 가진 여우들. 그들은 그녀 주위를 돌면서 무언가를 말하고 있었다. 그리고 그녀는 결정을 내렸다. 위로 올라가지 않고, 아래로 뛰어내렸다.

"내가… 스스로 뛰어내린 거야?" 아늘은 충격을 받았다.

"어째서야?!"

하지만 환영은 거기서 끝나지 않았다. 그녀가 추락하는 동안, 그녀의 몸은 빛으로 변했다. 그리고 그 빛이 여러 조각으로 나뉘어, 다른 방향으로 흩어졌다. 마치 그녀의 존재가 분열된 것처럼.

아늘은 숨을 깊게 들이마셨다. 이제 그녀는 조금 더 자신을 찾아야 한다.

자신이 왜 기억을 잃었는지, 그리고 왜 6층에서 추락했는지.

"나는 스스로 선택했어… 환생의 순환을 깨고, 다른 길을 찾기 위해…"

그 깨달음과 함께, 거품 표류자의 핵심부가 특정 방향으로 더 강하게 빛났다. 그것은 그녀에게 길을 알려주고 있었다. 아늘은 주저하지 않고 그 방향으로 나아갔다.

통로를 따라가면서, 그녀는 시간이 다시 불규칙하게 흐르는 것을 느꼈다. 때로는 몇 걸음이 몇 시간처럼 느껴졌고, 때로는 긴 거리를 순식간에 지나갔다. 이것이 브레먀의 마지막 교훈이었을까? 시간은 상대적이며, 우리의 인식에 따라 달라진다는 것?

마침내, 아늘은 통로의 끝에 도달했다. 그곳에는 다른 문이 있었다. 이번 문은 붉은 빛으로 빛나고 있었다. 그녀는 망설임 없이 문을 열었다.

문 너머로 펼쳐진 광경은 압도적이었다. 거대한 붉은 산이 하늘을 찌를 듯이 솟아있었고, 그 주변으로는 공장과 시설들이 복잡하게 얽혀 있었다. 굴뚝에서는 검은 연기가 피어올랐고, 기계 소리가 끊임없이 울려 퍼졌.

아늘은 이제 5층의 붉은 산에 서 있었다. 기술과 열정의 땅.

그녀가 주변을 살펴보려 할 때, 갑자기 두 명의 경비원이 그녀 앞에 나타났다. 그들은 붉은 제복을 입고 이상한 장치를 들고 있었다.

"당신은 누구지? 어떻게 여기에 들어왔지?" 한 경비원이 날카롭게 물었다.

아늘은 침착하게 대답했다. "제 이름은 아늘입니다. 저는… 방문객입니다."

경비원들은 서로를 쳐다보았다. "방문객? 우리는 방문객을 기대하지 않았는데."

"제가 좀 갑작스럽게 왔네요," 아늘이 미소 지었다. "하지만 저는 이곳의 기술에 대해 배우고 싶습니다. 특히 **시추 시스템**에 관해서요."

경비원들의 얼굴이 긴장했다. "시추 시스템? 어떻게 그것에 대해 알지?"

"그녀의 색깔을 봐. 중요한 사람이 보냈을 거야," 다른 경비원이 말했다. "본부로 데려가자."

그들은 아늘을 산 쪽으로 안내했다. 길을 걸으면서, 그녀는 붉은 산의 규모와 복잡성에 놀랐다. 이곳은 정말로 기술적으로 발전된 곳이었다. 기계들이 끊임없이 돌아가고, 노동자들이 바쁘게 일하고 있었다. 모든 것이 효율성과 생산성을 위해 설계된 것 같았다.

본부는 산 중턱에 위치한 거대한 건물이었다. 그들이 건물 안으로 들어가자, 실내는 놀랍도록 깨끗하고 조직적이었다. 벽에는 복잡한 도표와 계획들이 걸려 있었다. 아늘은 도표 중 하나가 아래층을 향한 시추 작업을 보여주는 것을 알아차렸다.

경비원들은 그녀를 엘리베이터에 태우고 몇 층을 올라갔다. 엘리베이터 문이 열리자, 그들은 넓은 사무실에 도착했다. 방의 한쪽에는 거대한 창문이 있어 붉은 산의 장관을 볼 수 있었다.

사무실 중앙의 책상 뒤에는 한 쥐가 앉아 있었다. 그는 작았지만, 그의 눈에는 예리한 지성이 빛났다.

"치젠 선생님, 이 방문객이 시추 시스템에 대해 알고 있습니다," 경비원 중 하나가 보고했다.

치젠은 아늘을 꼼꼼히 살펴보았다. "흥미롭군. 당신은 어디서 왔지?"

아늘은 잠시 생각했다. 정직하게 말하는 것이 좋을까, 아니면 자신의 정체를 숨기는 것이 좋을까? 그녀는 직관적으로 진실을 말하기로 결정했.

"저는 6층에서 왔습니다. 하지만 추락했죠. 지금은 여러 층을 탐험하고 있습니다."

치젠의 눈이 커졌다. "6층?" 그는 경비원들에게 손짓했다. "나가봐."

경비원들이 나간 후, 치젠은 의자에서 일어나 아늘에게 가까이 다가왔다. "6층에서 왔다고? 흰 짐승? 그리고 당신은 추락했다고?"

아늘은 고개를 끄덕였다. "제가 진실을 말해도 될지 확신이 없었지만, 당신과 솔직하게 이야기하는 것이 좋을 것 같았어요."

치젠은 잠시 생각에 잠겼다가 말했다. "이곳의 방문은 현명한 선택이었어. 나는 당신 같은 존재를 오래 기다려왔거든."

"저 같은 존재요?"

"그래," 치젠이 미소 지었다. "우리가 정말 필요로 했던 것은 다른 층의 관점을 가진 누군가였어. 특히 6층의 관점… 그곳은 우리가 거의 접근할 수 없는 곳이니까."

치젠은 책상으로 돌아가 서랍에서 무언가를 꺼냈다. 그것은 작은 장치였다. "혹시 이런 걸 본 적이 있나? 아니 그곳에서 왔다면 모를 수 없겠지. 이것은 우리가 개발 중인 새로운 거품 표류자의 프로토타입이야. 바실라모르의 설계에서 영감을 받았지."

아늘은 놀라서 물었다. "바실라모르를 알아요?"

"물론이지," 치젠이 대답했다. "그의 연구는 여러 층에 걸쳐 전설이 되었어. 특히 우리 같은 기술자들에게는. 그가 발견한 것들은 우리의 발전에 큰 영향을 미쳤어. 설계도면이 어떻게 우리에게 흘러왔는지를 묻는다면 큼흠흠, 그건 말해줄 수 없어."

아늘은 자신이 들고 있는 수정을 꺼냈다. "이것은 바실라모르의 거품 표류자의 핵심부예요. 라프토지가 주었어요."

치젠은 수정을 보고 놀란 표정을 지었다. "라프토지를 만났다고? 도서관에? 놀랍군. 그럼 당신은 이미 많은 것을 알게 된 거겠네."

"일부만요," 아늘이 대답했다. "아직 많은 것이 혼란스러워요. 특히 시추 시스템에 관해서는요. 당신이 저에게 설명해 줄 수 있나요?"

치젠은 잠시 망설이다가 고개를 끄덕였다. "좋아. 하지만 그전에, 당신이 정말 6층에서 왔는지 확인할 필요가 있어."

그는 다른 장치를 꺼내 아늘을 향해 들었다. 그것은 작은 스캐너처럼 보였다. "이것은 에너지 패턴을 읽는 장치야. 각 층의 생명체는 고유한 에너지 서명을 가지고 있거든."

아늘은 주저 없이 고개를 끄덕였다. 치젠이 장치를 그녀 앞에 들자, 장치가 빛나기 시작했다. 그리고 화면에 결과가 나타났다.

치젠의 눈이 놀라움으로 커졌다. "놀랍군… 당신은 정말로 6층의 에너지를 가지고 있어. 하지만 동시에… 무언가 다른 패턴도 있어. 이건 내가 본 적 없는 거야."

"그게 무슨 뜻이죠?" 아늘이 물었다.

"잘 모르겠어," 치젠이 솔직하게 대답했다. "하지만 중요한 건, 당신이 정말 6층에서 왔다는 거야. 그렇다면 이제 당신에게 이것을 보여줄 수 있겠어. 일부분이지만 말이지!"

치젠은 벽에 있는 버튼을 눌렀다. 벽이 열리며, 숨겨진 통로가 나타났다. "따라와. 시스템의 핵심부를 보여주마."

아늘은 치젠을 따라 통로로 들어섰다. 통로는 산 깊숙이로 이어졌다. 그들이 걸을수록, 주변 온도가 높아지는 것을 느낄 수 있었다. 마침내, 그들은 거대한 공간에 도착했다.

그곳에는 엄청난 크기의 기계가 있었다. 기계의 중앙에는 거대한 드릴이 있었고, 그것은 바닥을 뚫고 아래로 계속 이어져 있었다. 주변에는 수많은 파이프와 전선들이 연결되어 있었다.

"이것이 시추 시스템의 핵심이야." 치젠이 설명했다. "우리는 이 드릴을 통해 아래층으로 직접 접근할 수 있어. 특히 4층으로."

"왜 4층을 시추하는 거죠?" 아늘이 물었다.

"에너지 때문이야." 치젠이 대답했다. "4층은 놀라운 양의 원시 에너지를 가지고 있어. 그리고 그 에너지는 우리의 기술 발전에 필수적이야."

치젠은 계기판 앞으로 가서 버튼을 몇 개 눌렀다. 화면에 복잡한 그래프가 나타났다. "보다시피, 우리는 4층에서 에너지를 추출해 이곳으로 가져와. 그 에너지 덕분에 우리는 엄청난 기술 발전을 이룰 수 있었지."

아늘은 화면을 유심히 살펴보았다. 그래프는 4층에서 5층으로의 에너지 흐름을 보여주고 있었다. 하지만 그녀는 또한 다른 흐름도 볼 수 있었다. 5층에서 6층으로 향하는 흐름.

"그래서 6층도 이 에너지를 받나요?" 그녀가 물었다.

치젠은 미소를 지었다. "예리한 관찰력이군. 그래, 6층도 이 에너지를 받아. 사실, 그들은 훨씬 더 많은 양을 가져가지. 하지만 그들은 직접 시추하지 않아. 대신, 우리가 시추한 에너지의 일부를 가져가는 거야."

"그럼 이것이… 행성의 자연적인 에너지 흐름인가요?"

치젠은 고개를 저었다. "아니, 전혀. 이것은 완전히 인위적인 시스템이야. 우리가 만든 거지. 자연적인 흐름이라면, 각 층은 독립적으로 존재했을 거야. 하지만 우리는 그 경계를 뚫고, 에너지를 재분배하고 있어."

아늘은 충격을 받았다. 이것은 바실라모르가 발견한 것과 일치했다. 행성의 에너지 흐름은 자연적이지 않고, 인위적으로 조작되고 있었다.

"그리고 이 시스템이 얼마나 오래됐죠?" 그녀가 물었다.

"3억 년," 치젠이 대답했다. 적어도 우리가 발견한 것만 해서 말이야. "정확히는 3억 1천만 년 전 대이변 이후부터 시작됐어. 층이 분리됐을 때, 우리는 자원을 공유하는 새로운 방법이 필요했지. 그래서 시추 시스템이 개발된 거야."

아늘은 기계를 다시 바라보았다. 그것은 분명 놀라운 기술적 성취였다. 하지만 동시에, 그녀는 이 시스템이 행성 전체에 어떤 영향을 미치고 있는지 궁금했다.

"이 시스템이 안전한가요?" 그녀가 물었다. "행성 전체에 영향을 미치지 않나요?"

치젠의 표정이 어두워졌다. "그것이… 문제야. 최근 몇 세기 동안, 우리는 시스템의 불안정성을 감지하기 시작했어. 에너지 흐름이 불규칙해지고, 때로는 역류가 발생하기도 해. 그리고 이것이 전체 층의 안정성에 영향을 미치고 있어. 우리도 그 이유를 모르겠어."

"그래서 대이변이 일어나는 건가요?"

"일부는 그렇지," 치젠이 인정했다. "대이변은 행성 자체의 주기적인 현상이기도 하지만, 우리의 시추 활동이 그 빈도와 강도를 증가시키고 있어. 특히 최근에는 더 심각해졌지."

아늘은 깊게 생각에 잠겼다. 이것이 그녀가 찾던 퍼즐의 일부였다. 행성의 에너지 흐름이 왜곡되고, 그 결과로 불안정성이 증가하고 있었다. 그리고 이것이 환생 시스템과도 연결되어 있을 것이다.

"당신네들은 이 문제를 해결하기 위해 무엇을 하고 있나요?" 그녀가 물었다.

치젠은 한숨을 쉬었다. "솔직히? 우리는 해결책을 찾지 못했어. 시추를 중단하면 우리의 기술 발전이 멈추고, 삶의 질이 급격히 떨어질 거야. 하지만 계속하면, 언젠가 행성 전체가 붕괴할 수도 있어."

"딜레마군요," 아늘이 말했다.

"그래," 치젠이 동의했다. "그래서 우리는 대안을 찾고 있어. 6층의 지식과 4층의 원시 에너지를 결합하여 새로운 시스템을 만들 수 있을지 연구하고 있지."

아늘은 갑자기 왜 치젠이 그녀의 도착을 그렇게 반겼는지 이해했다. "그래서 저 같은 존재가 필요했던 거군요. 6층의 지식을 가진 사람."

치젠은 고개를 끄덕였다. "정확해. 당신의 통찰력이 우리의 연구에 큰 도움이 될 수 있어."

아늘은 잠시 생각했다. 그녀가 이 문제를 해결하는 데 도움을 줄 수 있을까? 그녀의 기억은 여전히 불완전했고, 그녀 자신의 여정도 아직 끝나지 않았다. 하지만 어쩌면 이것이 그녀의 여정의 일부일 수도 있었다.

"제가 도울 수 있는 것이 있다면, 기꺼이 돕겠습니다." 그녀가 말했다. "하지만 저도 아직 많은 것을 찾고 있어요."

치젠은 미소를 지었다. "당연하지. 우리는 서로 도울 수 있어. 당신이 찾는 것이 무엇이든, 우리의 자원과 지식이 당신에게 도움이 될 거야. 그리고 당신의 통찰력은 우리에게 소중할 거고."

아늘은 고개를 끄덕였다. "그럼, 어디서부터 시작할까요?"

"먼저, 당신에게 우리의 연구 시설을 보여주고 싶어," 치젠이 제안했다. "그리고 당신이 알고 있는 6층의 지식을 공유해 줄 수 있을까? 특히 에너지 흐름과 관련된 것들."

"물론이죠," 아늘이 대답했다.

치젠은 만족스럽게 미소를 지었다. "완벽해. 이제 우리의 협력이 시작되었군."

그들이 시추 시스템의 방을 나서려 할 때, 갑자기 경보가 울렸다. 붉은 빛이 깜빡이기 시작했고, 기계적인 목소리가 울려 퍼졌다.

"주의: 에너지 역류 감지됨. 시추 시스템 불안정. 모든 직원은 즉시 대피하십시오."

치젠의 얼굴이 공포로 가득 찼다. "이런, 또 시작됐어! 최근에 이런 사고가 더 자주 발생하고 있어!"

바닥이 흔들리기 시작했고, 파이프에서는 증기가 새어 나왔다. 기계의 소음이 점점 커졌다.

"우리 당장 여기서 나가야 해!" 치젠이 소리쳤다.

아늘은 본능적으로 거품 표류자의 핵심부를 꺼냈다. 그것은 이제 강렬하게 빛나고 있었다. 그녀는 그것을 시추 기계를 향해 들었다.

놀랍게도, 핵심부의 빛이 기계와 공명하기 시작했다. 그리고 시추 기계의 소음이 서서히 감소했다. 바닥의 진동도 점차 약해졌다.

"어떻게 한 거야?" 치젠이 놀라서 물었다.

"잘 모르겠어요," 아늘이 솔직하게 대답했다. "그냥… 기계가 시키는 대로."

경보가 멈추고, 정상 조명이 돌아왔다. 시추 시스템은 다시 안정을 찾은 것 같았다.

치젠은 계기판을 확인했다. "믿을 수 없군… 에너지 흐름을 안정화시켰어. 기계는 늘 정답을 말하지 않지만 하나의 목표를 찾아가지. 근데 어떻게 한 거지?"

아늘은 거품 표류자의 핵심부를 바라보았다. "이것은 바실라모르의 발명품이에요. 아마도 그는 이런 상황을 예상했던 것 같아요."

치젠의 눈이 반짝였다. "이것은 우리가 생각했던 것보다 더 중요할 수 있어. 당신과 그 장치가 에너지 흐름을 안정화시킬 수 있다면, 어쩌면 우리는 시스템을 개선할 수 있을지도 몰라."

아늘은 그의 열정을 이해했지만, 동시에 경계심도 느꼈다. 이 장치의 힘을 잘못 사용하면 더 큰 문제가 발생할 수도 있었다.

"천천히 접근해야 할 것 같아요." 그녀가 조심스럽게 말했다. "이 장치가 어떻게 작동하는지 완전히 이해하기 전에는 섣불리 사용하지 않는 것이 좋을 것 같습니다."

치젠은 고개를 끄덕였다. "물론이지. 신중함이 필요해. 하지만 이것은 정말 큰 돌파구가 될 수 있어."

그들은 함께 시추 시스템의 방을 나와 다시 지상으로 올라갔다. 치젠은 아늘을 게스트 룸으로 안내했다.

"여기서 휴식을 취하고, 내일 우리의 연구를 시작하자," 그가 제안했다. "붉은 산에 온 것을 환영해, 아늘. 당신의 도움으로, 우리는 이 사다리 탑의 미래를 바꿀 수 있을지도 몰라."

아늘은 미소를 지었지만, 내면에는 여전히 불안이 남아있었다. 치젠의 열정은 진실되어 보였지만, 그가 모든 진실을 말하고 있는지는 확신할 수 없었다. 5층의 기술은 인상적이었고, 그들의 의도가 나쁘지 않을 수도 있었다. 하지만 그녀는 라프토지와 바실라모르의 이야기를 기억했다. 층간의 에너지 흐름 조작이 행성 전체의 안정성을 위협하고 있었다.

"내일 뵙겠습니다, 치젠 선생님." 아늘이 공손히 말했다.

치젠이 떠난 후, 아늘은 게스트 룸을 살펴보았다. 방은 5층의 기술적 특성을 잘 보여주었다. 모든 것이 효율적이고 기능적으로 설계되어 있었다. 창문을 통해 그녀는 붉은 산의 야경을 볼 수 있었다. 불빛으로 가득한 공장들과 시설들이 산 전체를 덮고 있었다.

그녀는 창가에 앉아, 손에 든 거품 표류자의 핵심부를 바라보았다. 그것이 어떻게 시추 시스템을 안정화시켰는지는 여전히 수수께끼였다. 아마도 바실라모르는 이 장치를 단순한 이동 도구 이상의 것으로 설계했을 것이다.

"바실라모르… 당신은 무엇을 알고 있었던 거죠?" 그녀는 속삭였다.

아늘은 침대에 누웠지만, 잠은 오지 않았다. 대신, 그녀는 오늘 배운 것들에 대해 생각했다. 브레먀의 수수께끼, 시간의 미로에서 본 환영들, 그리고 이제 5층의 시추 시스템. 조각들이 서서히 맞춰지고 있었지만, 여전히 큰 그림은 흐릿했다.

그녀가 알게 된 것은, 자신이 스스로 6층에서 뛰어내렸다는 것이었다. 환생의 순환을 깨기 위한 선택이었다. 하지만 왜? 그리고 그 결정은 무엇을 위한 것이었을까?

마침내 피로가 그녀를 덮쳤고, 아늘은 잠에 빠져들었다. 그녀의 꿈은 얕고 불안했다. 그녀는 계속해서 계단을 오르는 꿈을 꿨다. 끝없는 계단. 그리고 매번, 꼭대기에 도달했을 때, 그녀는 스스로 뛰어내렸다.

> ### 루넷의 꿈 (번지기 전의 꿈들)
>
> 작은 실타래 안에, 그 작은 사이사이에도 작은 꿈들이 떠다녀요.
> 아이도 보여요. 귀를 막고 눈을 감고 있습니다.
> 떠다니는 꿈들이 저마다의 이름으로 외칩니다. 아이는 비틀거립니다.
> 발 옆으로 돌 하나가 거스르듯 치입니다. 흔한 비밀이 가득해요.
> 누군가에겐 은밀한 유산, 다른 이에겐 활자가 되기도 합니다.
> 먹을 찍어내기 전까진, 무엇으로 번질지 모릅니다.

아침이 밝아오고, 방의 조명이 자동으로 켜졌다. 아늘은 눈을 뜨고 기지개를 켰다. 창문을 통해 들어오는 빛은 붉은 색조를 띠고 있었다. 붉은 산의 아침.

그녀가 세면을 마치고 있을 때, 노크 소리가 들렸다.

"아늘? 안에 계신가요?" 치젠의 목소리였다.

"네, 들어오세요," 아늘이 대답했다.

치젠이 문을 열고 들어왔다. 그는 오늘 더 활기차 보였다. "잘 주무셨어요? 오늘은 연구소를 투어하고, 당신의 지식을 우리 연구에 접목시키는 방법을 논의하고 싶습니다."

"좋아요," 아늘이 대답했다. "하지만 먼저, 몇 가지 질문이 있어요."

치젠은 고개를 끄덕였다. "물론이죠, 무엇이든 물어보세요."

"시추 시스템이 5층에만 있나요, 아니면 다른 층에도 있나요?"

치젠은 잠시 생각했다. "다른 층은 솔직히 잘 모르고 관심 없습니다. 우리가 기술을 개발했으니까요. 하지만 6층도 자체적인 시스템을 가지고 있습니다.

더 정교하고 효율적이죠. 4층도 시추를 시도했다는 얘기를 들어봤지만, 그들의 기술은 너무 원시적이라 효과적이지 않았을 겁니다. 제 생각이 맞다면 주로 5층이 지독하게 이를 이용하고 있을 겁니다. 늘 꼭대기에 도달하지 못하는 어중간한 존재들이 제일 절박하고 가여우니까요."

"그리고 이 시스템이 행성에 미치는 영향은요? 장기적으로 어떤 결과를 초래할까요?"

치젠의 표정이 어두워졌다. "그것이… 우리의 가장 큰 걱정입니다. 계산에 따르면, 현재 속도로 계속된다면, 앞으로 몇 세기 내에 행성 전체의 구조적 붕괴가 일어날 수 있어요."

아늘은 충격을 받았다. "그리고 이 사실을 다른 층들도 알고 있나요?"

"일부만요," 치젠이 대답했다. "6층의 절대자들은 알고 있을 겁니다. 하지만 그들은 이것을 비밀로 유지하고 있어요. 4층과 그 아래층들은 대부분 모르는 것 같아요. 아니면 오히려 이것이 그들이 바라는 것이고. 사실 원하는 결과일 수도 있죠. 사실 6층은 자연스럽게 유지되고 하위층들만 물갈이되는 것일 수도 있습니다."

아늘은 깊게 생각에 잠겼다. 이것이 그녀가 6층에서 뛰어내린 이유와 연관이 있을까? 그녀가 이 비밀을 알게 되어, 변화를 가져오기 위해 행동했던 것일까?

"연구소로 가죠," 그녀가 마침내 말했다. "당신의 연구에 대해 더 알고 싶어요."

치젠은 그녀를 붉은 산의 주요 연구 시설로 안내했다. 그곳은 복잡한 기계와 실험 장비로 가득했다. 과학자들이 바쁘게 작업하고 있었다.

"여기서 우리는 에너지 흐름을 연구하고, 더 효율적이고 안전한 추출 방법을 개발하고 있어요." 치젠이 설명했다. "그리고 여기, 이 부서에서는 새로운 기술을 만들어내죠."

아늘은 연구소를 둘러보며 깊은 인상을 받았다. 5층의 기술적 성취는 정말 놀라웠다. 그들은 정말로 이 행성에서 가장 진보된 기술을 가지고 있었다. 잿그을은 이 기술에 매료되고 갖고 싶었던 것일까. 그가 처음 봤던 것보다 훨씬 발전을 이룬 것이겠지.

하지만 그녀의 눈에 띈 것은 연구소 한쪽에 있는 별도의 구역이었다. 그곳에는 더 많은 경비원들이 배치되어 있었고, 출입이 제한되어 있었다.

"저기는 뭐하는 곳인가요?" 그녀가 물었다.

치젠은 잠시 망설였다. "그곳은… 특별 연구 구역입니다. 가장 민감한 프로젝트들이 진행되고 있어요."

"어떤 프로젝트요?"

치젠은 주변을 살폈다가, 낮은 목소리로 말했다. "환생 시스템과 관련된 연구요. 우리는 6층의 환생 기술을 역설계하려고 시도하고 있어요."

아늘의 눈이 커졌다. "왜요?"

"우리도 영생을 원해요," 치젠이 솔직하게 말했다. "지금은 6층의 절대자들만이 환생의 비밀을 통제하고 있죠. 그들은 소수의 선택된 존재들에게만 환생의 혜택을 주고 있어요. 우리는 그 기술을 공통화하고 싶어요. 솔직히 말하면 지금 여기 이 조각의 짐승들만이라도."

아늘은 이 계획의 야심 찬 규모에 놀랐다. 그리고 동시에, 그것이 얼마나 위험할 수 있는지도 깨달았다.

"그건… 매우 위험한 시도 아닌가요?"

치젠은 고개를 끄덕였다. "물론이죠. 하지만 큰 보상에는 큰 위험이 따르는 법이에요. 그리고 이것이 행성을 구할 수 있는 유일한 방법일 수도 있어요."

"어떻게요?"

"만약 우리가 환생 시스템을 더 효율적으로 만들 수 있다면, 에너지 소비를 줄일 수 있을 거예요. 그리고 그것은 시추의 필요성을 감소시킬 수 있죠. 결과적으로, 행성의 안정성을 개선할 수 있을 거예요."

아늘은 이 논리가 어딘가 결함이 있다고 느꼈지만, 정확히 어디인지는 말할 수 없었다. 그녀의 기억은 여전히 불완전했고, 환생 시스템의 정확한 작동 방식은 알지 못했다.

"제가 이 연구를 어떻게 도울 수 있을까요?" 그녀가 물었다.

치젠은 미소를 지었다. "당신의 6층 에너지 패턴은 우리 연구에 매우 유용할 수 있어요. 그리고 거품 표류자의 핵심부도 마찬가지고요. 그것이 어떻게 에너지 흐름을 안정화시켰는지 연구하고 싶어요."

아늘은 잠시 망설였다. 그녀는 치젠과 5층의 연구를 돕고 싶었지만, 동시에 신중해야 한다는 것도 알았다. 거품 표류자의 핵심부는 그녀의 여정에 필수적인 것이었다.

"제 지식은 기꺼이 공유하겠지만, 핵심부는 제가 계속 가지고 있어야 해요." 그녀가 말했다. "제 여정에 필요해요."

치젠은 실망한 듯했지만, 이해한다는 듯 고개를 끄덕였다. "물론이죠. 우리는 당신의 도움에 감사합니다, 어떤 형태로든."

그들은 하루 동안 연구소에서 시간을 보냈다. 아늘은 6층에 대한 지식을 공유했고, 치젠은 5층의 기술을 설명했다. 그들의 대화는 생산적이었지만, 아늘은 계속해서 무언가가 빠져 있다는 느낌을 받았다.

저녁이 되어, 그들은 붉은 산의 정상 근처에 있는 전망대로 올라갔다. 그곳에서는 아래로 향해 길게 뻗어져 있는 특수한 망원경을 통해 하층들의 전경을 볼 수 있었다. 멀리 4층의 검은 바다와 희미하게 보이는 얼음 땅까지.

"아름답죠?" 치젠이 말했다. "이것이 우리가 보호하려는 거예요."

아늘은 고개를 끄덕였다. "그래요, 아름다워요. 하지만 또한 취약하기도 해요."

"맞아요," 치젠이 동의했다. "우리는 이 행성을 구해야 해요. 하지만 동시에, 우리는 발전도 계속해야 하죠. 그것이 우리의 도전이에요."

그들은 잠시 침묵 속에 경치를 감상했다.

"곧 우리는 포도밭으로 여행을 갈 거예요," 치젠이 갑자기 말했다.

"포도밭이요?" 아늘이 놀라서 물었다.

"그래요, 예전에 풍요로웠던 5층의 한 조각이에요. 하지만 지금은… 변했죠. 당신이 보면 이해할 거예요. 당신도 괜찮다면 같이 가길 바랍니다. 의미가 있을 거예요."

아늘은 가슴이 떨렸다. 포도밭… 그녀가 처음 떨어진 곳이었다. 그곳이 어떻게 변했을지, 그리고 포도지기는 여전히 그곳에 있을지 궁금했다.

"왜 그곳에 가는 거죠?" 그녀가 물었다.

치젠은 진지한 표정으로 그녀를 바라보았다. "그곳은 우리가 행성의 문제를 가장 명확하게 볼 수 있는 곳이에요. 그리고… 당신의 여정에 중요한 곳일 수도 있어요."

아늘은 고개를 끄덕였다. 그녀는 포도밭으로 돌아갈 준비가 되어 있었다. 하지만 그곳에서 무엇을 발견할지, 그리고 그것이 그녀의 여정에 어떤 영향을 미칠지는 알 수 없었다.

제20장

붉은 산의 경계

다음 날 아침, 아늘은 치젠이 약속한 포도밭으로의 여행을 준비하던 중이었다. 그녀의 방문을 두드리는 소리에 문을 열자, 예상과 달리 치젠이 아닌 낯선 인간 소년이 서 있었다. 소년은 10살 정도로 보였고, 붉은 산의 일꾼들이 입는 작업복을 입고 있었다.

"치젠 선생님께서 보내셨어요," 소년이 말했다. 그의 목소리는 부자연스럽게 낮고 깊었다. "저를 따라오시라고 하셨어요."

아늘은 소년을 유심히 살펴보았다. 이 행성에서 인간을 보는 것은 드문 일이었다. 게다가 이 소년의 눈에는 어린아이답지 않은 오래된 지혜가 깃들어 있었다.

"혹시… 당신의 이름은?" 아늘이 조심스럽게 물었다.

소년은 입꼬리만 올려 웃었다. 그 표정은 어딘가 냉랭하고 계산적이었다.

"제 이름은 리오라고 하세요," 소년이 대답했다. "제가 당신을 안내해 드릴게요."

아늘은 순간 경계심이 올라왔다. 그녀는 거품 표류자의 핵심부를 주머니에 단단히 넣고, 소년을 따라나섰다.

복도를 따라 걸으면서, 아늘은 소년을 자세히 관찰했다. 그의 걸음걸이는 어딘가 부자연스러웠고, 마치 물속에서 걷는 듯 조금씩 흔들렸다. 주변을 살피는 모습도 어린아이답지 않게 경계하는 듯했다. 그리고 가끔 머리를 갸웃거리며 귀를 긁는 습관이 있었다.

"치젠 선생님은 어디 계신가요?" 아늘이 물었다.

"미리 출발하셨어요. 우리를 붉은 산의 경계에서 만나기로 하셨죠." 소년이 대답했다. 말을 하면서도 그의 눈은 아늘의 얼굴이 아닌 주변의 물건들을 탐색하고 있었다. "걱정 마세요, 제가 안전하게 모셔다 드릴게요."

그들은 붉은 산의 정문을 통과해 밖으로 나왔다. 밖에는 작은 운송 차량이 대기하고 있었다. 소년은 아늘에게 차에 타라고 손짓했다.

"우리가 가는 곳은 어떤 곳인가요?" 아늘이 차에 오르며 물었다.

"5층의 다른 조각으로 가는 경계입니다." 소년이 운전석에 앉으며 대답했다. 그의 다리는 페달에 겨우 닿았고, 어깨는 의자에 비해 너무 좁았다. "치젠 선생님께서 당신에게 보여드리고 싶은 게 있으시다고 했어요."

소년이 운전하는 모습은 어색하기 그지없었다. 마치 처음 해보는 것처럼, 혹은 몸의 비율이 맞지 않는 것처럼 보였다. 하지만 놀랍게도 차량은 부드럽게 움직였다.

차량이 움직이기 시작하자, 아늘은 창밖으로 붉은 산의 풍경이 지나가는 것을 바라보았다. 굴뚝에서 나오는 검은 연기, 끊임없이 돌아가는 기계들, 분주히 일하는 노동자들. 5층의 '**열정**'은 조각의 이름 그대로 멈추지 않는 활동의 땅이었다.

"당신은 붉은 산에서 태어났나요, 리오?" 아늘이 물었다.

소년은 잠시 침묵했다. "아니요, 저는… 다른 곳에서 왔어요."

"어디서요?"

소년은 갑자기 머리를 흔들더니 목소리가 바뀌어 대답했다. "그건 중요하지 않아요. 우리는 곧 목적지에 도착할 거예요." 그리고 곧바로 자신의 실수를 깨달은 듯 또다시 어린아이의 목소리로 바꾸어 말했다. "제 말은… 치젠 선생님이 우리를 기다리고 계실 거예요."

아늘은 이 소년이 단순한 안내자가 아니라는 것을 점점 더 확신하게 되었다. 하지만 그녀는 더 질문하지 않고 상황을 관찰하기로 했다.

그들은 붉은 산의 외곽을 지나, 점차 지형이 변하는 곳으로 향했다. 땅은 점점 더 건조해지고, 식물은 거의 보이지 않았다.

"붉은 산에서는 이 지역을 어떻게 부르나요?" 아늘이 의아해하며 물었다.

"경계지대예요." 소년이 설명했다. 이번에는 그의 말투가 보다 전문적이고 정확했다. "한때는 이곳도 초록이었죠. 하지만 대이변 이후로 많은 것이 변했어요."

소년은 계속해서 두 가지 인격 사이를 오가는 것 같았다. 때로는 어린아이처럼 행동하다가도, 갑자기 깊은 지식을 보여주곤 했다.

두 시간 정도 달린 후, 그들은 낮은 언덕 앞에 도착했다. 언덕 너머로는 다른 풍경이 펼쳐질 것 같았다.

"여기서 내려야 해요." 소년이 차를 세우며 말했다. "치젠 선생님이 저 언덕 너머에서 기다리고 계실 거예요."

아늘이 차에서 내려 언덕을 바라보았다. 이상하게도 언덕 위에서부터는 공기가 다르게 보였다. 마치 무언가 움직이는 경계선처럼.

"저기가 층과 층 사이의 경계인가요?" 아늘이 물었다.

소년은 대답하지 않고 그저 응시했다. 그의 눈이 갑자기 반짝이더니, 잠시 동물의 눈처럼 변했다가 다시 인간의 눈으로 돌아왔다.

"리오?" 아늘이 다시 물었다.

"이 이름은 가짜예요," 소년이 작은 목소리로 말했다. 그의 손이 미세하게 떨리기 시작했다. "제 진짜 이름은 중요하지 않아요. 적어도 지금은."

아늘은 한 걸음 뒤로 물러났다. "치젠은 정말 저 너머에 있나요?"

소년은 머리를 천천히 좌우로 흔들었다. "치젠은 붉은 산에 있어요. 그는 우리가 여기 온 것을 모르죠."

"그럼 왜 나를 여기로 데려온 거죠?" 아늘의 목소리가 경계심으로 가득 찼다.

소년은 천천히 그녀에게 다가왔다. 그의 움직임은 점점 더 부자연스러워졌다. 마치 그의 몸이 자신에게 맞지 않는 옷처럼 느껴지는 듯했다.

"당신이 반드시 봐야 할 것이 있어요," 소년이 말했다. 이제 그의 목소리는 완전히 성인의 것으로 바뀌어 있었다. "치젠은 당신에게 진실을 보여주지 않을 거예요. 그는 당신을 이용하려 해요. 당신도 어느 정도 그걸 알고 있지 않았나요? 그렇기에 미심쩍은 나와의 동행에 응한 것이고."

"당신은 누구죠?" 아늘이 물었다. 그녀는 거품 표류자의 핵심부를 주머니에서 꺼내 손에 쥐었다.

소년은 갑자기 멈춰 섰다. 그의 눈에 잠시 공포가 스쳤다. "핵심부를 가지고 있군요. 바실라모르의 발명품을… 역시 당신은 특별해요. 그곳에서 처음 만났을 때부터 느꼈었지…"

아늘은 핵심부를 그를 향해 들었다. 핵심부가 미약하게 빛나기 시작했다. "더 이상 거짓말은 없어요," 아늘이 단호하게 말했다. "당신이 누구인지, 그리고 왜 나를 여기로 데려왔는지 말해요."

소년의 얼굴에 갈등의 기색이 스쳤다. 그는 잠시 입술을 깨물더니, 결심한 듯 말했다.

"나를 곧 알아볼 거예요, 선생님. 하지만 먼저… 저 너머의 진실을 보여드리고 싶어요."

소년은 언덕을 가리켰다. "저 경계를 넘어가면, 붉은 산이 이 세계에 무슨 짓을 하고 있는지 볼 수 있어요. 그것을 보신 후에, 제가 누구인지 말씀드릴게요."

아늘은 잠시 생각했다. 이 기괴한 소년을 완전히 믿을 수는 없었지만, 그녀의 직감은 언덕 너머에 중요한 무언가가 있다고 말하고 있었다.

"좋아요, 가보죠." 아늘이 결심했다. "하지만 거기서 당신은 모든 것을 설명해야 해요."

소년은 고개를 끄덕였다. "약속합니다, 선생님."

그들은 함께 언덕을 오르기 시작했다. 정상에 가까워질수록, 아늘은 공기 중에 무언가 다른 것을 느꼈다. 마치 살아있는 막처럼, 공기가 미세하게 진동하고 있었다.

"이것이 무엇인가요?" 아늘이 물었다.

"층간 경계입니다." 소년이 설명했다. "5층의 '열정'과 다른 조각 사이의 전이지대예요. 대이변 이후로 이런 내부 경계들이 점점 더 견고해지고 있어요."

소년의 움직임이 언덕을 오르는 동안 점점 더 이상해졌다. 때때로 그는 마치 네 발로 걷고 싶어 하는 것처럼 보였고, 그의 손은 점점 발톱을 세우는 듯한 모양으로 구부러졌다.

마침내 그들이 언덕 정상에 도달했을 때, 아늘은 숨을 들이키지 않을 수 없었다. 언덕 아래로 펼쳐진 풍경은 상상했던 것과 완전히 달랐다.

넓은 들판으로 예상했던 곳에는 거대한 균열이 나 있었고, 그 사이로 불길한 붉은 빛이 새어 나오고 있었다. 균열 주변의 땅은 말라비틀어져 있었고, 마치 생명력이 빨려 나간 것처럼 보였다. "이것이… 무엇인가요?" 아늘이 믿기지 않는다는 듯 물었다.

"시추의 상처예요," 소년이 슬픈 목소리로 대답했다. "보세요, 저기 멀리."

소년이 가리킨 방향을 바라보자, 아늘은 거대한 기계 장치를 볼 수 있었다. 그것은 땅에 깊이 박혀 있었고, 붉은 산의 기술로 만들어진 것이 분명했다.

"치젠의 시추 장치군요," 아늘이 말했다.

"네," 소년이 고개를 끄덕였다. "치젠이 말하지 않았던 것은, 5층의 시추 활동이 같은 층 내의 다른 조각들에도 영향을 미친다는 거예요. '열정'이 발전할수록, 다른 조각들은 쇠퇴하고 있어요. 이것과 비슷한 시도를 하는 모든 조각들이 초래하는 결과지요."

그들은 언덕을 내려가 균열 쪽으로 향했다. 가까이서 보니 상황은 더 심각해 보였다. 균열 주변의 땅은 마치 말라비틀어진 피부처럼 갈라져 있었고, 그 사이로 새어 나오는 빛은 뜨겁고 불안정했다.

"치젠의 시추 시스템이 이렇게까지 영향을 미치는 줄 몰랐어요," 아늘이 충격받은 목소리로 말했다.

"열정의 땅이 기술을 발전시킬수록, 그들은 더 많은 에너지가 필요해졌어요." 소년이 설명했다. "처음에는 4층에서만 에너지를 끌어올렸지만, 이제는 같은 층 내의 다른 조각들에서도 빨아들이고 있어요. 그것은 가속되고 있고요."

아늘은 거품 표류자의 핵심부를 꺼내 균열 쪽으로 들어 보았다. 즉시 핵심부가 강하게 반응하며 빛났다.

"이 균열을 통해서 무언가가 흐르고 있어요." 아늘이 말했다. "단순한 에너지만이 아니라… 더 근본적인 무언가."

"생명력이에요." 소년이 대답했다. "이 세계의 근본적인 생명력이 흡수되고 있어요."

아늘은 핵심부를 균열에 더 가까이 가져갔다. 놀랍게도, 핵심부의 빛이 균열의 붉은 빛과 공명하기 시작했고, 두 빛이 만나자 균열이 조금 좁아지는 것처럼 보였다.

"당신이… 균열을 치유하고 있어요," 소년이 놀라서 말했다.

소년의 표정이 변했다. 그의 눈에는 경외감과 함께 계산적인 빛이 스쳤다. 마치 아늘의 능력이 그의 어떤 계획에 도움이 될 수 있다고 생각하는 것 같았다.

아늘이 핵심부를 수납하는 순간, 땅이 갑자기 흔들리기 시작했다. 작은 지진처럼 시작했지만, 점점 진동이 강해졌다.

"뭐가 일어나는 거죠?" 아늘이 균형을 잡으려 애쓰며 물었다.

"시추 시스템이 작동 중이에요!" 소년이 외쳤다. "우리가 가까이 있어서 느껴지는 거예요!"

진동은 계속 강해졌고, 균열에서 나오는 빛도 더 강렬해졌다. 마침내, 균열이 더 넓어지기 시작하면서 불길한 소리가 들려왔다. 마치 대지가 비명을 지르는 것 같았다.

그때, 균열에서 무언가가 솟아오르기 시작했다. 처음에는 빛의 기둥 같았지만, 점차 형태를 갖추기 시작했다. 무엇인가가 균열을 통해 올라오고 있었다.

"어서 피해요!" 소년이 아늘의 팔을 잡아당겼다. "위험해요!"

그들은 언덕 쪽으로 급히 뛰기 시작했다. 뒤를 돌아보자, 균열에서 완전히 솟아오른 존재가 보였다. 그것은 반투명한 형체였지만, 그 윤곽은 분명했다. 인간의 형상이었다.

그 존재는 주변을 둘러보았고, 곧 아늘과 소년을 발견했다. 눈이 마주치자, 아늘은 그 존재가 자신에게 뭔가 말하려는 것 같다는 느낌을 받았다.

"이럴 수가…" 소년이 중얼거렸다. "이건 4층에서 올라온 존재예요."

아늘은 발걸음을 멈추었다. "제가… 가봐야 할 것 같아요."

"안돼요!" 소년이 그녀를 붙잡았다. 그 순간, 그의 손이 완전히 변형되어 날카로운 발톱을 가진 동물의 발처럼 보였다. "그건 위험해요. 우리는 아직 준비가 안 됐어요."

아늘은 놀라서 소년의 변형된 손을 바라보았다. 소년도 그 사실을 깨달았는지 급히 손을 등 뒤로 숨겼다.

"당신… 정말 누구죠?" 아늘이 물었다.

소년은 고개를 숙였다. 그의 어깨가 떨리기 시작했다. "이젠 숨길 수 없겠군요…" 그의 목소리는 이제 완전히 달라져 있었다.

멀리서 기계 소리가 들려왔다. 그들이 돌아보자, 붉은 산에서 여러 대의 차량이 빠르게 접근하고 있었다.

"치젠이에요." 소년이 긴장한 목소리로 말했다. "그들이 균열의 이상을 감지했을 거예요."

아늘은 균열과 다가오는 차량을 번갈아 바라보았다. 그녀는 결정을 내려야 했다. 하지만 먼저, 그녀는 이 수상한 안내자의 정체를 알아야 했다.

"더 이상 숨지 마세요." 아늘이 소년을 향해 말했다. "당신이 정말 누구인지 말해요."

소년은 깊게 숨을 들이마셨다. 그리고 그의 목소리가 다시 한번 바뀌었다. "제 이름은… 음푸웨케라고 합니다. 저희는 전에 만난 적이 있어요…"

차량들이 점점 가까워지고 있었다. 음푸웨케로 자신을 밝힌 소년은 아늘의 손을 잡고 언덕 반대편으로 이끌었다.

"더 자세한 설명은 나중에 해드릴게요. 지금은 여기서 벗어나야 해요. 이쪽으로요. 제가 알고 있는 다른 길이 있어요."

아늘은 잠시 망설였지만, 치젠의 차량들이 더 가까워지는 것을 보고 결심했다. 그녀는 음푸웨케를 따라갔다. 비록 그가 누구인지, 그리고 왜 인간 소년으로 변장했는지는 확실히 알 수 없었지만, 지금은 그를 따르는 것이 최선의 선택처럼 보였다.

그들은 언덕 너머로 빠르게 이동했다. 뒤에서는 차량의 소리가 점점 커지고 있었다. 언덕 아래에 도착하자, 음푸웨케는 숨겨진 동굴 입구를 가리켰다.

"저기로 들어가요. 이 통로를 통해 4층으로 내려갈 수 있어요."

아늘은 망설였다. "치젠은요? 그는 우리를 찾을 거예요."

"걱정 마세요," 음푸웨케가 말했다. "그는 우리가 어디로 갔는지 알 수 없을 거예요. 그리고 설령 알아도, 그는 4층으로 쉽게 내려올 수 없어요."

아늘은 마지막으로 균열 쪽을 바라보았다. 그 인간형 존재는 여전히 그곳에 서 있었고, 그녀를 바라보고 있었다. 하지만 이제 치젠의 차량들이 도착하고 있었고, 붉은 산의 경비원들이 존재를 향해 무언가를 겨누고 있었다.

"선생님, 서두르세요," 음푸웨케가 재촉했다, 여전히 소년의 모습이었지만 목소리는 더 이상 어린아이의 것이 아니었다.

아늘은 마지막으로 한 번 더 그 존재를 바라본 후, 음푸웨케를 따라 동굴로 들어갔다. 동굴 안은 어둡고 축축했지만, 음푸웨케는 길을 잘 아는 듯했다.

"이 길은 어떻게 알게 된 거죠?" 아늘이 물었다. "그리고 왜 인간 소년으로 변장한 거죠?"

"저는 여러 층 사이를 이동하는 방법을 찾는 데 많은 시간을 보냈어요," 음푸웨케가 대답했다. "상이한 층간의 혼혈이라 층간 경계를 느낄 수 있거든요. 그리고 변장은… 붉은 산에서 덜 의심받기 위해서였어요. 어린 인간 소년은 대개 위험하지 않게 여겨지니까요."

음푸웨케의 대답은 합리적으로 들렸지만, 아늘은 여전히 그가 모든 진실을 말하고 있지 않다고 느꼈다. 그는 분명 자신만의 목적을 가지고 있었다.

그들은 동굴 깊숙이 계속 걸었다. 점점 온도가 내려가고, 벽에는 서리가 맺히기 시작했다.

"우리는 4층에 가까워지고 있어요," 음푸웨케가 말했다. "준비되셨나요?"

아늘은 고개를 끄덕였다. "하지만 4층에 도착하면, 당신은 모든 것을 설명해야 해요. 당신이 왜 나를 도우려는지, 그리고 당신의 진짜 목적이 무엇인지."

음푸웨케는 잠시 머뭇거리다가 대답했다. "약속합니다, 선생님. 하지만 제 진짜 모습을 보시면 놀라실 수도 있어요."

"걱정 마세요," 아늘이 말했다. "나는 이미 많은 것을 보았어요."

동굴의 끝이 보이기 시작했다. 그 너머로는 눈보라가 휘몰아치는 광경이 보였다. 4층의 얼음 땅이었다.

"이제 곧 도착해요," 음푸웨케가 말했다. "눈보라가 심하지만, 걱정 마세요. 제가 길을 알고 있어요."

아늘은 깊게 숨을 들이마셨다. 그녀는 이제 새로운 단계의 여정을 시작하려 하고 있었다. 붉은 산에서 본 것들, 균열에서 나온 존재, 그리고 이제 4층으로의 여행. 모든 것이 그녀의 잃어버린 기억과 정체성을 찾는 여정의 일부였다. 그런데 이상하다. 왜 다시 4층으로 돌아와야 했을까? 아니 필요했을까? 결정한 것일까? 병존하는 시간의 무수한 갈래 속에서 그녀는 위화감이 아닌 공허함을 느꼈다.

"준비됐어요," 아늘이 말했다.

그들은 함께 동굴을 빠져나와 눈보라 속으로 걸어 들어갔다. 아늘은 순간적으로 강렬한 한기를 느꼈지만, 곧 적응하기 시작했다. 음푸웨케는 여전히 인간 소년의 모습이었지만, 그의 행동은 점점 더 동물적으로 변해가고 있었다.

제21장

열정의 도가니

눈보라 속으로 걸어 들어간 아늘과 음푸웨케는 즉시 강렬한 한기에 휩싸였다. 4층의 얼음 땅은 5층의 열기와는 완전히 대조적인 공간이었다. 하얀 눈이 사방에서 몰아치며 시야를 가렸고, 바람은 날카로운 칼날처럼 피부를 파고들었다.

"이쪽입니다!" 음푸웨케가 소리쳤다. 그의 목소리는 바람 소리에 묻혀 희미하게 들렸다.

아늘은 그를 따라 눈밭을 헤쳐 나갔다. 음푸웨케는 여전히 소년의 형태를 유지하고 있었지만, 움직임은 점점 더 부자연스러워졌다. 쌓인 눈 위를 걸을 때마다 그의 발은 이상한 각도로 구부러졌고, 때로는 거의 네 발로 기어가는 듯한 자세를 취했다.

"얼마나 더 가야 하나요?" 아늘이 물었다.

"멀지 않았어요," 음푸웨케가 대답했다. "하지만 이 눈보라가 문제군요. 생각보다 강해요."

그들은 계속해서 앞으로 나아갔다. 아늘은 거품 표류자의 핵심부를 꺼내 들었다. 그것은 약하게 빛나기 시작했고, 그 빛이 그들 앞에 희미한 길을 만들어냈다.

"어디로 가는 거죠?" 아늘이 다시 물었다.

음푸웨케는 잠시 망설이다가 대답했다. "처음에는 눈바람이 부는 조각을 지나 브레먀의 탑으로 가려고 했어요. 하지만…"

그는 말을 멈추고 주위를 살폈다. "무언가 이상해요. 이 눈보라는 자연적인 것이 아니에요."

아늘도 그것을 느꼈다. 이 폭풍은 일반적인 기상 현상이 아니었다. 눈보라 속에는 어떤 의도, 어떤 의식이 있는 것 같았다.

"누군가가 우리를 지켜보고 있어요," 아늘이 말했다.

음푸웨케는 고개를 끄덕였다. "4층의 주인들이죠. 그들은 침입자에게 친절하지 않아요."

그들이 앞으로 나아갈수록, 눈보라는 더욱 심해졌다. 이제는 앞을 거의 볼 수 없을 정도였다. 아늘은 본능적으로 거품 표류자의 핵심부를 더 높이 들어올렸다. 핵심부의 빛이 강해지면서, 눈보라가 약간 물러나는 것 같았다.

갑자기, 눈 속에서 어떤 형체가 나타났다. 처음에는 단순히 눈의 소용돌이처럼 보였지만, 점차 뚜렷한 형상을 갖추었다. 그것은 인간과 늑대의 중간쯤 되는 형태였으며, 전체가 얼음 결정으로 이루어진 것 같았다.

"얼음 수호자," 음푸웨케가 숨을 죽이며 말했다. "움직이지 마세요."

얼음 수호자는 그들 주위를 원을 그리며 돌았다. 그것의 눈은 푸른 빛을 발했고, 그 시선은 아늘의 손에 들린 핵심부에 고정되어 있었다.

"그것이 핵심부에 관심이 있어요," 아늘이 말했다.

"그럴 만도 해요," 음푸웨케가 대답했다. "그건 바실라모르의 발명품이니까요. 이 땅의 존재들은 그를 알고 있을 거예요."

얼음 수호자는 계속해서 그들을 관찰했다. 그리고 마침내, 그것은 뒤로 물러나며 한쪽 방향을 가리켰다.

"우리에게 길을 보여주고 있어요." 아늘이 말했다.

이상하리만큼 익숙하다. 하지만 다르다. 한 번도 본 적 없지만 난 갈라지기 전의 다른 우주에서 이것을 만날 수 있었을 것 같다는 느낌이 들었다.

음푸웨케는 경계하는 듯했다. "조심해요. 함정일 수도 있어요."

하지만 아늘은 직감적으로 얼음 수호자가 적대적이지 않다는 것을 느꼈다. "따라가 봐요."

그들은 얼음 수호자가 가리킨 방향으로 걸어갔다. 놀랍게도, 그 방향으로 가자 눈보라가 약해지기 시작했다. 마치 그들을 위해 길을 열어주는 것 같았다.

얼마 후, 그들은 거대한 얼음 구조물 앞에 도착했다. 그것은 탑이라기보다는 얼음으로 된 궁전 같았다. 완벽하게 투명한 얼음으로 만들어진 그 구조물은 빛을 받아 다양한 색으로 빛났다.

"이게 뭐죠?" 아늘이 물었다.

"모르겠어요," 음푸웨케가 대답했다. 그의 목소리에는 놀라움이 담겨 있었다. "전에는 본 적 없는 곳이에요."

얼음 수호자는 그들을 구조물의 입구로 안내했다. 입구는 아치형으로, 얼음으로 조각된 복잡한 문양으로 장식되어 있었다.

"들어가야 할까요?" 아늘이 물었다.

음푸웨케는 망설였다. "위험할 수 있어요."

"하지만 우리는 이미 여기까지 왔어요," 아늘이 말했다. "그리고 내 직감은 이곳에 우리가 필요로 하는 것이 있다고 말해요."

음푸웨케는 마지못해 고개를 끄덕였다. "하지만 가까이 있을게요. 무슨 일이 있으면 즉시 나갑시다."

그들은 함께 얼음 궁전 안으로 들어섰다. 내부는 놀랍도록 따뜻했다. 얼음으로 만들어진 벽은 차가운 느낌을 주지 않았고, 오히려 은은한 온기가 느껴졌다.

궁전 내부는 거대한 홀처럼 열려 있었다. 천장은 높이 솟아있었고, 그 위로는 복잡한 얼음 샹들리에가 달려 있었다. 바닥은 완벽하게 광택이 나는 얼음이었지만, 미끄럽지 않았다.

홀의 중앙에는 얼음으로 만들어진 왕좌가 있었다. 그리고 그 왕좌에는 누군가가 앉아 있었다.

"누구세요?" 아늘이 물었다.

왕좌에 앉은 존재는 서서히 일어났다. 그것은 완전히 얼음으로 이루어진 여성의 형상이었다. 그녀의 움직임은 우아했고, 그녀의 눈은 깊은 지혜를 담고 있는 것 같았다.

"나는 이 땅의 관리자다." 얼음 여왕이 말했다. 그녀의 목소리는 마치 바람이 지나가는 소리 같았다. "너희가 내 영역에 들어온 이유를 말해라."

아늘이 한 걸음 앞으로 나섰다. "저는 잃어버린 기억을 찾고 있습니다. 그리고 이 행성의 진실을 알고자 합니다."

얼음 여왕은 아늘을 오랫동안 바라보았다. "너는 6층에서 왔군. 하지만 네 기억은 불완전하다."

"맞습니다," 아늘이 말했다. "어떻게 아셨죠?"

"나는 많은 것을 본다," 얼음 여왕이 대답했다. "모든 산란과 반사되어 투영되는 것들을. 그리고 너의 핵심부, 그것은 바실라모르의 작품이다. 오래 전 그 주인이 갖고 이 층에 도달하였지. 어째서 네게 있느냐?"

아늘은 놀라서 핵심부를 바라보았다. "바실라모르를 아세요?"

"물론이다," 얼음 여왕이 대답했다. "그는 위대한 탐구자였지. 행성의 진실을 찾아 각 층을 돌아다녔어. 그리고 마침내, 그는 너무 많은 것을 알게 되었지."

"그래서 그가 다치게 된 거군요," 음푸웨케가 말했다.

얼음 여왕은 음푸웨케를 바라보았다. 그녀의 시선에 음푸웨케는 불편해 보였다.

"그리고 너, 경계의 아이," 얼음 여왕이 말했다. "너의 목적은 무엇이지?"

음푸웨케는 갑자기 긴장한 듯했다. "저는… 그저 선생님을 돕고 있을 뿐입니다."

얼음 여왕은 냉소적인 미소를 지었다. "그것이 전부는 아니겠지."

아늘은 음푸웨케를 의심스럽게 바라보았다. 확실히 그는 무언가를 숨기고 있었다.

"우린 브레먀를 찾고 있어요," 아늘이 말했다. "시간의 여우를요."

얼음 여왕은 다시 아늘에게 집중했다. "브레먀? 재미있군. 그는 쉽게 만날 수 있는 존재가 아니야."

아늘이 말했다. "그가 제 여정의 다음 단계에 대한 단서를 가지고 있을지도 모르니까요."

얼음 여왕은 잠시 생각에 잠겼다. "오— 브레먀를 찾기 전에, 너는 먼저 이해해야 할 것이 있다. 시추 시스템의 진정한 영향에 대해."

그녀는 손을 들어올려 공중에 휘저었다. 즉시, 홀의 벽에 이미지가 나타나기 시작했다. 그것은 마치 거대한 얼음 스크린처럼 작동했다.

이미지는 붉은 산의 광경을 보여주었다. 끊임없이 돌아가는 기계들, 연기를 내뿜는 굴뚝들, 그리고 깊이 땅에 박힌 거대한 시추 장치들. 그리고 그 아래로, 에너지가 흐르는 통로들이 5층에서 4층으로, 그리고 4층에서 다시 6층으로 이어지는 것이 보였다.

"이것이 시추 시스템의 진정한 목적이다." 얼음 여왕이 설명했다. "표면적으로는 5층의 기술 발전을 위한 것처럼 보이지. 하지만 실제로는 대부분의 에너지가 6층으로 흘러가고 있어."

"치젠이 거짓말을 했군요." 아늘이 말했다.

"그는 알지 못하는 것일 수도 있다." 얼음 여왕이 말했다. "많은 5층의 존재들은 자신들이 시스템의 최종 수혜자라고 믿고 있어. 하지만 그들은 단지 중간 매개체일 뿐이야."

이미지가 바뀌어, 이번에는 6층의 광경을 보여주었다. 완벽하게 깨끗하고 질서 정연한 도시, 흰 건물들, 그리고 평화롭게 보이는 흰 짐승들. 하지만 그 아래로는 거대한 기계 시설이 있었고, 그것들은 아래층에서 올라온 에너지를 처리하고 있었다.

"6층은 환생 시스템을 통제하고 있다. 아니 사실 그것은 엄밀히 따지면 더 위에서 관리하는 것이지." 얼음 여왕이 계속했다. "그리고 그 시스템은 엄청난 양의 에너지를 필요로 해. 그들은 그 에너지를 아래층에서 끌어올리지. 특히 4층을 포함한 그 밑으로 층에서부터."

아늘은 충격을 받았다. "그럼 왜 5층에서 시추하는 거죠? 직접 4층에서 할 수도 있잖아요."

"직접적인 시추는 너무 많은 주의를 끌 것이다." 얼음 여왕이 대답했다. "그래서 그들은 5층을 이용해. 5층의 기술과 열정이 4층의 에너지를 추출하게 하고, 그중 일부는 5층이 사용하지만, 대부분은 6층으로 전달돼."

이미지가 다시 바뀌어, 이번에는 4층의 광경을 보여주었다. 4층의 대부분은 얼음과 눈으로 덮여 있었지만, 곳곳에 거대한 구멍들이 뚫려 있었다. 그리고 그 구멍들에서는 빛이 위로 올라가고 있었다.

"이것이 4층이 겪고 있는 현실이다," 얼음 여왕이 말했다. "우리의 생명력이 끊임없이 빨려 나가고 있어. 그리고 그 결과, 4층은 점점 더 차가워지고, 더 적대적인 환경이 되고 있어."

"그럼 왜 싸우지 않나요?" 아늘이 물었다. "왜 시추를 막지 않나요?"

"우리는 싸우고 있다," 얼음 여왕이 대답했다. "하지만 우리의 방식으로. 직접적인 대결은 행성 전체에 파괴적인 결과를 가져올 수 있어. 그래서 우리는 균형을 유지하려 노력하지."

음푸웨케가 갑자기 앞으로 나섰다. "그래서 균열에서 본 그 존재가 4층에서 온 거군요."

얼음 여왕은 고개를 끄덕였다. "그는 우리의 사자(使者)다. 위층에 메시지를 전하기 위해 보낸 존재지. 하지만 그는 종종 방해받아."

아늘은 깊은 생각에 잠겼다. 이 모든 것이 그녀가 이해하고 있던 것보다 훨씬 복잡했다. 층간의 관계, 에너지의 흐름, 그리고 환생 시스템. 모든 것이 서로 연결되어 있었다.

"그럼 제가 어떻게 해야 할까요?" 아늘이 물었다. "이 모든 것이 제 잃어버린 기억과 어떻게 연관되나요?"

얼음 여왕은 그녀를 바라보았다. "그것은 네가 스스로 발견해야 할 것이다. 하지만 내가 한 가지 말해줄 수 있는 것은, 네가 6층에서 떨어진 것은 우연이 아니라는 거야. 너는 무언가를 알게 되었고, 그것이 너를 위험에 빠뜨렸어. 그로 인해 무언가 선택을 한 거겠지."

"무엇을 알게 되었을까요?" 아늘이 물었다.

이상하다. 기억을 들여다보기. 4층. 나의 과거. 누군가의 설명. 이미 비슷하게 벌어진 일이다. 아니 그게 과거란 법은 없지. 난 어느 시간에 머물고 있는지도 알 수 없다.

"아마도 환생 시스템의 진실을," 얼음 여왕이 대답했다. "또는 태초의 그녀에 대한 무언가를. 이것들은 6층 이상의 절대자들이 감추고 싶어 하는 비밀이니까."

아늘은 라프토지와의 대화를 떠올렸다. 바실라모르가 발견한 행성의 에너지 흐름과 환생 시스템의 비밀. 그것이 그녀가 알게 된 것인가?

"브레먀는 어디에 있나요?" 아늘이 다시 물었다.

"그는 내 영역의 가장 깊은 곳, 얼음의 심장이라 불리는 곳에 있다," 얼음 여왕이 대답했다. "하지만 그곳은 갈 수 있는 곳이 아니야. 우주가 네게 다가온다면 만나는 교집합인 거지."

"그렇다면 다행이네." 아늘이 말했다. "그것은 저를 향해 무엇보다 빠르게 오고 있을 테니."

얼음 여왕은 미소를 지었다. "그는 나조차 들여다보길 허락하지 않는 음험한 존재야. 어쨌든 용기가 있군. 좋아, 길을 보여주겠다. 하지만 먼저, 너희들에게 경고 하나 하마. 브레먀는 위험한 짐승. 그는 시간 자체를 조작할 수 있어. 그를 만날 때는 항상 조심해야 해."

"알겠습니다." 아늘이 대답했다. 난 브레먀의 꿈을 꾸고 있는 건가.

얼음 여왕은 왕좌에서 완전히 내려와 그들에게 다가왔다. 가까이서 보니, 그녀의 형체는 반투명했고, 내부에는 무수한 얼음 결정이 빛나고 있었다.

"나를 따라오라," 얼음 여왕이 말했다.

그녀는 홀을 가로질러 반대편에 있는 문으로 향했다. 아늘과 음푸웨케는 서로를 바라본 후, 그녀를 따라갔다.

문 너머로는 긴 복도가 이어져 있었다. 복도의 벽은 완전히 투명한 얼음으로 되어 있었고, 그 너머로는 4층의 다양한 풍경이 보였다. 눈으로 덮인 평원, 얼음 봉우리, 그리고 때때로 얼음 동굴과 얼어붙은 호수.

"4층은 생각보다 아름답네요," 아늘이 말했다.

"모든 층은 그 자체로 아름다움을 가지고 있다," 얼음 여왕이 대답했다. "문제는 각 층이 서로를 이해하지 못하고, 서로의 자원을 탐내는 거야."

그들은 계속해서 복도를 따라 걸었다. 시간이 흐르면서, 복도는 점점 더 좁아지고, 또한 점점 더 아래로 내려가는 것 같았다.

"우리는 지금 얼음의 심장을 향해 내려가고 있다," 얼음 여왕이 설명했다. "4층의 가장 깊은 곳이야. 그곳은 시간의 흐름이 다르게 느껴지는 곳이지. 브레먀가 그곳을 좋아하는 이유기도 해."

아늘은 갑자기 자신의 움직임이 느려지는 것을 느꼈다. 마치 물속에서 걷는 것처럼 모든 동작이 더뎌졌다.

"이건…?" 아늘이 물었지만, 그녀의 목소리도 느리게 나왔다.

"시간 지연 효과," 얼음 여왕이 설명했다. 그녀의 목소리는 정상적으로 들렸다. "이곳에 가까워질수록 더 강해질 거야."

그들은 계속해서 내려갔다. 이제 복도는 거의 계단에 가까웠고, 그들은 4층의 깊은 곳으로 내려가고 있었다. 주변의 얼음은 점점 더 두꺼워졌고, 벽 너머로 보이는 풍경도 사라졌다.

마침내, 그들은 거대한 동굴 입구 앞에 도착했다. 동굴 입구는 완전히 얼음으로 형성되어 있었지만, 이상하게도 그 내부에서는 푸른 빛이 새어 나오고 있었다.

"이것이 얼음의 심장으로 가는 입구다." 얼음 여왕이 말했다. "이제부터는 너희들만 가야 해. 나는 이 너머로 갈 수 없어."

"왜요?" 아늘이 물었다.

"브레먀와 나는… 과거에 약속을 했어," 얼음 여왕이 설명했다. "나는 그의 영역을 침범하지 않기로 했지. 그 대신, 그는 4층의 다른 부분에 개입하지 않아."

"알겠습니다," 아늘이 말했다. "감사합니다, 여왕님."

얼음 여왕은 고개를 끄덕였다. "행운을 빈다, 아늘. 그리고 조심해. 브레먀는 수수께끼를 좋아해. 그의 질문에 항상 정직하게 대답해."

아늘은 고개를 끄덕인 후, 음푸웨케와 함께 동굴 입구로 향했다. 그들이 동굴 안으로 들어서자, 얼음 여왕의 형체는 서서히 사라졌다.

동굴 내부는 믿을 수 없을 정도로 아름다웠다. 천장과 벽에는 무수한 얼음 결정이 달려 있었고, 그것들은 모두 푸른 빛을 발하고 있었다. 바닥은 완벽하게 투명한 얼음이었고, 그 아래로는 마치 별이 가득한 우주처럼 보이는 광경이 펼쳐져 있었다.

"이게 뭐죠?" 아늘이 바닥을 가리키며 물었다.

"모르겠어요," 음푸웨케가 답했다. "하지만 아름답군요."

그들은 조심스럽게 동굴 깊숙이 걸어 들어갔다. 시간이 흐를수록 시간 지연 효과는 더욱 강해졌다. 때로는 한 발자국을 내딛는 데 몇 분이 걸리는 것 같았고, 때로는 순식간에 수십 미터를 이동한 것 같은 느낌이 들었다.

"시간이 여기서는 다르게 흐르는 것 같아요," 아늘이 말했다.

"브레먀의 영향이겠죠," 음푸웨케가 대답했다.

그들은 계속해서 동굴을 탐험했다. 때로는 좁은 통로를 지나야 했고, 때로는 거대한 동굴 홀을 가로질러야 했다. 하지만 항상, 푸른 빛은 그들을 인도했다.

마침내, 그들은 동굴의 가장 깊은 곳에 도착했다. 그곳에는 얼음으로 만들어진 거대한 시계가 있었다. 시계의 바늘은 일정한 방향으로 돌지 않고, 때로는 앞으로, 때로는 뒤로, 때로는 옆으로 움직였다.

그리고 시계 옆에, 은색과 푸른색이 섞인 털을 가진 여우가 앉아 있었다.

"브레먀," 아늘이 말했다.

여우는 고개를 들어 그녀를 바라보았다. 그의 눈은 깊은 심연처럼 어두웠다.

"아늘," 브레먀가 말했다. 그의 목소리는 메아리처럼 울렸다. "멀리도 가지 못하고 돌아왔네. 시간에 집착이라도 하듯이."

제22장

시추의 진실

브레먀는 시계 옆에서 일어나 아늘과 음푸웨케에게 다가왔다. 그의 움직임은 유연했고, 마치 시간 자체를 통과하는 것처럼 때로는 흐릿해 보였다. 여우의 은빛과 푸른빛이 섞인 털은 주변의 얼음 결정에 반사되어 신비로운 빛을 만들어냈다.

"두 번째 만남이군." 브레먀가 아늘을 향해 말했다. "하지만 네게는 첫 번째처럼 느껴지겠지."

음푸웨케는 놀란 표정으로 아늘을 바라보았다. "정말로? 이미 브레먀를 만난 적이 있으신가요? 난 그게 당신의 허세인 줄 알았어요."

아늘은 잠시 망설였다. 그녀는 음푸웨케에게 이 사실을 말하지 않았었다. "그래요, 눈바람이 부는 조각에서 만났어요. 그의 수수께끼에 대답했고요. 그런데 그게 난 아니에요."

"흥미롭군." 브레먀가 웃었다. "시간은 선형적이지 않아. 특히 이 얼음의 심장에서는. 우리의 첫 만남은 네 관점에서는 과거지만, 내 관점에서는 아직 일어나지 않은 일이야."

아늘은 이해하려고 노력했다. "그럼 지금 당신이 저에게 한 수수께끼를 내고, 제가 대답한 건… 아직 일어나지 않은 일인가요?"

브레먀는 고개를 끄덕였다. "정확해. 네가 기억하는 미래의 나는 아직 그 경험을 하지 못했어."

"그러니까 지금 있는 브레먀가 먼저이고, 나중에 탑에서 만나게 되는 거네요." 음푸웨케가 정리했다.

"시간의 개념은 복잡해," 브레먀가 말했다. "하지만 지금은 그것에 대해 논하러 온 게 아니겠지. 너희는 물어볼 것이 있을 테니까."

아늘은 깊게 숨을 들이마셨다. "시추 시스템에 대해 더 알고 싶어요. 4층과 5층, 그리고 6층이 어떻게 연결되어 있는지."

브레먀의 눈이 반짝였다. "직접 보는 게 낫겠어."

여우는 앞발로 얼음 바닥을 세 번 두드렸다. 순간, 그들 아래의 얼음이 마치 물처럼 투명해졌고, 그 아래로 깊은 공간이 드러났다. 그것은 마치 행성 전체의 단면도를 보는 것 같았다.

아늘과 음푸웨케는 놀라서 뒤로 물러섰지만, 곧 발아래의 얼음이 여전히 단단하다는 것을 깨달았다. 이미지만 변한 것이었다.

"저게 뭐죠?" 아늘이 물었다.

"행성의 실제 구조야," 브레먀가 설명했다. "각 층이 어떻게 구성되어 있는지, 그리고 어떻게 연결되어 있는지 보여주지."

이미지 속에서, 행성은 6개의 뚜렷한 층으로 나뉘어 있었다. 각 층은 다른 색으로 표시되어 있었다. 가장 아래층은 암색, 그 위로 붉은색, 선홍색, 주황색, 노란색, 그리고 최상층은 흰색이었다. 그리고 행성 위, 외부 공간에는 희미하게 일곱 번째 영역이 표시되어 있었다.

"6개 층에, 그리고 외부에…" 아늘이 중얼거렸다.

"그래," 브레먀가 고개를 끄덕였다. "각 층은 서로 다른 목적을 가지고 있어. 그리고 네가 보고 있는 것처럼, 층들 사이에는 연결통로가 있지. 그리고 가장 중요한 것은, 행성 외부에 있는 7층, 절대자들의 영역이야."

아늘은 더 자세히 들여다보았다. 각 층 사이에는 가느다란 통로들이 있었다. 대부분은 위층에서 아래층으로 내려가는 형태였지만, 일부는 아래층에서 위층으로 올라가는 형태였다. 그리고 모든 층에서, 가느다란 빛줄기가 행성 외부의 7층으로 향하고 있었다.

"이것들이 시추 통로인가요?" 아늘이 물었다.

"일부는 그래," 브레먀가 대답했다. "하지만 모든 통로가 인공적인 것은 아니야. 행성 자체에도 자연적인 에너지 순환 경로가 있어. 그리고 이 모든 것은 7층의 절대자들에 의해 설계되었지."

7층이라고?

여우는 얼음 바닥을 다시 한번 두드렸다. 이번에는 이미지가 확대되어 5층과 그 주변을 자세히 보여주었다.

"보다시피, 5층은 주로 노란색으로 표시되어 있어," 브레먀가 설명했다. "이것은 '긍정'의 상징적인 색이야. 하지만 5층 내에서도 다양한 조각들이 있지. 일부는 더 붉은색에 가깝고, 일부는 더 흰색에 가까워. 그것은 그 땅에 사는 짐승들의 의식 수준이 어디에 머물러 있냐에 따라 편차가 있다."

아늘은 '열정'의 땅, 붉은 산을 식별할 수 있었다. 그것은 5층에서 가장 붉은색에 가까운 노란 부분이었고, 그 아래로는 여러 개의 시추 통로가 4층으로 내려가고 있었다.

"저것이 붉은 산의 시추 시스템이군요," 아늘이 말했다.

"그래," 브레먀가 대답했다. "붉은 산은 5층에서 가장 적극적으로 시추를 하는 곳이야. 그들은 4층의 에너지를 끌어올려 자신들의 기술을 발전시키지."

"그리고 그 에너지의 일부는 6층으로 가고 있죠," 음푸웨케가 덧붙였다.

브레먀는 음푸웨케를 바라보았다. "똑똑하군, 경계의 아이. 그래, 에너지의 대부분은 결국 6층으로 흘러가. 그리고 6층에서 가장 순수한, 정제된 에너지는 7층의 절대자들에게 전달되지. 여기를 봐."

여우는 다시 바닥을 두드렸고, 이번에는 5층과 6층 사이의 연결이 강조되었다. 5층에서 끌어올린 에너지의 대부분이 특정 경로를 통해 6층으로 올라가는 것이 보였다. 그리고 6층에서는 더 희미하고 순수한 에너지 선이 행성 외부의 7층으로 향하고 있었다.

"이 에너지는 무엇에 쓰이나요?" 아늘이 물었다.

"7층의 절대자들은 이 에너지를 다양한 목적으로 사용해," 브레먀가 설명했다. "하지만 가장 큰 용도는 환생 시스템의 유지야. 영혼을 정화하고, 새로운 육체에 배치하는 과정은 엄청난 양의 에너지를 필요로 하거든."

브레먀는 잠시 멈추고 의미심장한 표정으로 아늘을 바라보았다.

"그리고 이 시스템을 통해, 그들은 자신들의 우주 지배력을 확장하려고 해. 이 행성은 우수한 영적 존재를 배양하기 위한 일종의 감옥 같은 곳이야."

아늘은 갑자기 설정집에서 읽었던 구절이 떠올랐다. "이 행성은 자신들의 우주 지배력을 확장하고 강화하기 위한 목적으로 설계되었다…"

"맞아," 브레먀가 고개를 끄덕였다. "이 행성은 특정 은하 지배자들이 만든 구조물이야. 그들은 자신들의 발전을 위해 환생 시스템을 만들었지. 생명체가 새로운 육체를 얻어 반복적인 삶을 살도록 하는 것이지."

"그럼 환생은 자연적인 과정이 아니라, 절대자들이 만든 인공적인 시스템인가요?" 아늘이 물었다.

브레먀는 미소를 지었다. "이것이 바로 네가 위험해진 이유야. 너무 많은 질문을 하니까."

아늘은 놀랐다. "제가 위험하다고요?"

"7층의 절대자들은 비밀을 지키는 데 매우 열심이지," 브레먀가 말했다. "특히 환생 시스템에 관한 비밀은. 네가 그 비밀에 너무 가까이 다가갔을 때, 그들은 널 침묵시키려 했을 거야."

"그래서 제가 6층에서 떨어진 건가요?" 아늘이 물었다.

"아마도," 브레먀가 대답했다. "아니면 네가 스스로 선택했을 수도 있고. 진실을 더 알아내기 위해, 아래층으로 내려가기로 결심했을 수도 있지."

아늘은 깊은 생각에 잠겼다. 그녀의 기억은 여전히 불완전했지만, 브레먀의 말에는 어떤 진실이 담겨 있는 것 같았다.

"환생 시스템이 인공적이라면," 아늘이 천천히 말했다, "그것은 언제부터 존재한 건가요?"

"그것은 오래된 이야기야," 브레먀가 대답했다. "태초의 그녀가 우주를 창조한 후, 이 행성은 어느 시점에 굉장히 많은 외부 문명들이 찾아왔지. 그리고 이윽고 지금의 주류가 되는 그들인, 7층 절대자들의 실험장이 되었지. 그들은 영혼의 순환을 통제하고 싶어 했고, 그래서 환생 시스템을 만들었어."

브레먀는 바닥에 새로운 이미지를 만들었다. 이미지는 태초의 그녀가 자신의 존재를 흩뿌리는 모습을 보여주었다. 그리고 그 흩어진 조각들 중 하나가 이 행성이 되었다.

"태초의 그녀는 모든 것을 품고 있었지만, 스스로를 다른 객체로 인식하지 못해 고독을 느꼈어," 브레먀가 계속했다. "그래서 자신을 나누기로 했지. 하지만 그 결과, 모든 것이 흩어지고 더욱 외로워지는 역설이 발생했어."

"그것이 우주의 원죄인가요?" 아늘이 물었다.

브레먀의 눈이 반짝였다. "그래, 바로 그것이야. 우주의 원죄. 모든 생명체가 가진 태생적 한계. 태초의 그녀가 우주를 팽창시키고 갈라놓으면서, 모든 존재는 세 가지 제약에 구속될 수밖에 없게 되었지: 포식, 시간, 인과."

아늘은 갑자기 라이오네의 모습이 생각났다. 포식의 여우. 그리고 지금 그녀 앞에 있는 브레먀, 시간의 여우. 마지막으로 남은 것은 카우살, 인과의 여우였다.

"그럼 시추 시스템은 어떻게 이 모든 것과 연결되어 있나요?" 아늘이 물었다, 초점을 되찾으며.

브레먀는 다시 얼음 바닥을 두드렸다. 이번에는 이미지가 행성 전체를 보여주었고, 에너지의 흐름이 강조되었다.

"행성의 자연적인 에너지 순환은 이렇게 생겼어," 브레먀가 설명했다. "에너지는 모든 층을 통해 자유롭게 흐르고, 각 층은 필요한 만큼만 사용해. 하지만 시추 시스템이 도입되면서, 이 자연적인 흐름이 방해받기 시작했지."

이미지 속에서, 자연적인 에너지 흐름은 부드럽고 조화로웠다. 하지만 시추 통로가 추가되면서, 에너지는 특정 방향으로 강제로 흐르게 되었고, 일부 지역은 에너지가 고갈되기 시작했다.

그리고 이미지는 더 확대되어, 행성의 외곽 부분을 보여주었다. 그곳에는 대부분의 생명체들이 알지 못하는 숨겨진 통로들이 있었다. 그 통로를 통해, 가장 아래층으로 흘러내린 에너지가 수집되어 다시 6층으로 끌어올려지고 있었다.

"이것은 행성의 가장 중요한 비밀 중 하나야," 브레먀가 낮은 목소리로 말했다. "절대자들은 겉으로는 에너지가 위에서 아래로 흐르는 것처럼 보이게

했지만, 실제로는 완벽한 순환 구조를 만들었어. 외곽이라 불리는 이 보이지 않는 공간을 통해, 에너지는 다시 위로 올라가."

"그래서 6층이 에너지를 끊임없이 공급받을 수 있는 거군요," 아늘이 말했다.

"정확해," 브레먀가 대답했다. "하지만 이 순환 구조는 점점 불안정해지고 있어. 5층의 시추 활동이 너무 과도해진 나머지, 지금은 자연적인 순환보다 강제적인 흐름이 더 커져버렸거든."

"이것이 4층이 점점 더 차가워지고 있는 이유야," 브레먀가 계속했다. "시추로 인해 에너지가 과도하게 빠져나가고 있거든. 4층 그 밑으로는 말할 필요도 없지. 그리고 5층의 일부 지역, 예를 들어 '**풍요**'의 땅 같은 곳도 영향을 받고 있어. 이미 우리의 우주는 끊임없이 식어가고 있는데, 우리는 그것을 가속화해 보는 실험장이나 다름없지."

"맞아요," 아늘이 말했다. "붉은 산 근처의 조각을 보았는데, 그곳은 거의 죽어가고 있었어요."

"그것이 바로 시추의 부작용이야," 브레먀가 설명했다. "한 지역에서 너무 많은 에너지를 추출하면, 주변 지역이 영향을 받게 돼. 그리고 이 불균형이 계속되면, 결국 행성 전체의 안정성이 위협받게 되지."

"대이변," 아늘이 중얼거렸다.

"그래," 브레먀가 고개를 끄덕였다. "원래 대이변은 행성의 자연적인 조정 과정이었어. 에너지 불균형이 너무 심해지면, 행성은 스스로를 재조정하려고 해. 태초의 이 사다리의 탑이라고도 불리기 전에 이 행성은 다차원의 무수한 문명들이 방문하는 곳이었고, 복잡함조차 자연스러웠어. 그것이 바로 대이변의 본질이지. 하지만 이제 7층의 절대자들은 이런 대이변조차 자신들의 목적을 위해 활용하고 있어."

이미지는 다시 변해, 이번에는 대이변의 순간을 보여주었다. 행성의 각 층이 크게 진동하고, 에너지 패턴이 재조정되는 모습이었다. 그리고 그 과정에서, 절대자들은 특정 층과 지역에 편의를 봐주는 것처럼 보였다.

"붉은 곰의 개입," 아늘이 중얼거렸다. 도서관에서 읽었던 부분을 떠올리며.

"그래," 브레먀가 대답했다. "붉은 곰은 절대자들이 행성의 에너지 흐름을 조작할 때 나타나는 현상이야. 그들은 대이변의 혼란 속에서 자신들이 선호하는 지역과 존재들을 보호하고, 때로는 특별한 혜택을 주지."

아늘은 깊은 고민에 빠졌다. 이 모든 정보는 압도적이었다. 행성의 구조, 시추 시스템, 환생, 그리고 대이변. 모든 것이 복잡하게 얽혀 있었다.

"그럼 어떻게 해야 하죠?" 아늘이 마침내 물었다. "어떻게 이 문제를 해결할 수 있을까요?"

브레먀는 그녀를 장시간 바라보았다. "그것이 바로 네가 찾고 있는 답이야. 네가 왜 49번째 환생을 선택했는지, 왜 기억을 잃었는지, 그리고 왜 지금 여기에 있는지에 대한 답."

"하지만 전 아직 그 답을 모르겠어요," 아늘이 말했다.

"곧 알게 될 거야," 브레먀가 말했다. "하지만 먼저, 너는 카우살을 만나야 해. 그는 네게 마지막 수수께끼를 줄 거야."

"카우살?" 아늘이 물었다. "인과의 여우요?"

"그래," 브레먀가 대답했다. "그는 우리 세 여우 중 가장 강력하고, 가장 위험한 존재야. 우리 세 여우는 모두 7층 절대자들의 화신이지. 하지만 그 중에서도 카우살은 가장 직접적으로 절대자들의 의지를 표현해. 그는 또한 네가 필요로 하는 마지막 조각을 가지고 있어."

그렇다면 어째서 이 여우는 내게 우호적인 모습을 보이는 거지. 이조차 의도인가. 시험인가. 아니면 조작인가.

"어디서 그를 찾을 수 있죠?" 아늘이 물었다.

"그는 5층의 포도밭에 있어," 브레먀가 말했다. "정확히는, 포도밭이 있었던 곳에. 지금은 거의 죽어가는 땅이 되었지만, 여전히 그곳은 중요한 장소야. 행성의 여러 층을 연결하는 문이 있으니까."

아늘은 놀라서 음푸웨케를 바라보았다. "당신이 나를 데려가려던 곳이 포도밭이었군요."

음푸웨케는 불편하게 몸을 움직였다. "네, 선생님. 포도밭은… 중요한 곳이에요."

브레먀는 계속해서 설명했다. "포도밭에 가면, 포도지기를 찾아야 해. 그는 너에게 카우살에게 가는 길을 보여줄 거야."

"포도지기?" 아늘이 물었다. "그를 만난 적이 있어요."

"그래, 네가 처음 이 여정을 시작했을 때," 브레먀가 말했다. "하지만 이번에는 다를 거야. 그의 역할은 네가 생각하는 것보다 더 복잡해. 그는 너에게 마지막 비밀을 알려줄 거야."

포도지기는 표면적으로는 5층의 평범한 농부로 보이지만, 실제로는 "하늘의 씨를 수확하는 존재"라는 더 깊은 의미를 지니고 있었다.

"포도지기는… 행성의 관리자와 연결된 존재인가요?" 아늘이 조심스럽게 물었다.

브레먀의 눈이 반짝였다. "아, 기억이 돌아오는군. 그래, 포도지기는 이중적인 역할을 해. 그는 행성의 시스템을 강화하는 역할을 맡은 하수인인 동시에, 자신만의 자아를 지우지 못했지. 그는 복잡하고 가여운 존재야."

아늘은 깊이 생각했다. 포도밭으로 돌아가는 것은 위험할 수 있었다. 치젠과 붉은 산의 사람들이 그녀를 찾고 있을 테니까. 하지만 그녀는 답을 찾아야 했다.

"어떻게 포도밭으로 돌아갈 수 있을까요?" 아늘이 물었다.

"도움을 받을 텐가?" 브레먀가 대답했다. "이미 너는 나를 만날 때마다 시간을 정의할 수 없을 정도로 왜곡을 받고 있다. 시간의 문을 통해 너희를 보내줄게. 하지만 경고하나 하마. 시간의 문을 통해 이동하면, 시간이 다르게 흐를 수 있어. 너희가 도착했을 때, 포도밭은 너희가 기억하는 것과 다를 수도 있어."

"얼마나 다를까요?" 음푸웨케가 물었다.

"몇 시간, 몇 년, 또는 수 억 년," 브레먀가 어깨를 으쓱했다. "시간은 예측하기 어려워."

아늘은 웃었다. "당신은 이미 정답을 말했어요. 시간에 의미를 둘 순 없다고. 상관없어요. 우리는 포도밭으로 가야 해요."

브레먀는 엷은 미소로 고개를 끄덕였다. "좋아. 하지만 떠나기 전에, 너희에게 마지막 선물을 주고 싶어."

여우는 자신의 꼬리를 흔들었고, 이로 인해 작은 시간의 소용돌이가 생겼다. 그 소용돌이에서, 두 개의 작은 시계가 나타났다. 각각은 목걸이처럼 생겼다.

"이것은 시간의 부적이야," 브레먀가 설명했다. "이것을 착용하면, 시간의 흐름에 어느 정도 저항할 수 있어. 하지만 착각은 하지마. 어디까지나, 너희들에게 최소한 방향을 잃지 않게 해주는 목적뿐이니까."

아늘과 음푸웨케는 각자 시계를 받아 목에 걸었다.

"고마워요, 브레먀," 아늘이 말했다.

"이제 준비됐나?" 브레먀가 물었다.

아늘과 음푸웨케는 고개를 끄덕였다.

브레먀는 앞발을 들어 올려 공중에 원을 그렸다. 그 원은 점점 커지더니, 마침내 사람이 통과할 수 있을 만큼 커졌다. 원 안에는 희미하게 포도밭의 모습이 보였다. 하지만 그것은 황폐한 모습이었다.

"이것이 시간의 문이야," 브레먀가 말했다. "이걸 통해 포도밭으로 갈 수 있어. 하지만 기억해, 시간은 예측할 수 없어. 조심하고, 항상 경계하렴."

아늘은 깊게 숨을 들이마셨다. "준비됐어요."

그녀와 음푸웨케는 문을 향해 걸어갔다. 문에 가까워질수록, 시간의 왜곡 효과가 더 강하게 느껴졌다. 마치 몸이 늘어지거나 압축되는 것 같았다.

문의 가장자리에 도달했을 때, 아늘은 뒤를 돌아 브레먀를 마지막으로 바라보았다.

"행운을 빈다, 아늘," 브레먀가 말했다. "네 48번째 환생과 1번의 거부가 의미를 찾기를."

아늘은 고개를 끄덕인 후, 음푸웨케와 함께 시간의 문을 통과했다. 그 순간, 그녀는 몸이 찢어지는 듯한 강렬한 감각을 느꼈다. 그리고 모든 것이 빙글빙글 돌기 시작했다.

마지막으로 그녀가 본 것은 무한한 시간의 나선이었고, 그 후 의식을 잃었다.

제23장

멸망의 전조

아늘이 의식을 되찾았을 때, 그녀는 건조하고 황폐한 땅 위에 누워 있었다. 하늘은 탁한 노란빛을 띠고 있었고, 공기는 먼지로 가득했다. 그녀는 천천히 일어나 주변을 살폈다. 음푸웨케도 그녀 옆에 누워 있었지만, 아직 깨어나지 않은 상태였다.

"음푸웨케, 일어나요." 아늘이 그를 흔들며 말했다.

음푸웨케는 천천히 눈을 떴다. 그는 더 이상 인간 소년의 모습이 아니었다. 대신, 그의 본래 모습인 작은 수달의 형태로 돌아와 있었다.

"선생님…" 음푸웨케가 어지러운 듯 머리를 흔들었다. "우리가 도착했나요?"

"그런 것 같아요." 아늘이 대답했다. "하지만 이곳이 포도밭인지 확신할 수 없어요."

그들은 일어나 주변을 더 자세히 살펴보았다. 지평선까지 펼쳐진 황폐한 대지, 간간이 보이는 말라 죽은 나무들, 그리고 희미하게 보이는 무너진 건물들. 이 모든 것이 한때 생명력으로 가득했던 포도밭이었다는 것을 믿기 어려웠다.

"여기가 정말 포도밭인가요?" 음푸웨케가 의심스럽게 물었다.

아늘은 주변을 천천히 둘러보다가, 멀리 언덕 위에 서 있는 작은 집 하나를 발견했다. 그 집은 유일하게 온전한 건물처럼 보였다.

"저기요," 아늘이 가리켰다. "저 집이 포도지기의 집일지도 몰라요."

그들은 언덕을 향해 걸어가기 시작했다. 걸음을 옮길 때마다, 마른 흙이 부서져 먼지가 일었다. 이곳은 생명력이 거의 남아있지 않은 것 같았다.

"이곳이 언제부터 이렇게 되었을까요?" 음푸웨케가 물었다.

"모르겠어요," 아늘이 대답했다. "브레먀가 말했듯이, 시간은 예측할 수 없어요. 우리가 시간의 문을 통과한 후, 며칠이 지났을 수도, 몇 년이 지났을 수도 있어요."

그들이 언덕을 오르는 동안, 아늘은 주변을 더 자세히 관찰했다. 땅에는 깊은 균열들이 나있었고, 그 균열에서는 희미한 붉은 빛이 새어 나오고 있었다. 그것은 붉은 산 근처에서 보았던 균열과 비슷했다.

"저것 좀 보세요," 아늘이 균열을 가리키며 말했다. "시추의 영향이 여기까지 미친 것 같아요."

음푸웨케는 균열을 보고 눈을 좁혔다. "맞아요. 붉은 산의 시추 활동이 이 땅의 생명력을 빼앗아간 거예요."

그들이 언덕 정상에 도착했을 때, 집 앞에 서 있는 익숙한 형체를 발견했다. 그것은 커다란 물소였다. 그가 등을 돌리고 서 있어서 즉시 알아보기 어려웠지만, 그 실루엣은 분명했다.

"핀두아?" 아늘이 불확실하게 물었다.

물소는 천천히 몸을 돌렸다. "너는… 십수 년만인가. 그 모습은, 아니 그건 의미없겠지. 너를 이미 여기서 다시 만나게 될 줄은 몰랐군."

아늘은 그를 즉시 알아보았다. 잿그을의 배에서 일등항해사로 만났던 그

우람한 물소였다. "당신이 여기서 뭘 하고 있는 거죠?"

"네가 묻기 전에, 내가 먼저 묻지," 핀두아가 말했다. "여기에 무슨 목적으로 여기 왔지? 그리고 이 땅은 오래전에 버려졌어."

"브레먀의 시간 문을 통해 왔어," 아늘이 대답했다. "포도지기를 찾고 있어."

"포도지기?" 핀두아가 코웃음을 쳤다. "그 노란 양 말이군. 그는 더 이상 여기 없어."

"그는 어디로 갔지?" 아늘이 물었다.

"사라졌어," 핀두아가 대답했다. "붉은 산의 시추 활동이 심해지면서, 이 땅은 점점 황폐해졌지. 포도지기는 최대한 오래 버텼지만, 결국에는 떠날 수밖에 없었던 것 같군."

음푸웨케가 조심스럽게 앞으로 나섰다. "일등항해사님, 저희를 기억하시나요? 배에서…"

"물론 기억하지," 핀두아가 단호하게 대답했다. "하지만 이제 그런 것은 중요하지 않아. 상황이 많이 바뀌었으니까."

아늘은 의심스러운 눈으로 핀두아를 바라보았다. "배는 어떻게 됐죠? 잿그을 선장과 다른 선원들은요?"

핀두아의 표정이 어두워졌다. "배는 성공적으로 다시 '**나눔**'의 조각으로 돌아왔어. 하지만 그 이후로 많은 일이 있었지. 조각의 땅이 다시 기름지고, 예전처럼 많은 작물이 자연스레 자라나기 시작했어. 그럼에도, 일부는… 다른 길을 선택했어."

"당신은요?" 아늘이 물었다.

"나는 원래 그들과 다른 내 길이 있었지," 핀두아가 간단히 대답했다. "이제 중요한 것은 네가 왜 여기 있는지야. 포도지기를 찾는다고 했지?"

"그래, 그리고 카우살," 아늘이 말했다. "인과의 여우를 알고 있나?"

핀두아의 눈에 경계심이 번뜩였다. "카우살? 세 마리 여우 중 하나를 찾아? 왜?"

"그가 내게 마지막 수수께끼를 줄 거라고 들었어," 아늘이 대답했다. "내 여정의 마지막 단계를 위해 필요해."

핀두아는 잠시 침묵했다. "흥미롭군. 세 마리 여우를 모두 만나려고 하는 거야? 그것은 매우 위험한 일이야. 특히 카우살은…. 듣기론 그는 7층 절대자들과 직접 연결되어 있거든."

"그래도 만나야 해," 아늘이 고집했다. "기억을 완전히 되찾기 위해서는 그의 수수께끼가 필요해."

핀두아는 깊게, 생각에 잠긴 듯한 표정을 지었다. "내부로 들어오게. 먼저 보여줄 것이 있어."

그들은 핀두아를 따라 집 안으로 들어갔다. 집은 단순하지만 정돈되어 있었다. 거실 한쪽에는 큰 책상이 있었고, 그 위에는 다양한 문서와 도구들이 놓여 있었다.

"배에서 만났을 때," 핀두아가 말했다, "내가 누구인지, 무엇을 하는지 완전히 밝히지 않았어. 사실, 나는 오랫동안 행성의 구조와 시스템을 연구해 왔어."

핀두아는 책상 위의 서랍을 열고, 두꺼운 문서 뭉치를 꺼냈다. 그것은 복잡한 도면과 계산이 가득한 종이들이었다.

"이것은 내가 수십년간 수집한 자료," 핀두아가 설명했다. "행성의 구조, 시추 시스템, 그리고 층간 경계에 관한 연구 결과지."

아늘은 도면을 자세히 살펴보았다. 그것은 앞서 브레먀가 보여준 행성의 구조와 비슷했지만, 훨씬 더 상세했다.

"어떻게 이 모든 정보를 얻었죠?" 아늘이 물었다.

"나는 여러 층을 다녔어," 핀두아가 대답했다. "대부분의 존재들은 자신의 층에 갇혀 있지만, 나는 방법을 찾아냈지. 그리고 각 층에서 정보를 수집했어."

핀두아는 그들을 창문 쪽으로 데려갔다. 창문은 언덕 아래 황폐한 땅을 내려다보고 있었다.

"보이니? 이것이 시추의 결과야. 이 땅은 한때 풍요로웠어. 포도나무와 다른 작물들이 가득했지. 하지만 붉은 산의 시추 활동이 이 땅의 생명력을 빼앗아갔어."

핀두아는 두 번째 서류 뭉치를 꺼냈다. 이번에는 시간에 따른 포도밭의 변화를 보여주는 일련의 그림이었다.

"이것은 내가 기록한 포도밭의 변화야. 시간이 지날수록, 땅은 점점 더 황폐해졌어. 이제는 거의 모든 생명력이 사라졌지."

"이것이 붉은 산의 시추 때문인가요?" 음푸웨케가 물었다.

"그것도 있지만, 전체적인 문제는 더 복잡해," 핀두아가 대답했다. "시추는 단지 증상일 뿐이야. 진짜 문제는 행성 전체의 에너지 순환 시스템이야."

핀두아는 세 번째 도면을 펼쳤다. 이것은 행성의 에너지 흐름을 보여주는 복잡한 다이어그램이었다.

"행성의 에너지는 자연적으로 모든 층을 통해 순환해야 해. 하지만 현재 시스템에서는, 대부분의 에너지가 위층으로 강제로 끌어올려지고 있어. 그 결과, 아래층은 점점 더 에너지가 고갈되고 있지. 원래는 아래로 갈수록 그

밀도는 낮아지지만 더 방대한 양을 저장하고 있었다."

아늘은 도면을 자세히 살펴보았다. 그것은 브레먀가 설명한 것과 일치했다. 6층이 행성의 에너지를 독점하고, 그 에너지의 일부를 7층의 절대자들에게 보내는 구조였다.

"그래서 당신은 뭘 하려는 거죠?" 아늘이 물었다.

핀두아는 마지막 도면을 펼쳤다. 그것은 일종의 장치 설계도였다.

"이것은 내가 만든 장치야," 핀두아가 설명했다. "이 장치는 층간 경계를 약화시킬 수 있어. 내 계획은 4층과 5층 사이의 경계를 무너뜨리는 것이야. 그렇게 하면, 두 층의 자원이 자유롭게 흐를 수 있게 되고…. 6층도 온전할 수 없게 되지."

"그래서 당신이 잿그을과 함께 했던 이유군요," 아늘이 깨달은 듯 말했다. "그 배는 4층과 5층 사이의 경계를 무너뜨리기 위한 도구 중 하나였어요."

핀두아의 눈이 반짝였다. "똑똑한데. 그래, 잿그을의 프로젝트는 내 계획의 일부였어. 그는 5층에서 4층으로 가는 물의 통로를 만들고 싶어 했고, 나는 그 기회를 이용했지. 층간 경계에 균열을 만드는 첫 번째 단계였어."

"그럼 잿그을도 당신의 계획을 알고 있었나요?" 음푸웨케가 물었다.

"일부만 알고 있었지," 핀두아가 대답했다. "그는 자신의 목적—그의 조각을 기름지게 만드는 것—을 위해 4층의 에너지를 끌어올리고 싶어했어. 하지만 내 진짜 목적은 그 과정에서 층간 경계를 약화시키는 것이었어. 이것은 더 큰 계획의 첫 단계일 뿐이야."

"하지만 그렇게 하면 행성 전체의 안정성이 위협받지 않을까요?" 아늘이 물었다.

"단기적으로는 불안정할 수 있어," 핀두아가 인정했다. "하지만 장기적으로는, 이것이 행성을 구할 유일한 방법이야. 현재 시스템은 지속 불가능해. 계속해서 아래층의 에너지를 빼앗아가면, 결국 행성 전체가 붕괴할 거야."

핀두아는 창밖을 가리켰다. 하늘은 어두워지고 있었고, 멀리서 천둥소리가 들렸다.

"보이니? 이미 대이변의 징후가 나타나고 있어. 시간이 얼마 남지 않았어."

아늘은 창밖을 바라보았다. 하늘에는 검은 구름이 모여들고 있었고, 번개가 번쩍였다. 땅은 미세하게 진동하고 있었다.

"이것이… 대이변인가요?" 아늘이 물었다.

"아직은 아니야," 핀두아가 대답했다. "하지만 그것의 전조야. 행성은 이미 불안정해지고 있어. 곧, 모든 것이 변할 거야."

아늘은 깊은 생각에 잠겼다. 핀두아의 계획은 위험해 보였지만, 현재 시스템의 문제점은 분명했다. 행성의 에너지 순환은 불균형했고, 그 결과 많은 지역이 황폐해지고 있었다.

"당신의 계획이 성공하면 무슨 일이 일어날까요?" 아늘이 물었다.

"층간 경계가 무너지면, 저 위의 존재들은 추락하게 될 거다." 핀두아가 대답했다. "4층과 5층의 층간이 붕괴돼 결과적으로 2개의 층이 합쳐지게 되면. 그 붕괴된 균형의 여파로 6층은 더 이상 위층의 구실을 제대로 할 수 없게 될 거다. 이전처럼 맘대로 아래층의 에너지를 빼앗아가지 못할 거야. 내가 바라는 것은 6층의 짐승들을 포함한 층간의 붕괴다."

"당신은… 예전처럼 모든 것이 평평해지길 바라는군." 아늘이 물었다.

핀두아의 눈이 반짝였다. "환생 시스템마저도 7층 절대자들의 통제 하에 있어. 하지만 층간 경계가 무너지면, 그들의 통제력도 약해질 거야. 영혼들은 더 이상 특정 층에 갇히지 않고, 자유롭게 이동할 수 있게 될 거야."

"그것이 당신의 목표인가요?" 아늘이 물었다. "모든 영혼의 자유?"

핀두아는 잠시 망설였다. "내 목표는 단순해. 나는 부당한 시스템을 끝내고 싶어. 절대자들이 아래층을 착취하는 시스템, 층간의 불평등한 관계, 그리고 환생을 통한 영혼의 통제. 이 모든 것을 끝내고 싶어."

아늘은 핀두아의 눈을 깊이 들여다보았다. 그의 눈에는 결의와 함께 어떤 복잡한 감정이 담겨 있었다.

"어떻게 도울 수 있을까?" 아늘이 물었다.

핀두아는 놀란 듯했다. "나를 도와주고 싶다고?"

"지금까지 본 것들로 미루어 보아, 현재 시스템은 문제가 많아요," 아늘이 말했다. "변화가 필요해요. 하지만 먼저 제 기억을 완전히 되찾고 싶어요. 그래야 제가 누구인지, 왜 여기 있는지 완전히 이해할 수 있을 테니까요."

핀두아는 고개를 끄덕였다. "이해해. 하지만 너의 도움을 받고 싶지는 않다. 그렇지만 네게 뭔가를 기대해보고 싶군. 결심했다. 너를 포도지기에게 데려다 주지. 아마 그러면 카우살에게 가는 길을 알고 있을 거야."

"포도지기가 아직 살아있나요?" 음푸웨케가 물었다.

"살아있다기보다는… 존재하고 있다고 해야 할 거야," 핀두아가 대답했다. "그는 이 땅이 황폐해지기 시작했을 때, 자신을 변형시켰어. 이제 그는 다른 형태로 존재해."

"어디에 있나요?" 아늘이 물었다.

"깊은 곳에," 핀두아가 신비롭게 대답했다. "땅 아래에. 내일 아침에 너를 그에게 데려다 줄게. 오늘 밤은 여기서 쉬는 게 좋을 거야. 곧 폭풍이 올 테니까."

그날 밤, 아늘은 창가에 앉아 밖을 내다보았다. 하늘은 이제 완전히 어두워져 있었고, 번개가 계속해서 하늘을 가로질렀다. 대이변의 전조가 점점 더 강해지고 있었다.

음푸웨케가 그녀 옆에 다가와 앉았다.

"선생님, 핀두아를, 믿어도 될까요?" 음푸웨케가 작은 목소리로 물었다.

아늘은 잠시 생각했다. "완전히 확신할 수는 없어요. 하지만 지금으로서는 그가 우리의 유일한 안내자예요. 그리고 그의 말에는 진실이 있어요."

"하지만 그의 방법이 위험하지 않을까요?" 음푸웨케가 걱정스럽게 물었다. "층간 경계를 무너뜨리는 것은… 행성 전체에 위험할 수 있어요."

"그래요." 아늘이 인정했다. "하지만 때로는 위험을 감수해야 할 때도 있어요. 먼저 제 기억을 완전히 되찾고, 그다음에 결정하도록 해요."

음푸웨케는 고개를 끄덕였, 하지만 그의 눈에는 여전히 의심이 남아있었다.

밤이 깊어갈수록, 폭풍은 더욱 강해졌다. 번개가 계속해서 하늘을 가로질렀고, 천둥소리는 점점 더 커졌다. 땅은 미세하게 진동하기 시작했다.

아늘은 창가에 서서, 이 모든 혼란을 관찰했다. 이것이 그저 일시적인 폭풍인지, 아니면 더 큰 무언가의 시작인지, 그녀는 확신할 수 없었다. 하지만 한 가지는 확실했다. 변화가 오고 있었고, 그녀는 그 중심에 있었다.

그녀는 자신의 손에 새겨진 상처를 바라보았다. 라이오네가 새긴 십자가 모양의 흉터는 여전히 희미하게 빛나고 있었다.

마지막 여우를 만나 수수께끼를 풀면, 그녀는 자신의 정체성과 목적을 완전히 이해할 수 있을까? 그리고 그 이해가 그녀의 선택에 어떤 영향을 미칠까?

창문 너머로, 번개가 다시 한번 하늘을 가로질렀다. 그 빛에, 아늘은 순간적으로 자신의 모습이 유리에 반사된 것을 보았다. 그녀의 얼굴은 더 이상 어린아이의 것이 아니었다. 시간이 지남에 따라, 그녀는 완연한 중년 여성의 모습이 되었다. 흰 머리카락이 드문드문 섞여 있었다. 마치 그녀의 의식이 점점 더 완전해지는 것처럼.

Part 8.

인류의 품들에 서다

높고 우아한 흰색 건물들이 주변을 둘러싸고 있었고, 멀리서는 흰 가운을 입은 존재들—'흰 짐승들'이 평화롭게 이동하는 모습이 보였다. 공기는 놀랍도록 맑고 가벼웠으며, 온 세상이 부드러운 빛으로 빛나고 있었다.

제24장

사막의 포도

아침이 밝아오자, 아늘과 음푸웨케는 핀두아와 함께 황폐한 포도밭 깊숙한 곳으로 향했다. 날이 밝았지만 하늘은 여전히 어두웠고, 지평선에는 불길한 구름이 모여들고 있었다. 대지는 생명력을 잃은 채 균열로 가득했고, 바람은 죽은 나뭇가지와 마른 흙을 휘몰아쳤다.

"이곳이 정말 포도밭이었나요?" 아늘이 물었다. 그녀는 자신이 처음 이 세계에 도착했던 순간을 희미하게 기억하고 있었지만, 그때 본 풍경은 지금과 완전히 달랐다.

"그랬었지," 핀두아가 대답했다. "한때 이곳은 5층에서 가장 풍요로운 곳 중 하나였어. 비료가 없어도 포도가 저절로 자랐고, 그 과실의 영양은 층에서 제일로 칭송받았다. 땅은 그 생명력이 무한한 듯 늘 가득 찼었지."

그들은 깊은 협곡 사이로 걸어갔다. 협곡의 벽에는 오래전에 파내진 작은 동굴들이 보였다. 아마도 포도나무를 심기 위해 파놓은 곳들일 터였다.

"이곳의 풍요는 얼마나 지속됐었나요?" 음푸웨케가 물었다.

핀두아는 잠시 생각에 잠겼다. "내가 기억하는 한, 이곳의 황금기는 수백 년간 이어졌어. 모든 존재들이 이 땅을 '풍요'라고 불렀지. 하지만 붉은 산을 포함한 5층 곳곳의 시추 활동이 심화되면서 모든 것이 바뀌었을지도 몰라.

아니, 그게 지금 이 우주의 가장 자연스러운 변화일지도 모르지."

그들이 협곡을 따라 계속 걸어가자, 갑자기 울퉁불퉁한 표면이 나타났다. 그것은 불에 탄 것 같은 검은색이었고, 표면은 딱딱하게 굳어 있었다.

아늘이 가까이 다가가 그것을 만져보았다. "이게 무엇인가요?"

"포도나무의 유해야," 핀두아가 설명했다. "이곳의 포도나무들은 대부분 한꺼번에 죽었어. 마치 하룻밤 사이에 모든 생명력이 빨려 나간 것처럼."

음푸웨케가 주위를 살펴보았다. "그럼 포도지기는 어디 있나요?"

"인내심을 가져," 핀두아가 말했다. "곧 알게 될 거야."

그들은 계속해서 협곡을 따라 걸었다. 시간이 흐르면서, 협곡은 점점 더 좁아졌고, 벽은 더 높아졌다. 마침내 그들은 막다른 곳에 도착했다.

앞에는 커다란 바위가 길을 막고 있었다. 바위 표면에는 희미하게 무언가가 새겨져 있었다.

"이게 무엇인가요?" 아늘이 바위 표면의 흔적을 만져보며 물었다.

"포도지기의 표식이군," 핀두아가 말했다. "그는 이것을 남겨두고 사라졌어."

아늘은 더 자세히 살펴보았다. 바위에는 가느다란 선으로 복잡한 패턴이 새겨져 있었다. 자세히 보니 그것은 일종의 지도 같았다.

"이것은 지도?" 아늘이 물었다.

"그래," 핀두아가 고개를 끄덕였다. "하지만 일반적인 지도가 아니야. 이것은 행성의 에너지 흐름을 나타내는 지도야. 포도지기는 이 지도를 따라 이동했을 거야."

핀두아는 지도의 특정 부분을 가리켰다. 그곳에는 소용돌이 모양의 패턴이 있었다.

"여기를 봐. 이것은 에너지의 소용돌이를 나타내. 행성의 에너지가 집중되는 곳이야. 포도지기는 아마도 이곳으로 갔을 거야."

"어떻게 들어가나요?" 음푸웨케가 물었다.

핀두아는 바위 표면을 따라 손을 움직였다. 그리고 특정 패턴을 따라 여러 지점을 눌렀다. 갑자기, 바위에서 낮은 울림이 퍼졌고, 바위가 서서히 움직이기 시작했다.

바위가 옆으로 밀려나자, 그 뒤에는 어두운 통로가 나타났다.

"이 길을 따라가면 돼," 핀두아가 말했다. "하지만 나는 여기서 기다릴게."

"같이 가지 않으실 건가요?" 아늘이 물었다.

핀두아는 고개를 저었다. "그와 나는 정반대에 서 있다고 할 수 있지. 그가 나를 반기지 않을 거야. 너희들이 가는 게 좋을 거야."

아늘과 음푸웨케는 서로를 바라보았다. 그들은 핀두아를 완전히 신뢰하지는 않았지만, 지금으로서는 다른 선택이 없었다. 사실 그도 그럴 것이다. 핀두아는 이 행성 체제를 뒤짚으려고 하고 있고, 포도지기는 지금은 어찌됐는지 몰라도 한때는, 7층을 대변하는 하수인이나 다름없었다.

"알겠어요," 아늘이 말했다. "돌아오겠습니다."

아늘과 음푸웨케는 조심스럽게 어두운 통로로 들어섰다. 통로는 바위를 따라 깊숙이 내려가고 있었다. 초반에는 매우 어두웠지만, 조금 더 내려가자 벽에서 희미한 빛이 새어 나오기 시작했다. 그 빛은 푸른빛을 띠었고, 마치 살아있는 것처럼 맥동했다.

"이 빛이 뭐죠?" 음푸웨케가 속삭였다.

"모르겠어요," 아늘이 대답했다. "하지만 이상하게 친숙하게 느껴져요."

그들은 계속해서 통로를 따라 내려갔다. 시간이 흐르면서, 통로는 점점 더 넓어졌고, 빛은 더 밝아졌다. 마침내 그들은 커다란 동굴에 도착했다.

동굴은 거대했고, 천장은 높이 솟아있었다. 하지만 가장 놀라운 것은 동굴 중앙에 있는 거대한 나무였다. 그것은 포도나무처럼 보였지만, 동시에 완전히 다른 무언가였다. 나무의 줄기는 반투명했고, 내부에서는 푸른 빛이 흐르고 있었다. 가지는 동굴 전체로 뻗어 있었고, 수많은 작은 빛들이 열매처럼 달려 있었다.

"저게 뭐죠?" 음푸웨케가 경외심을 담아 물었다.

답이 돌아오기 전에, 나무 가까이에서 움직임이 감지되었다. 그림자 속에서, 한 형체가 서서히 나타났다.

그것은 양의 형태를 하고 있었지만, 일반적인 양과는 달랐다. 그의 몸은 반투명했고, 내부에서는 포도나무와 같은 푸른 빛이 흐르고 있었다. 그의 눈은 깊고 지혜로워 보였다.

"포도지기…" 아늘이 속삭였다.

포도지기는 고개를 끄덕였다. "또 다시 여기 오셨군요, 선생님. 그리고 오랜만입니다. 그리고 수달… 어디에도 속할 수 없는 자여."

아늘은 담담하게 말했다. "우리가 만난 건 오래전 짧은 시간이었지만 아직, 저를 기억하시나요?"

"물론이죠," 포도지기가 대답했다. 그의 목소리는 부드러웠지만, 동시에 강력했다. "당신은 내가 수확하는 씨앗 중 가장 특별한 것이니까요."

아늘은 혼란스러웠다. "무슨 뜻이죠?"

포도지기는 나무 쪽으로 다가갔다. "이것이 마지막 포도나무입니다. 이 황폐한 땅에 남은 마지막 생명이죠. 나는 그것과 하나가 되어, 마지막 열매를 지키고 있습니다."

그는 나무의 가지 중 하나를 가리켰다. 그곳에는 특별히 큰 빛이 열매처럼 달려 있었다.

"그 열매는 무엇인가요?" 아늘이 물었다.

"그것은 씨앗입니다," 포도지기가 설명했다. "새로운 시작의 씨앗이죠. 당신이 심어야 할 씨앗입니다."

아늘은 점점 더 혼란스러워졌다. "제가 심어야 한다고요? 어디에요?"

포도지기는 미소를 지었다. "때가 되면 알게 될 겁니다. 하지만 먼저, 당신은 카우살을 만나야 합니다. 그가 당신에게 마지막 수수께끼를 줄 거예요."

"카우살을 어디서 찾을 수 있나요?" 아늘이 물었다.

포도지기는 동굴 깊숙한 곳을 가리켰다. "더 깊은 곳에 있습니다. 하지만 조심하세요. 그는 세 여우 중 가장 위험한 존재입니다."

음푸웨케가 불안하게 아늘을 바라보았다. "선생님, 정말 가실 건가요?"

아늘은 고개를 끄덕였다. "가야 해요. 제 기억을 완전히 되찾기 위해서는 카우살의 수수께끼가 필요해요."

포도지기는 고개를 끄덕였다. "맞습니다. 하지만 떠나기 전에, 제가 당신에게 보여드릴 것이 있습니다."

그는 나무 가까이로 다가가, 그중 하나의 가지를 조심스럽게 만졌다. 가지에서 작은 열매가 떨어졌고, 그것은 포도지기의 손바닥에 머물렀다. 열매는 푸른 빛으로 빛나고 있었다.

"이것을 보세요," 포도지기가 말했다.

열매가 갑자기 빛을 내기 시작했고, 그 빛은 동굴 벽에 이미지를 만들어 냈다. 그것은 마치 영화를 보는 것 같았다.

이미지는 한때 풍요로웠던, 생명력 넘치는 포도밭을 보여주었다. 푸른 포도나무가 끝없이 펼쳐져 있었고, 그 사이로 다양한 생명체들이 평화롭게 살고 있었다.

"이것이 과거의 '**풍요**'입니다," 포도지기가 설명했다. "한때 이곳은 5층에서 가장 아름다운 곳이었죠. 당신이 이 조각에 처음 떨어졌을 때는 이랬을 겁니다."

이미지가 변했다. 이번에는 붉은 산이 보였다. 거대한 기계들이 땅을 파고 있었고, 그 아래로 시추 통로가 깊이 뻗어 있었다. 이미지는 확대되었고 5층 전체로 조망되었다.

"긍정을 상징하는 이 층에서 모두가 미래를 모른 채 시추를 시도하게 됐을 때, 우리는 그것이 얼마나 위험한지 몰랐습니다," 포도지기가 슬픈 목소리로 말했다. "초기에는 거둘 것 중에는 좋을 것밖에 없었어요. 하지만 시간이 지나면서…"

이미지가 다시 변했다. 이번에는 서서히 황폐해지는 포도밭이 보였다. 나무들이 하나둘씩 시들어갔고, 땅은 점점 더 메말라갔다.

"우리는 너무 늦게 깨달았습니다," 포도지기가 계속했다. "시추가 이 땅의 생명력을 빼앗아가고 있다는 것을요."

이미지가 다시 한번 변했다. 이제는 완전히 황폐해진 포도밭이 보였다. 그리고 그 가운데, 마지막 포도나무 앞에 서 있는 포도지기의 모습이 있었다.

"나는 선택을 해야 했습니다," 포도지기가 말했다. "떠나거나, 아니면 남아서 마지막 생명을 지키거나. 나는 후자를 선택했죠."

이미지는 포도지기가 나무와 하나가 되는 과정을 보여주었다. 그의 몸이 서서히 투명해지고, 나무의 빛이 그의 몸으로 흘러 들어가는 모습이었다.

"나는 나무와 하나가 되었습니다," 포도지기가 마무리했다. "그렇게 해서 마지막 생명을 지킬 수 있었죠."

이미지가 사라지고, 열매의 빛도 희미해졌다. 포도지기는 열매를 조심스럽게 다시 나무에 붙였다.

"어떻게 포장해도 당신은 이 행성의 관리자를 대변하는 입장이야. 틀린가요?"

약간의 침묵 후 포도지기가 대답했다. "네, 그렇습니다. 그랬죠. 지금도 그럴지도 모릅니다."

아늘이 물었다. "당신은 대체…"

"거기 수달이 어디까지 당신에게 얘기했는지 모르겠네요. 저는 그와 과거에 특별한 인연이었습니다."

음푸웨케가 고개를 숙였다.

"이것 또한 이 땅의 이야기입니다." 그가 말했다. "그리고 이것은 또한 당신의 이야기의 일부이기도 합니다, 선생님."

아늘은 입술을 깨물었다. "어떻게 제 이야기와 연결되는 건가요?"

포도지기는 미소를 지었다. "그것은 카우살이 당신에게 알려줄 거예요. 이제 가세요. 그가 기다리고 있습니다."

아늘은 고개를 끄덕였다. "고맙습니다, 포도지기."

"조심하세요, 선생님," 포도지기가 경고했다. "그의 교활한 수수께끼는 쉽게 풀리지 않을 거예요."

아늘과 음푸웨케는 포도지기에게 작별 인사를 하고, 동굴 깊숙한 곳으로 향했다. 그들이 걸어갈수록, 주변은 점점 더 어두워졌고, 빛은 희미해졌다.

마침내, 그들은 또 다른 통로에 도달했다. 이 통로는 이전의 것보다 더 좁고 어두웠다.

"처음부터… 모든 걸 밝힐 순 없었어요. 정말 이 다음으로 들어가실 건가요?" 음푸웨케가 걱정스럽게 물었다.

아늘은 잠시 망설였다. 하지만 그녀의 결심은 변하지 않았다.

"네, 가야 해요." 그녀가 말했다. "이것이 제 여정의 마지막 단계예요."

그들은 함께 어두운 통로로 들어섰다. 통로는 계속해서 아래로 내려갔고, 점점 더 좁아졌다. 때때로, 그들은 벽에서 이상한 소리가 들리는 것 같았다. 마치 누군가가 속삭이는 것 같은 소리였다.

통로가 끝나자, 그들은 작은 원형 방에 도착했다. 방은 완전히 비어 있었고, 유일한 빛은 천장의 작은 구멍에서 새어 나오고 있었다.

"여기 아무도 없네요." 음푸웨케가 말했다.

바로 그때, 방의 중앙에서 그림자가 움직이기 시작했다. 처음에는 단순한 어둠의 조각처럼 보였지만, 점차 형태를 갖추기 시작했다.

그것은 여우의 형태를 하고 있었다. 그의 털은 은색과 검은색이 섞여 있었고, 그의 눈은 깊은 지혜와 위험을 동시에 담고 있었다.

"카우살…" 아늘이 속삭였다.

여우는 고개를 끄덕였다. "그래, 아늘. 마침내 우리가 만나는군."

제25장

마지막 열매

카우살은 아늘과 음푸웨케 주위를 천천히 돌았다. 그의 움직임은 우아했지만, 동시에 위협적이었다. 여우의 눈은 마치 그들의 영혼을 꿰뚫어 보는 것 같았다.

"흥미롭군," 카우살이 마침내 말했다. "너는 라이오네와 브레먀를 만났지. 그리고 이제 나와 마주하게 되었어. 이것은 이 행성의 생명체 중에서도 매우 이례적인 일이야."

"당신이 제게 마지막 수수께끼를 줄 거라고 들었어요. 하지만 그전에, 이 모든 게 당신들이 그려놓은 그림은 아니고요?" 아늘이 말했다.

카우살은 웃었다. 그의 웃음소리는 기묘하게 울렸고, 마치 여러 목소리가 동시에 나는 것 같았다.

"그래, 그것이 나의 역할이지, 우리의 손이 닿지 않는 그림이 없는 것도 맞고." 여우가 대답했다. "하지만 먼저, 네 동반자에 대해 이야기해 보자."

카우살은 음푸웨케를 향해 고개를 돌렸다. "음푸웨케, 경계의 아이. 흥미로운 여정을 거쳐왔군."

음푸웨케는 놀란 듯 뒤로 물러섰다. "어떻게 제 출생을 아세요?"

"설계되지 않은 생명이 이 행성에 있기나 한지 묻지 그러냐," 카우살이 대답했다. "특히 인과에 관한 것들을. 그리고 너의 이야기는 매우 흥미로운 인과의 사슬을 가지고 있지."

여우는 방 중앙으로 다가갔다. 그의 발자국을 따라, 바닥에는 희미한 빛의 흔적이 남았다.

"음푸웨케, 너는 아늘에게 모든 것을 말하지 않았지?" 카우살이 물었다.

아늘은 음푸웨케를 바라보았다. 수달의 표정은 불안과 공포로 가득 차 있었다.

"그가 너와 동행한 진짜 이유에 대해 말해보렴, 음푸웨케," 카우살이 말했다. "그의 아버지에 대해, 그리고 그의 진정한 목적에 대해."

음푸웨케는 떨리는 목소리로 말했다. "선생님, 제가 설명할 수 있어요…"

"설명해 봐요." 아늘이 말했다. 그녀의 눈에는 의심이 깃들었다.

음푸웨케는 깊게 숨을 들이마셨다. "제 아버지는… 론트리다라는 이름의 성인 수달이었어요. 6층의 과학과 기술을 담당하는 북쪽 장관이자. 비전 설계자. 그리고 최고위원 중 하나지요. 음푸웨케는 깊게 숨을 들이마셨다.

아늘의 눈이 커졌다. 라프토지가 말했던 그 론트리다였다. 바실라모르를 죽인 자.

"계속해요." 아늘이 말했다.

"제 아버지는 저를 실험으로 만들었어요," 음푸웨케가 계속했다. 그의 목소리는 고통으로 가득 차 있었다. "그는 6층과 4층의 존재 간의 교배가 가능한지 알고 싶어했어요. 그래서 저는 태어났죠. 하지만 그는 저를 자식이 아닌 실험체로 여겼어요."

"그래서 당신은 어떻게 포도밭에 오게 된 거죠?" 아늘이 물었다.

"론트리다는 저를 버렸어요," 음푸웨케가 설명했다. "저는 경계 지대, 층간의 틈새에서 살았어요. 그곳에서 포도지기가 저를 발견했죠. 그는 저를 포도밭으로 데려갔고, 저를 돌봐주었어요."

"그것조차, 의도된 접근이었겠군. 그리고 당신이 저에게 접근한 이유는요?" 아늘이 물었다. 그녀의 목소리는 냉정했다.

음푸웨케는 고개를 숙였다. "처음에는 포도지기의 지시 때문이었어요. 그는 당신이 특별하다고 말했고, 제게 당신을 돕고 지켜보라고 했어요."

"하지만 그게 전부가 아니지?" 카우살이 끼어들었다. "진실을 말해보렴, 음푸웨케."

음푸웨케는 떨리는 목소리로 계속했다. "나중에… 제 아버지가 저를 찾아왔어요. 그는 당신에 대해 알고 있었고, 당신이 위험하다고 말했어요. 그는 제게 당신을 감시하고 정보를 제공하라고 요구했어요."

아늘은 충격을 받았다. "포도지기가 당신의 그림자였군요."

"처음에는 그랬어요," 음푸웨케가 인정했다. "하지만 시간이 지나면서, 상황이 변했어요. 당신이 누구인지, 무엇을 하려는 것인지 이해하기 시작했어요. 그리고… 당신을 돕고 싶어졌어요."

"그래서 당신은 기분이 바뀐 건가요?" 아늘이 의심스럽게 물었다.

"아니에요," 음푸웨케가 고개를 저었다. "더 복잡해요. 제 아버지는 저를 다시 버렸어요. 그는 제가 그의 목적에 더 이상 유용하지 않다고 판단했어요. 그때 저는 결심했어요. 제 스스로의 선택을 하기로요."

"그리고 그 선택이 뭐였죠?" 아늘이 물었다.

"당신을 진심으로 돕는 것이었어요," 음푸웨케가 대답했다. "제가 누구인지, 어디에 속하는지 이해하고 싶었어요. 그리고 당신의 여정이 그 답을 줄 수 있을 것 같았어요. 포도지기는 오랫동안 날 정신적으로 조종했어요. 아래층은 천하고 위층은 귀하다. 오랫동안 그런 사상에 묶여 늘 6층을 동경하고 언젠가 도달하고 싶은 곳으로 만들었어요. 하지만 이제는 알아요. 누군가가 만들어줄 수 있는 위치가 아니라는 걸."

카우살이 다시 웃었다. "인과는 흥미로운 것이지. 아이러니하지 않나?"

아늘은 잠시 침묵했다. 그녀는 음푸웨케의 눈을 깊이 바라보았다. 그의 눈에는 진실과 후회가 동시에 담겨 있었다.

"어떤 행동이 아니라 그 의도가 중요해요," 아늘이 마침내 말했다. "당신이 지금 어떤 선택을 했는지가 중요하죠."

음푸웨케의 눈에 눈물이 맺혔다. "정말 죄송해요, 선생님. 제가 더 빨리 진실을 말했어야 했어요."

"그래요," 아늘이 대답했다. "하지만 이제라도 알게 되어 다행이에요."

카우살은 그들의 대화를 관심 있게 지켜보았다. "흥미롭군. 너는 생각보다 더 관용적이야, 아늘."

"모든 존재는 선택을 해요," 아늘이 말했다. "중요한 건 자신이 지금 어디서 있는지 잊지 않는 거예요."

"현명한 말이야," 카우살이 동의했다. "하지만 이제 우리의 본론으로 돌아가자. 너는 내 수수께끼를 위해 여기 왔지?"

아늘은 고개를 끄덕였다. "네."

카우살은 천천히 방의 중앙으로 움직였다. 그가 움직이자, 방 전체가 변하기 시작했다. 벽이 확장되고, 천장이 높아졌다. 마치 그들이 갑자기 거대한 공간에 서 있는 것 같았다.

"이것은 인과의 의식실이야," 카우살이 설명했다. "여기서, 나는 인과의 흐름을 관찰하고 조정해. 그리고 이곳에서, 나는 네게 마지막 수수께끼를 줄 거야."

공간의 변화가 계속되면서, 그들 주위로 무수한 빛줄기가 나타나기 시작했다. 그것들은 마치 거대한 거미줄처럼 연결되어 있었다.

"보이니?" 카우살이 물었다. "이것이 인과의 그물이야. 모든 행동, 모든 선택, 모든 사건이 서로 연결되어 있지. 하나의 변화가 전체에 영향을 미치는 거야."

아늘은 경이로움을 느끼며 주위를 둘러보았다. 인과의 그물은 아름다웠고, 동시에 압도적이었다.

"그럼 당신의 수수께끼는 무엇인가요?" 아늘이 물었다.

카우살은 앞발을 들어 공중에 복잡한 패턴을 그렸다. 그 패턴을 따라, 인과의 그물의 일부가 빛나기 시작했다. 그 빛은 점점 강해져 마침내 뚜렷한 이미지를 형성했다. 그것은 아늘의 과거 삶들, 그녀의 환생들을 보여주는 일련의 장면들이었다.

"보다시피," 카우살이 말했다. "너의 삶들은 모두 연결되어 있어. 하나의 삶에서의 선택이 다음 삶에 영향을 미치지. 그리고 이 모든 것은 궁극적인 목적을 향해 나아가고 있어."

"어떤 목적인가요?" 아늘이 물었다.

카우살은 고개를 젓고, 그의 눈은 심오한 지혜로 빛났다. 그리고 그가 마침내 수수께끼를 주문처럼, 경전처럼 중얼거렸다. 그 모습은 고명한 중이 설파하는 것처럼 보였다.

"자네의 머리에 뇌에 몸에 각인된 그것들은 태생적 한계이자 죄로서 살면서 무수히 씻어내야만 하는 것이니. 유용하면서도 자네를 진정한 삶으로 인도하진 않을 것이다. "

"평화와 고요에 속고 있는가. 이 따분하고 한적한 곳에서도조차 미세한 추의 진동과 흔들거림이 존재하네. 고동이 없는 곳에서 자네는 정체하게 만드는 현혹의 말들을 믿지 말게."

"이 세상은 한 장의 그림만 있는 것이 아니라. 여러 층의 캔버스가 층층이 뒤덮여 있고 그것들 또한 균일하지도 않고 고정적이지도 않네. 구부러지기도 하고 서로 밀고 당기기도 하지."

"그 와중에 자네는 의미를 부여해 헛되지 않은 삶을 살게 하면서도, 또한 고통에 혼자 외로울 것이다."

"우리는 원죄를 통해 노래를 들 수 있네. 하나의 순간에만 포착하지 않게 교란되기 때문이지. 역사라네. 시간 간격을 두고 씨앗을 심어 곡식을 자라게 할 거야. 우리는 각자를 하나로서 동일시하더라도 결국 우주란 거대한 하나 속에서 세분화하고 그룹화하지. 받아들이고 탑을 만드는 것처럼 받아들이고 정교화하지. 그러면서도 자신을 다시 재정의하지."

아늘은 이 복잡한 수수께끼를 듣고 깊은 생각에 잠겼다. 그것은 인간의 본질, 우주의 구조, 그리고 자유의 의미에 대한 심오한 질문들을 담고 있었다.

"이 수수께끼는…" 아늘이 천천히 말했다. "선택에 관한 것 같아요. 우리가 살면서 만드는 선택들, 그리고 그 선택들이 우리를 어디로 이끄는지에 관한 거죠."

카우살은 고개를 끄덕였다.

"원죄라는 것은… 모든 생명체가 가진 세 가지 제약을 말하는 것 같아요. 포식, 시간, 인과. 이 제약들은 우리를 제한하지만, 동시에 우리가 세상을 이해하는 방식이기도 하죠."

"그리고 당신은 저에게 이 제약에 얽매이지 말라고 조언하는 것 같아요.

평화와 고요함에 속지 말라, 현혹의 말들을 믿지 말라… 이는 모든 것을 있는 그대로 보라는 의미인 것 같아요."

카우살의 눈이 빛났다. "그래, 계속해."

"그리고 마지막 부분… '우리는 원죄를 통해 노래를 들 수 있네.' 이것은 바실라모르가 남긴 메시지와 유사해요. 우리의 제약, 우리의 한계가 역설적으로 우리가 태초의 그녀의 노래를 듣는 방법이라는 뜻 같아요."

아늘은 갑자기 깨달음을 얻은 듯했다. "이 모든 것은 균형에 관한 거예요. 우리는 제약 안에서 살지만, 동시에 그 제약을 인식하고 초월해야 해요. 완전한 자유는 제약을 없애는 것이 아니라, 그것을 이해하고 받아들이는 거죠."

카우살은 천천히 고개를 끄덕였다. "너는 이해하기 시작했어. 하지만 수수께끼의 진정한 의미는 아직 완전히 파악하지 못했지. 그것은 네가 직접 경험해야만 이해할 수 있어."

"어째서 경험해야 하죠?" 아늘이 물었다.

"너의 기억을 완전히 되찾음으로써," 카우살이 대답했다. "그리고 이제 그 시간이 왔어."

카우살은 앞발을 들어 아늘의 이마를 가볍게 터치했다. 그 순간, 강렬한 빛이 그녀를 감싸고, 그녀의 마음은 과거의 기억으로 홍수처럼 채워지기 시작했다.

아늘은 눈을 감았고, 그녀의 과거 삶들이 마치 영화처럼 그녀 앞에 펼쳐졌다. 47번의 환생, 그리고 마지막 지금의 48번째. 그리고 거부된 49번째까지. 그 모든 삶에서, 그녀는 항상 무언가를 찾고 있었다. 진실, 자유, 그리고 태초의 그녀의 노래.

기억이 계속될수록, 아늘은 자신이 왜 6층에서 떨어졌는지 이해하기 시작했다. 그것은 사고가 아니었다. 그것은 그녀의 선택이었다.

제26장

인과의 그물

아늘의 눈이 다시 떠졌을 때, 그녀는 완전히 변한 느낌을 받았다. 그녀의 마음은 이제 과거의 기억으로 가득 차 있었고, 그녀는 자신이 누구인지, 왜 여기에 있는지 완전히 이해하게 되었다.

"기억이 돌아왔군," 카우살이 말했다. 그의 목소리에는 만족감이 담겨 있었다.

"네," 아늘이 대답했다. 그녀의 목소리는 이전보다 더 확신에 차 있었다. "저는 이제 기억해요. 모든 것을."

음푸웨케는 놀란 표정으로 아늘을 바라보았다. "선생님, 괜찮으세요?"

아늘은 미소를 지었다. "네, 음푸웨케. 이제 괜찮아요. 사실, 이전보다 훨씬 더 좋아요."

카우살은 주위를 천천히 돌았다. "그럼 이제 네가 왜 여기 있는지 알게 되었군."

"네," 아늘이 대답했다. "저는 환생 시스템의 진실을 알아내기 위해 여기 있어요. 그리고 그것을 바꾸기 위해서요."

카우살의 눈이 날카롭게 빛났다. "위험한 목표야. 절대자들은 그런 시도를 용납하지 않을 테니까."

"알아요." 아늘이 말했다. "하지만 이대로 둘 수 없어요. 환생 시스템은 영혼들을 가두는 감옥이 되어버렸어요. 그것은 태초의 그녀가 의도한 것이 아니었어요."

아늘은 인과의 그물을 둘러보았다. 그 안에서, 그녀는 행성 전체의 역사를 볼 수 있었다. 태초의 그녀가 우주를 창조하고, 7층의 절대자들이 이 행성을 설계하고, 환생 시스템을 만든 순간들.

"처음에는 좋은 의도였어요." 아늘이 말했다. "영혼들이 성장하고 발전할 수 있는 공간을 만들어주려는 거였죠. 하지만 시간이 지나면서, 절대자들은 점점 더 통제에 집착하게 되었어요. 그들은 환생 시스템을 통해 영혼들을 가두고, 그 에너지를 착취하기 시작했죠."

"그것이 시추 시스템의 진정한 목적이군요." 음푸웨케가 깨달은 듯 말했다. "아래층의 에너지를 빼앗아 환생 시스템을 유지하는 것."

"정확해," 카우살이 대답했다. "환생 시스템은 엄청난 양의 에너지를 필요로 해. 그리고 그 에너지는 주로 아래층에서 흘러나와."

아늘은 고개를 끄덕였다. "하지만 이 시스템은 지속 불가능해요. 아래층은 점점 더 에너지를 잃고 있고, 결국에는 행성 전체가 붕괴할 거예요."

"그래서 네가 환생 시스템을 바꾸려는 거지?" 카우살이 물었다.

"그것뿐만이 아니에요," 아늘이 대답했다. "저는 영혼들을 해방시키고 싶어요. 그들이 자유롭게 선택할 수 있도록요. 환생할지, 아니면 다른 형태의 존재가 될지."

카우살은 잠시 침묵했다. 그의 눈에는 복잡한 감정이 담겨 있었다.

"너는 위험한 발언을 하고 있어," 그가 마침내 말했다. "절대자들은 그런 생각을 반역으로 간주해."

"알아요." 아늘이 대답했다. "하지만 이것은 진실이에요. 그리고 저는 이 진실을 위해 싸울 거예요."

카우살은 갑자기 웃기 시작했다. 그의 웃음소리는 방 전체에 울려 퍼졌다.

"흥미롭군," 그가 말했다. "너는 정말 특별한 존재야, 아늘. 48번의 환생을 거치고도, 너의 결의는 흔들리지 않았어."

"이것은 제 49번째 삶, 마지막 환생이죠. 그리고 이번에는 다시는 돌아오지 않을 겁니다."

카우살은 고개를 끄덕였다. "그래, 그럴지도 모르지. 하지만 네가 해야 할 일은 아직 많아."

"무엇을 해야 하죠?" 아늘이 물었다.

"먼저, 너는 6층으로 돌아가야 해," 카우살이 대답했다. "그곳에서, 너는 환생 시스템의 핵심에 접근할 수 있어. 그리고 그곳에서, 너는 선택을 해야 할 거야."

"어떤 선택이요?"

"그것은 네가 직접 발견해야 할 거야," 카우살이 대답했다. "하지만 한 가지 확실한 것은, 그 선택이 행성 전체의 운명을 결정한다는 거야."

아늘은 깊게 숨을 들이마셨다. "알겠어요. 6층으로 돌아갈게요."

"하지만 먼저," 카우살이 말했다, "너에게 보여줄 것이 하나 더 있어."

여우는 다시 한번 앞발을 들어 공중에 복잡한 패턴을 그렸다. 이번에는, 인과의 그물의 일부가 변형되어 새로운 이미지를 형성했다.

그것은 음푸웨케와 그의 아버지, 론트리다의 이야기였다.

"보다시피," 카우살이 설명했다, "음푸웨케의 이야기는 너의 이야기와 깊이 연결되어 있어. 그의 아버지, 론트리다는 절대자들의 충실한 하인이었지. 그는 이번엔 너를 감시하고 방해하려 할 거다."

이미지가 변하여, 론트리다가 음푸웨케에게 명령을 내리는 장면을 보여주었다.

"론트리다는 음푸웨케를 이용해 너를 감시했어," 카우살이 계속했다. "하지만 그는 한 가지를 계산하지 못했지. 자신마저 속일 수 없는 것. 모두가 보다 위층을 동경하리라 확신한 것. 자기의 분신쯤 되는 자식이 온전히 자신과 같으리라 믿었겠지."

"그리고 마침내, 론트리다가 음푸웨케를 다시 만났을 때…" 카우살이 말했다.

이미지가 마지막으로 변했다. 그것은 음푸웨케와 론트리다의 마지막 만남을 보여주었다. 그가 잿그을과 함께 다시 원래 있던 조각으로 돌아와 얼마 지나지 않은 시점이었다. 둘은 론트리다가 숨겨놓은 은밀한 공간에서 만나고 있었고 론트리다는 끝까지 아늘을 감시하지 않은 음푸웨케를 비난하고 있었고, 음푸웨케는 분노로 가득 차 있었다.

음프웨케는 사색으로 질려서 바닥에 꿇어 엎드린 채 숨을 고르지조차 못했다.

"마침내, 음푸웨케는 자신의 아버지를 물어 죽였어," 카우살이 마무리했다. "그는 자신을 실험체로만 여기고, 버린 자를 향한 분노를 참을 수 없었지."

음푸웨케는 충격받은 표정으로 이미지를 바라보았다. "어떻게… 어떻게 아세요?"

"내가 말했잖아," 카우살이 대답했다. "나는 이 행성의 인과에 관한 모든 것을 알아."

아늘은 음푸웨케를 바라보았다. "정말인가요, 음푸웨케?"

수달은 천천히 고개를 끄덕였다. "네, 선생님. 제가 그를… 죽였어요. 그는 저를 다시 버리려고 했고, 당신을 해치려고 했어요. 저는 참을 수 없었어요."

아늘은 음푸웨케에게 손을 내밀었다. "괜찮아요, 음푸웨케. 당신은 자신을 지키려 했던 거예요."

"하지만 그건 살인이에요," 음푸웨케가 말했다. 그의 눈에는 눈물이 맺혀 있었다.

"그래요," 아늘이 인정했다. "하지만 그것이 당신의 전부는 아니에요. 당신은 그 후에 선택을 했죠. 저를 돕기로 한 선택을. 그리고 그 선택이 당신을 새롭게 정의해요."

음푸웨케는 아늘의 말에 약간의 위안을 얻은 듯했다. 하지만 그의 눈에는 여전히 깊은 슬픔이 남아있었다.

카우살은 그들의 대화를 지켜보다가 다시 말했다. "인과는 복잡해. 우리의 행동은 우리를 형성하지만, 우리는 또한 우리의 행동을 선택할 수 있어. 이것이 자유의지의 역설이야."

아늘은 고개를 끄덕였다. "그리고 이것이 제가 바꾸고 싶은 거예요. 영혼들이 진정한 선택을 할 수 있도록요."

"그럼 이제 6층으로 가서 그 선택을 행사하렴," 카우살이 말했다.

"어떻게 6층으로 갈 수 있죠?" 아늘이 물었다.

"너가 여기까지 오는 길에 도움 받았던 모든 권능에 얹어 나의 인과의 실에 살짝 발을 디뎌 오른다면." 카우살이 대답했다.

아늘이 헛웃음을 지었다. "당신들 여우도 결국엔 7층의 설계, 하지만 왜 당신들이 날 돕는다는 느낌이 들까."

"글쎄, 그것도 결국 모든 종지부에 알게 될지도 모르지."

"음푸웨케도 함께 갈 수 있나요?" 아늘이 물었다.

카우살은 음푸웨케를 바라보았다. "그는 선택할 수 있어. 하지만 6층이란 공간은 너와는 달리 그에게 위험할지도 모르지. 그는 혼혈이니까."

음푸웨케는 잠시 생각에 잠겼다. 그리고 그의 눈에 결심이 서렸다.

"저는 선생님과 함께 가겠습니다." 그가 말했다. "끝까지 도와드릴게요."

아늘은 고마운 표정으로 음푸웨케를 바라보았다. "고마워요, 음푸웨케."

카우살은 고개를 끄덕였다. "좋아. 바닥에 부서진 거미줄처럼 흩뿌려져 있는 실 위에 올라서 봐. 무작위인 것처럼 보이는 그것도 투영되고 이어진다면 능히 닿고자 하는 것에 이른다."

여우는 방의 중앙으로 다가갔다. 그리고 그의 몸이 갑자기 빛나기 시작했다. 그는 앞발을 들어 공중에 복잡한 문양을 그렸고, 그 문양을 따라 공간이 일그러지기 시작했다.

"기억해, 아늘," 카우살이 말했다. "너의 선택은 중요해. 그리고 그것은 이 행성의 무엇과도 상관없이 온전히 너에게 중요한 것이야."

아늘은 고개를 끄덕였다. "기억할게요."

"그리고 또 한 가지," 카우살이 덧붙였다. "우리 세 마리 여우로부터 받은 수수께끼를 기억해. 그것들은 너의 여정의 마무리에 중요한 단서야."

아늘은 자신의 손바닥을 바라보았다. 라이오네가 새긴 십자가 흉터가 희미하게 빛나고 있었다.

"KEY-WORLD…" 그녀가 중얼거렸다.

"그래," 카우살이 확인했다. "그것은 비밀의 열쇠야. 하지만 동시에 족쇄이기도 해. 그것을 어떻게 사용할지는 너에게 달려 있어."

카우살이 만든 공간의 일그러짐이 점점 커지더니, 마침내 문의 형태를 갖추었다. 그 문 너머로, 6층의 모습이 희미하게 보였다.

"준비됐니?" 카우살이 물었다.

아늘과 음푸웨케는 서로를 바라본 후, 고개를 끄덕였다.

"좋아," 카우살이 말했다. "그럼 가자."

문이 완전히 열리자, 눈부신 빛이 쏟아져 들어왔다. 아늘과 음푸웨케는 그 빛 속으로 걸어 들어갔다. 그들이 문을 통과하는 순간, 카우살의 마지막 말이 들려왔다.

"기억해, 아늘. 네가 누구인지, 그리고 무엇을 위해 여기에 있는지."

그들이 문을 통과하는 순간, 눈부신 빛이 그들을 감쌌다. 세계가 흐려지고 재구성되는 기묘한 감각이 그들의 몸을 관통했다. 시간과 공간이 일시적으로 휘어지는 것 같았다.

제27장

6층으로의 귀환

아늘과 음푸웨케는 카우살이 만들어낸 문을 통과하는 순간, 강렬한 빛에 휩싸였다. 세계의 경계가 무너지는 듯한 감각이 그들의 몸을 관통했고, 시간과 공간의 개념이 일시적으로 사라졌다.

그리고 눈이 다시 세상을 인식했을 때, 그들은 완전히 다른 차원에 서 있었다.

그들이 서 있는 곳은 넓은 광장이었다. 높고 우아한 흰색 건물들이 주변을 둘러싸고 있었고, 멀리서는 흰 가운을 입은 존재들—'흰 짐승들'이 평화롭게 이동하는 모습이 보였다. 공기는 놀랍도록 맑고 가벼웠으며, 온 세상이 부드러운 빛으로 빛나고 있었다.

"여기가… 6층인가요?" 음푸웨케가 경외감에 차서 물었다. 그의 작은 몸은 이 장엄한 공간 앞에서 더욱 왜소해 보였다.

"그래요," 아늘이 대답했다. "제가 추락하기 전에 살았던 곳이에요."

그녀는 자신의 손을 내려다보았다. 피부 아래로 미세한 빛이 흐르고 있었다. 6층의 에너지가 그녀의 본질을 인식하고 반응하는 것이었다. 오랫동안 잊혀진 감각이 서서히 되살아났다.

음푸웨케는 갑자기 몸을 부르르 떨었다. "이상해요… 갑자기 몸이 가벼워졌어요. 마치…"

"6층의 에너지에요," 아늘이 설명했다. "당신의 몸이 반응하고 있어요. 오랫동안 외곽에서 제한된 에너지만 받아왔으니, 이곳의 풍부한 에너지에 적응하는 데 시간이 걸릴 거예요."

"아프지는 않아요," 음푸웨케가 말했다. "오히려… 기분이 좋아요. 마치 오랫동안 절반만 숨을 쉬다가 처음으로 깊게 숨을 들이마신 것 같아요."

아늘은 미소를 지었지만, 곧 심각한 표정으로 돌아왔다. "너무 많이 받아들이지 않도록 조심해요. 당신의 몸은 혼혈이니까, 6층의 순수한 에너지에 압도될 수 있어요."

그녀는 주변을 신중하게 살폈다. 다행히 아직 그들을 알아차린 존재는 없는 것 같았다. 하지만 언제까지 그럴지는 알 수 없었다.

"저기 보여요," 아늘이 광장 너머로 솟아오른 거대한 흰 탑을 가리키며 말했다. "저것이 6층의 중심이자, 환생 시스템의 핵심부예요. 우리는 저곳으로 가야 해요."

"어떻게 들어가죠?" 음푸웨케가 물었다. "분명 경비가 삼엄할 텐데요."

"먼저 위장이 필요해요," 아늘이 대답했다. "이쪽으로 와요."

그들은 대로에서 벗어나 좁은 골목으로 들어갔다. 아늘은 오래전에 익숙했던 길을 따라 그들을 인적이 드문 구역으로 안내했다. 이곳은 6층의 다른 부분에 비해 덜 빛났고, 약간의 그림자가 드리워져 있었다.

"6층에도 이런 곳이 있다니 놀랍네요," 음푸웨케가 중얼거렸다.

"완벽해 보이는 시스템에도 항상 틈은 있어요," 아늘이 대답했다. "이곳은 6층의 '외곽'이에요. 어느 층에나 외곽은 존재하죠. 이곳은 제가 과거에 은밀한 연구를 할 때 자주 이용하던 곳이에요."

> ### 루넷의 꿈 (그녀 안의 첫 우주)
>
> 어릴 때 달을 보고 정말로 내가 크다면 내가 있는 이 넓은 세계를 한 눈에 볼 수 있다고 생각했어요. 정말로 내가 아주 크다면 나를 포함하는 이 우주가 어떻게 생겼는지 궁금해할 필요도 없다고 생각했지요. 당연한 얘기지만 내가 작다면 어떨까라는 생각은 거의 해본 적이 없습니다. 그것도 그럴 게 나의 눈이 작아진 만큼 담을 수 있는 것이 줄어든다고 생각했으니까요. 나도 나보다 큰 것들에 의해 가려져서 보지 못하는 것들이 많은데 작으면 오죽하겠어요? 그리고 나중에 내 생각의 문제점을 알게 되었죠. 난 그게 전부 다 '같은 눈'이라고 가정을 했던 거였어요. 단순히 내 머릿속의 물리적 시야가 전부라고 생각했던 거죠. 그때부터였어요. 모든 이들의 눈에는 각자의 우주를 담고 있다고 믿게 된 것이요.

그들은 낡은 창고 같은 건물 앞에 멈춰 섰다. 아늘은 조심스럽게 주변을 살핀 후, 문을 열었다. 내부는 어두웠지만 깨끗했다. 방 한쪽에는 여러 벌의 흰 가운이 걸려 있었다.

"이것을 입어요," 아늘이 가운 두 벌을 가져와 하나를 음푸웨케에게 건넸다. "6층의 모든 존재들은 이런 가운을 입어요. 이렇게 하면 멀리서는 의심받지 않을 수 있을 거예요."

둘은 서둘러 가운을 입었다. 음푸웨케의 가운은 그의 몸에 비해 컸지만, 형태를 가리기에는 충분했다.

"하지만 선생님, 저는 여전히 혼혈이에요. 혹시라도 제 모습이…" 그가 걱정스럽게 말했다.

아늘은 손바닥을 들여다보았다. 라이오네가 새긴 KEY-WORLD가 희미하게 빛나고 있었다.

"이것이 도움이 될 수 있을 것 같아요." 그녀가 말했다.

그녀는 음푸웨케의 이마에 손바닥을 가볍게 댔다. KEY-WORLD가 강하게 빛났고, 음푸웨케의 몸에 변화가 일어나기 시작했다. 그의 털색이 서서히 변하더니, 갈색과 회색의 혼합에서 순수한 흰색으로 바뀌었다.

"이게… 어떻게 된 거죠?" 음푸웨케가 놀라서 자신의 팔을 내려다보았다.

"KEY-WORLD의 힘이에요," 아늘이 설명했다. "세계의 특정 측면을 일시적으로 변형시킬 수 있어요. 당신의 외형을 6층의 존재처럼 보이게 만든 거죠. 하지만 얼마나 지속될지 모르니 서둘러야 해요."

그들은 창고를 나와 다시 거리로 나섰다. 이제 그들은 외형적으로 6층의 일반적인 거주자들과 크게 다르지 않았다. 하지만 여전히 조심해야 했다.

아늘은 거대한 탑을 바라보았다. "이제 저 탑으로 가야 해요. 하지만 정문으로는 들어갈 수 없을 거예요. 제가 알고 있는 다른 방법이 있어요."

그들은 광장을 가로질러 조심스럽게 걸었다. 몇 번 다른 흰 짐승들과 마주쳤지만, 다행히 아무도 그들에게 특별한 관심을 보이지 않았다.

길을 걸으면서, 아늘은 음푸웨케에게 6층의 구조에 대해 설명했다.

"6층은 다른 층들과는 완전히 달라요. 여기서는 물질과 에너지가 직접적으로 조작될 수 있어요. 그래서 6층의 존재들은 강력한 힘을 가지고 있죠. 그들은 이 힘으로 아래층에 영향을 미치고, 환생 시스템을 통제해요."

"그래서 위층으로 갈수록 더 많은 힘을 갖는 건가요?" 음푸웨케가 물었다.

"그렇죠. 하지만 그 힘은 공정하게 분배되지 않아요. 6층 내에서도 계층

이 있어요. 가장 높은 위치에 있는 이들이 환생 시스템을 통제하고, 누가 환생할지, 어디로 환생할지를 결정해요."

그리고 그게 나였다. 그들이 탑에 가까워질수록, 주변 환경이 점점 더 정제되고 구조화되어 보였다. 탑 주변에는 여러 작은 건물들이 있었고, 그곳에서 많은 흰 존재들이 정해진 패턴으로 움직이고 있었다.

"저곳은 무엇인가요?" 음푸웨케가 주변 건물들을 가리키며 물었다.

"영혼 관리소예요." 아늘이 대답했다. "모든 환생의 기록이 보관되고 관리되는 곳이죠. 누가 어디로 환생했는지, 이전 삶에서 무엇을 배웠는지 등이 기록돼요."

마침내 그들은 탑 앞에 도착했다. 가까이서 보니 탑은 훨씬 더 웅장했다. 그 표면은 완벽한 흰색이었지만, 자세히 보면 미세한 문양들이 새겨져 있었고, 그 문양들은 마치 살아 움직이는 것처럼 끊임없이 변화했다.

탑의 정문에는 특별히 빛나는 흰 존재들이 서 있었다. 그들은 긴 창을 들고 있었고, 그 창에서는 흰 에너지가 파동치고 있었다.

"저들을 지나갈 수는 없을 거예요." 아늘이 속삭였다. "다른 방법이 필요해요."

그들은 탑 주변을 돌아 뒤쪽으로 향했다. 아늘은 자신의 기억 속에서 오래전에 알고 있던 비밀 입구를 찾고 있었다. 마침내 그녀는 작은 문 앞에 멈춰 섰다.

"여기예요." 그녀가 말했다. "유지 보수를 위한 입구죠. 경비가 없을 거예요."

문은 일반적인 통로처럼 보이지 않았다. 그것은 탑의 벽면과 거의 구분이 되지 않았고, 특별한 방법으로만 열 수 있을 것 같았다.

아늘은 벽에 손을 댔다. 그녀의 손가락이 벽의 특정 지점을 따라 움직이며 복잡한 패턴을 그렸다. 그러자 벽이 물결치기 시작했고, 마침내 사람이 통과할 수 있을 만큼의 입구가 나타났다.

"빨리 들어가요." 아늘이 말했다. "이 입구는 오래 유지되지 않을 거예요."

그들은 서둘러 입구를 통과했다. 그들이 안으로 들어서자마자, 벽은 다시 원래 상태로 돌아갔다.

탑 내부는 외부보다 훨씬 더 신비로웠다. 그들이 서 있는 곳은 좁은 복도였고, 그 벽은 반투명한 물질로 되어 있었다. 벽 안에서는 무수한 빛의 흐름이 움직이고 있었다.

"이것은…" 음푸웨케가 경외감을 담아 말했다.

"영혼의 에너지예요." 아늘이 설명했다. "환생 시스템을 통해 흐르는 생명력이죠. 이 탑은 그 에너지를 수집하고, 정화하고, 재분배하는 역할을 해요."

그들은 조심스럽게 복도를 따라 걸었다. 복도는 여러 갈래로 나뉘어 있었고, 다른 방향으로 갈 수 있었다.

"어디로 가야 하죠?" 음푸웨케가 불안하게 물었다.

아늘은 잠시 생각에 잠겼다. 그녀의 기억 속에서, 환생 시스템의 핵심은 탑의 중심부에 있었다.

"이쪽이에요." 그녀가 왼쪽 복도를 가리키며 말했다. "중앙 홀로 가는 길이에요. 그곳에서 환생 시스템의 핵심 메커니즘을 볼 수 있을 거예요."

그들은 왼쪽 복도로 들어섰다. 복도는 점점 넓어졌고, 벽 속의 빛 흐름도 더욱 강렬해졌다. 그들은 몇 번의 모퉁이를 돌고, 여러 문을 통과했다. 놀랍게도, 그들은 아직 다른 존재들과 마주치지 않았다.

"이상하네요." 아늘이 말했다. "보통 이 탑은 더 활기차고 분주한데…"

갑자기 멀리서 경보음이 들렸다. 복도의 벽이 붉은색으로 변하기 시작했다.

"뭐지?" 음푸웨케가 놀라서 물었다.

아늘의 표정이 어두워졌다. "그들이 우리를 감지했어요. 서둘러요!"

그들은 복도를 따라 달렸다. 이제 주변에서 발소리와 외침이 들렸다. 경비대가 그들을 찾고 있는 것이 분명했다.

마침내 그들은 탑의 중심부, 거대한 원형 홀에 도착했다. 그러나 그들이 예상했던 것과는 달리, 홀은 비어 있었다. 중앙에는 거대한 수정 기둥이 서 있었고, 그 안에서는 무수한 빛이 소용돌이치고 있었다.

"저것이… 환생 시스템의 핵심인가요?" 음푸웨케가 숨을 죽이며 물었다.

"그래요," 아늘이 대답했다. "저 수정 기둥은 모든 영혼의 에너지가 집중되는 곳이에요. 그리고…"

그녀의 말은 갑자기 중단되었다. 홀의 여러 입구에서 흰 가운을 입은 경비대가 쏟아져 들어왔다. 그들은 모두 빛나는 창을 들고 있었고, 원을 그리며 아늘과 음푸웨케를 둘러쌌다.

마지막으로, 한 존재가 천천히 홀로 들어왔다. 그는 다른 모든 존재들보다 더 강렬하게 빛났고, 그의 주변 공기는 강력한 에너지로 진동하고 있었다.

"아늘," 그가 말했다. 그의 목소리는 부드럽지만 권위가 담겨 있었다. "마침내 돌아왔구나."

아늘은 그 존재를 알아보고 숨을 들이켰다. "엘리안… 행정관이시군요."

"그래," 엘리안이 대답했다. "다시 만나게 되어 반갑구나. 하지만 네가 이런 식으로 돌아올 줄은 몰랐어."

"당신이 모르는 게 많을 거예요," 아늘이 말했다. "저는 모든 것을 기억해요. 이 행성의 진실을, 그리고 환생 시스템의 목적을."

엘리안의 눈에서 이채가 번쩍였다. "그리고 그 지식을 가지고 무엇을 하려고 하지? 시스템을 파괴하려고?"

"바꾸려고요," 아늘이 대답했다. "더 이상 거짓과 억압의 시스템이 아닌, 진정한 선택과 자유의 시스템으로요."

엘리안은 잠시 아늘을 관찰했다. 그의 표정에는 여러 감정이 교차했다— 분노, 두려움, 그리고 어쩌면… 존중.

"우리는 대화할 필요가 있겠군," 그가 마침내 말했다. "경비대, 그들을 내 집무실로 안내하라."

경비대가 아늘과 음푸웨케를 둘러싸고, 그들을 홀 밖으로 안내했다. 아늘은 마지막으로 중앙의 수정 기둥을 바라보았다. 그녀는 다시 돌아올 것이다. 그리고 다음에는, 그녀가 이 시스템을 영원히 변화시킬 것이다.

엘리안이 그들을 따라 걸으며 낮은 목소리로 말했다. "너는 위험한 게임을 하고 있어, 아늘. 절대자들은 이미 네 귀환을 알고 있어. 그들은… 흥미로워하고 있지."

아늘은 엘리안을 날카롭게 바라보았다. "당신도 그들의 일부잖아요. 절대자들의 하인."

엘리안은 미소를 지었다. 그것은 슬픈 미소였다. "모든 것이 네가 생각하는 것처럼 단순하지 않아, 아늘. 진실은… 훨씬 더 복잡해."

그들은 복도를 따라 깊숙이 걸어갔다. 앞으로 무엇이 기다리고 있을지 알 수 없었지만, 아늘은 마음을 단단히 먹었다. 그녀는 이제 자신의 과거와 정면으로 마주해야 했다.

제28장

흰 탑의 정원

경비대는 아늘과 음푸웨케를 탑 내부의 복잡한 복도를 따라 안내했다. 그들은 여러 번 방향을 바꾸고, 나선형 계단을 따라 올라갔다. 주변의 벽 속에 흐르는 빛은 점점 더 밝아졌고, 마치 그들의 존재를 인식하고 반응하는 것 같았다.

"정말 믿기 어려워요," 음푸웨케가 작은 목소리로 말했다. "이리 아름다울 수 있다니…"

아늘은 그를 돌아보며 조용히 미소 지었다. 음푸웨케의 눈에는 어린아이 같은 경이로움이 가득했다. 그의 눈은 흰 빛 속에서 반짝이며, 수천 번 상상했을 6층의 모습을 실제로 확인하는 기쁨으로 가득 차 있었다.

마침내 그들은 거대한 원형 문 앞에 도착했다. 문은 완전한 흰색이었지만, 자세히 보면 그 표면에 무수한 작은 문양이 새겨져 있었다. 그 문양들은 마치 살아 움직이는 것처럼 끊임없이 형태를 바꾸고 있었.

엘리안이 문에 손을 얹자, 문은 소리 없이 열렸다. "들어오게," 그가 말했다.

아늘과 음푸웨케는 문 안으로 들어섰고, 그 순간 그들의 눈앞에 놀라운 광경이 펼쳐졌다. 그들이 들어선 곳은 일반적인 사무실이 아니라, 거대한 실내 정원이었다. 천장은 투명한 돔 형태로 되어 있어 하늘이 보였고, 그 아래로는 아름다운 흰 꽃과 나무들이 가득했다.

"놀랐나?" 엘리안이 물었다. "이곳은 내가 사색하는 공간이야. 딱딱한 집무실보다는 여기서 대화하는 것이 좋을 것 같았어."

정원의 중앙에는 작은 흰색 원탁이 있었고, 그 주위로 세 개의 의자가 놓여 있었다.

"앉으시게," 엘리안이 의자를 가리켰다.

아늘은 조심스럽게 의자에 앉았고, 음푸웨케도 그녀를 따라 앉았다. 엘리안이 마지막으로 앉자, 테이블 중앙에는 물이 담긴 투명한 그릇이 나타났다.

"목이 마르겠군," 엘리안이 말했다. "마시게."

아늘은 물 그릇을 바라보았지만, 손을 뻗지 않았다. "고맙지만, 괜찮아요."

엘리안은 미소를 지었다. "여전히 조심스럽군. 현명해. 그러나 내가 너에게 해를 끼치려 한다면, 이미 그랬을 거야."

음푸웨케는 불안하게 주변을 살폈다. 정원은 평화롭고 아름다웠지만, 어딘가 인위적이고 불편한 기운이 감돌았다. 이곳의 식물들은 모두 흰색이었고, 그 잎사귀와 꽃잎은 마치 반투명한 수정처럼 빛을 반사했다. 너무 완벽해서 오히려 자연스럽지 않은 느낌이었다.

"왜 저희를 여기로 데려왔나요?" 아늘이 직접적으로 물었다.

엘리안은 잠시 침묵했다. 그의 눈은 맑았지만, 그 속에는 측정할 수 없는 깊이가 있었다.

"네가 기억을 되찾았다고 들었다," 그가 마침내 말했다. "얼마나 많이 기억하고 있지?"

"모든 것이요," 아늘이 대답했다. "제가 누구였는지, 이 탑에서 무슨 일을 했는지, 그리고… 제가 왜 추락했는지까지."

그녀의 말에 음푸웨케는 놀란 눈으로 아늘을 바라보았다. 이 사실을 그녀에게서 직접 듣는 것은 처음이었다.

엘리안은 고개를 끄덕였다. "그리고 그 지식을 가지고 돌아왔구나. 환생 시스템을 바꾸기 위해."

"그것은 변해야 해요," 아늘이 말했다. "시스템은 영혼들을 가두고 있어요. 자유로운 선택이 아닌, 강제된 순환이죠."

엘리안은 깊은 한숨을 내쉬었다. "아늘, 그 시스템은 단순한 통제 도구가 아니야. 그것은 이 행성의 생존을 위한 필수적인 구조야."

"생존이라고요?" 아늘이 의심스러운 표정으로 물었다. "아래층 존재들의 고통과 희생 위에 세워진 생존이요?"

엘리안은 테이블 위의 물 그릇을 바라보았다. 그러자 물의 표면이 거울처럼 변하더니, 그 안에 이미지가 형성되기 시작했다.

"태초에," 그가 시작했다. "우주는 하나였다. 그러나 태초의 그녀가 자신을 분할하면서, 우주는 무수한 조각으로 분열되었지. 그녀의 외로움에서 비롯된 결정이었지만, 그 결과는 엄청났다."

물 그릇 속에는 처음에 하나의 빛이었다가 무수한 작은 빛으로 나뉘어지는 모습이 그려졌다. 그 빛들은 점점 더 멀어지고 흩어져갔다.

"분열은 우주에 다양성을 가져왔지만, 동시에 무질서를 증가시켰어," 엘리안이 계속했다. "모든 존재가 서로 멀어지고, 결국에는 완전한 소멸로 향하게 되었지. 이것이 우주의 자연스러운 법칙이었어."

아늘은 그릇 속 이미지를 집중해서 보았다. 흩어지는 빛들은 마침내 희미해지고, 우주는 어둠으로 물들어갔다.

"절대자들은 이 소멸을 막기 위해 환생 시스템을 만들었어," 엘리안이 설명했다. "이 행성은 단순한 실험이 아니었어. 생존을 위한, 우주의 마지막 빛을 지키기 위한 시도였지."

무지개 빛이 물결치던 물 그릇 속의 이미지가 변하면서, 이제 여러 층으로 나뉜 구조가 나타났다. 그것은 거대한 탑의 형상을 하고 있었다.

"어떻게 소수의 영혼만 환생시키는 것이 우주의 소멸을 막을 수 있나요?" 아늘이 물었다.

"우리는 모든 영혼을 구할 수는 없었어," 엘리안이 대답했다. "그러나 일부 영혼들의 의식을 순환시키고 발전시킴으로써, 우리는 무질서의 국지적 역전을 만들어낼 수 있었지."

그의 설명을 들으면서, 아늘은 자신이 본 비밀스러운 외곽, 숨겨진 에너지 순환 시스템을 떠올렸다. 그것이 바로 환생 시스템의 작동 원리였다. 아래층에서 모인 에너지가 정제되어 6층으로 올라오고, 그 에너지가 다시 순환하는 구조.

"그래서 선택받지 못한 이들은 희생되어야 한다는 말씀이세요?" 아늘이 물었다. "음푸웨케 같은 존재들은 그저 버려져야 하고요?"

이 말에 음푸웨케가 움찔했다. 그의 눈에는 오랜 상처의 흔적이 깃들어 있었다.

엘리안은 잠시 말을 잃은 듯했다. "완벽한 시스템은 없어," 그가 마침내 대답했다. "우리는 최선을 다했지만, 모든 이를 구할 수는 없었어."

"그건 변명이에요," 아늘이 단호하게 말했다. "자신들의 권력을 정당화하기 위한."

엘리안의 표정이 경직되었다. 정원의 꽃들이 미세하게 떨리기 시작했다.

그가 내뿜는 에너지가 주변 환경에 영향을 주고 있었다.

"네가 모든 것을 알고 있다고 생각하지만," 그가 말했다. "사실은 훨씬 더 복잡해. 이 행성의 진정한 목적을 이해하려면, 더 깊이 들어가야 해."

그는 손짓을 했고, 정원의 한쪽에 새로운 문이 나타났다. 그 문은 다른 모든 문과 달랐다. 완전히 흰색이었지만, 표면에는 붉은 곰 발자국 하나가 선명하게 찍혀 있었다.

"저건…" 아늘이 놀라서 물었다.

"붉은 곰의 사원으로 가는 문이야," 엘리안이 대답했다. "그곳에서 환생 시스템의 진정한 목적과 기원을 볼 수 있을 거야."

아늘은 의심스러운 표정으로 문을 바라보았다. "함정은 아니겠죠?"

엘리안은 쓴웃음을 지었다. "내가 너를 막고 싶었다면, 지금쯤 7층에 넘겨졌을 거야. 하지만 나는… 네가 진실을 알아야 한다고 생각해."

"왜죠?" 아늘이 물었다.

엘리안은 잠시 망설였다. "환생 시스템이 만들어진 이후로 수천 년이 지났어. 그동안 많은 것이 변했지. 원래의 목적과 비전이 왜곡되었어. 어쩌면… 어쩌면 변화가 필요한 때인지도 몰라."

이 말에 아늘은 놀랐다. 그녀는 엘리안이 절대자들의 충실한 종인 줄로만 알았다. 하지만 그의 눈에서, 그녀는 무언가 더 깊은 것—의문, 아마도 후회—을 보았다.

"그럼 저희를 데려가 주세요," 아늘이 말했다. "붉은 곰의 사원으로요."

엘리안은 천천히 일어섰다. "따라오게."

그는 그들을 붉은 곰 발자국이 있는 문으로 안내했다. 문 앞에 서서, 그는 마지막으로 두 사람을 바라보았다.

"이곳에서 너희가 보게 될 것은… 충격적일 수 있어," 그가 경고했다. "하지만 기억하게. 모든 것에는 이유가 있었다는 것을."

그가 문에 손을 대자, 붉은 발자국이 잠시 밝게 빛났다가 사라졌다. 문이 천천히 열리기 시작했고, 그 안에서 붉은 빛이 흘러나왔다.

아늘은 그 문을 바라보며 깊은 숨을 들이마셨다. 이 문 너머에 무엇이 기다리고 있든, 그녀는 직면할 준비가 되어 있었다. 그것이 그녀의 여정의 다음 단계였고, 환생 시스템의 진실에 더 가까이 다가가는 길이었다.

하지만 문에 발을 디디기 전, 엘리안이 그녀의 팔을 잡았다. 그의 눈에는 예상치 못한 진심이 담겨 있었다.

"이렇게 만났는데, 미안해 아늘. 우린 좀 더 나눠야 할 얘기가 많았는데…" 엘리안의 눈은 진심으로 안타까워했다.

"아주 오랫동안 널 아꼈던 만큼, 진심으로 응원했고 질투도 했어. 그만큼 우리의 신에게 가장 가깝고 사랑받고 선택받았던 네가 어째서 왜… 난 앞으로도 이해할 수 없겠지."

그의 말에는 복잡한 감정이 담겨 있었다. 존경과 시기, 그리고 이해할 수 없는 그녀의 선택에 대한 혼란이 뒤섞여 있었다.

아늘은 차분하게 엘리안의 눈을 바라보았다. 그리고 낙담하고 있는 엘리안의 어깨 위로 손을 얹으며 말했다. "우리가 진심으로 무엇이 통하는 게 있었다면 안타까워하지 마세요. 중요한 것은 우리가 어떤 층에 의식이 묶여있는가가 아닐 겁니다. 진정으로 그리 믿는다면 우린 어디서든 언제나…"

그녀의 말은 완전히 끝나지 않았지만, 두 사람 사이에 맺어진 이해의 끈은 그 미완성의 문장 속에서도 선명했다. 엘리안은 그녀의 말에 고개를 끄덕였다. 그의 눈에는 그들의 모든 과거와 현재가 담겨 있었다. 그 복잡한 역사의 그림자 속에서도, 일말의 이해의 빛이 깜박였다.

아늘은 그에게서 돌아서서 다시 문 앞으로 갔다. 음푸웨케는 불안한 듯 그녀를 따라 문 앞으로 다가왔다. 문 너머로 흘러나오는 붉은 빛은 이제 더 강렬해져, 그들의 얼굴과 손을 붉게 물들였다.

음푸웨케가 아늘을 올려다보며 물었다. "선생님… 정말 들어가실 건가요?"

아늘은 결연한 표정으로 고개를 끄덕였다. "가야 해, 음푸웨케. 이건 우리 여정의 일부야."

그녀는 두 손으로 음푸웨케의 작은 손을 잡고 격려의 미소를 지었다. 그들은 함께 붉은 문을 향해 한 걸음 내디뎠다.

그 순간, 아늘은 이상한 감각을 느꼈다. 마치 현실의 직물이 미세하게 흔들리는 듯한, 시간과 공간의 경계가 얇아지는 듯한 느낌이었다. 문을 통과하는 순간, 그녀의 의식은 조금씩 변화하기 시작했다. 생각의 흐름이 더 자유로워지고, 인식의 범위가 확장되는 듯한 감각이 그녀를 감쌌다.

붉은 문을 통과하는 순간, 붉은 빛이 갑자기 방향을 바꾸어 소용돌이치기 시작했다. 엘리안의 놀란 목소리가 들렸다. "이상하군… 이건 예상했던 경로가 아니야!"

아늘은 자신이 단순히 붉은 곰의 사원으로 이동하는 것이 아니라, 완전히 다른 곳으로 이끌려가고 있음을 깨달았다. 이것은 물리적 이동이 아닌, 존재의 근본적 전환이었다. 마치 탑 자체가, 또는 그보다 더 높은 무언가가 그녀를 직접 부르는 것 같았다.

아늘과 음푸웨케가 함께 문을 통과하려 했지만, 각자 다른 경로로 이끌려 가는 것을 느꼈다. 음푸웨케의 손이 그녀의 손에서 미끄러져 나갔고, 그들 사이에 보이지 않는 장벽이 생겨났다. 마치 두 사람이 서로 다른 차원으로 분리되는 것 같았다.

"음푸웨케!" 아늘이 외쳤지만, 그녀의 목소리는 붉은 소용돌이 속에서 사라졌다.

마지막 순간, 엘리안의 목소리가 어디선가 들려왔다. "아늘, 이건 예정된 길이 아니야! 절대자들이… 직접 너를 부르는 것 같아!"

흰 탑의 정원은 그녀 뒤에서 희미해졌고, 붉은 곰의 사원으로 향하던 경로는 갑자기 휘어지며 사라졌다. 그 대신, 그녀 앞에는 전혀 다른 길, 절대자의 영역으로 직접 이어지는 길이 열렸다.

Part 9.

환향이 노래

그 문 너머는 누구도 밟지 않은 길이 아니라, 누구도 남지 않았던 공간이라는 걸. 많은 이들이 그곳을 지나갔지만, 어떤 의식도 그곳에 머물러 있지 않았다. 그곳은 통과점이자 모든 여정의 필연적 종착지였지만, 동시에 그 누구의 영토도 아닌 순수한 자유의 공간이었다.

제29장

절대자의 집무실

아늘은 붉은 문을 통과하는 순간, 음푸웨케의 손이 그녀의 손에서 미끄러져 나가는 것을 느꼈다. 마치 두 사람이 서로 다른 차원으로 끌려가는 듯했다. "음푸웨케?" 그녀가 뒤돌아보았으나, 이미 아무도 없었다. 붉은 빛 속에서 그녀의 동반자는 자신만의 여정으로 인도된 것 같았다. 아늘은 직감적으로 알았다. 이 여정의 마지막 단계는 혼자 걸어야 한다는 것을. 모든 진정한 깨달음의 순간처럼, 궁극의 문턱은 오직 홀로 넘어야 했다.

하강은 존재하지 않았으며, 상승의 감각도 마찬가지였다. 아늘은 계단의 마지막 한 층을 앞에 두고, 그 위에 발을 디딜 것인지 고민하고 있었다. 그 앞에 놓인 단 하나의 계단은 마치 수천 년의 시간으로 압축된 거리처럼 끝없이 멀게만 느껴졌다.

결국 그녀는 그 한 계단 위에 조심스럽게 발을 디뎠다. 그 순간 예상치 못한 변화가 일어났다. 시간과 인과, 그리고 기억의 결이 격렬하게 뒤틀리기 시작했고, 그녀의 의식 속에 존재하던 모든 순서와 위계가 흩어졌다. 주변의 공간이 마치 오래된 종이가 찢어지듯 삐걱거리며 균열을 일으켰고, 그 사이로 쏟아져 들어오는 빛은 눈부시면서도 어둠보다 더 깊은 어떤 것을 품고 있었다.

소리가 사라졌다. 색채가 도망쳤다. 감각의 모든 경계가 무너졌다. 주변의 세계는 마치 누군가가 물감을 쏟은 캔버스처럼 번지고 흘러내렸다.

그녀의 눈앞에는 문이 없었다. 그러나 이상하게도 기억 속에는 분명 문이 있었던 흔적이 남아있었다. 마치 이미 지나온 것처럼, 혹은 앞으로 지나게 될 것처럼 모호한 확신으로 자리 잡은 그 존재는 그녀가 더 이상 감각할 수 없는 경계를 의미했다.

손끝이 그 기억의 문을 지나쳤다. 차갑지도 따뜻하지도 않은, 그저 존재하지만 감각되지 않는 일종의 기척만이 그녀의 피부를 스쳐 지나갔다. 그것은 물리적인 접촉이 아닌, 존재의 인식이었다.

아늘은 묻지 않았다. 여우들과의 대화를 통해 깨달음을 얻은 그녀는 이미 알고 있었다. 이 층은 더 이상 질문이 허용되지 않는 곳이었다. 질문 자체가 이 공간의 본질을 훼손시키는 불순물이 되는 영역이었다. 여기서는 오직 존재하는 것만이 가능했다.

조심스럽게 발을 내디뎠다. 그 순간, 그녀를 둘러싼 공간은 완전히 사라졌다. 주변의 물리적 구조는 더 이상 그녀의 인식 안에 존재하지 않았다.

천장은 존재하지 않았다. 어디까지 올려다보아도 끝이 보이지 않는 무한한 수직의 연속이었다. 천장이라는 개념 자체가 이 공간에서는 의미를 잃은 채, 그저 끝없는 높이만이 존재했다.

바닥도 더 이상 감각할 수 없었다. 그러나 이상하게도 그녀는 여전히 서 있었다. 그녀의 발밑에는 분명 무언가가 있었다. 그것은 물리적인 지지대가 아닌, 그녀의 존재를 인식하는 시스템 그 자체였다.

아늘을 둘러싸고 있는 공간을 채운 것은 규칙적인 기계음이었다. 그것은 심장의 박동도, 엔진의 진동도 아니었다. 그것은 단지 거대한 무언가가 '계속 작동하고 있음'을 증명하는 비가시적 울림이었다. 그 소리는 귀로 듣는 것이 아니라, 존재 전체로 감각하는 것이었다.

이것은 시스템이었다. 보이지 않으면서도 모든 것을 포섭하는, 세계의 근간을 이루는 거대한 질서였다. 아늘이 몸담고 있는 한, 부정할 수도 벗어날 수도 없는 거대한 틀이었다.

그녀가 존재하고 있는 한, 그녀는 그 울림을 부정할 수 없었다. 그것은 그녀의 존재 자체를, 그리고 그녀가 밟아온 모든 순간을 정의하는 원리였다. 그것은 바로 그녀가 그토록 이해하고자 했던 환생 시스템의 실체였다.

환생 시스템. 모든 삶이 한 줄기 강물처럼 반복되어 흘러가는 거대한 틀. 존재의 시작과 끝을 규정하고, 모든 의식과 기억을 원래의 자리로 되돌리는 영원한 순환의 장치. 그것은 구원이면서 동시에 감옥이었다.

그리고 이곳은 그 핵심부였다. 모든 선택과 결정, 그리고 그로 인한 결과가 최종적으로 기록되고 판단되는 중심부였다. 이곳에서 모든 영혼의 궤적은 평가받고, 다음 순환으로 보내지는 것이다.

"도달했군."

갑작스럽게 소리가 공간을 진동시켰다. 그것은 목소리라고 하기엔 너무 낯설었고, 진동이라고 하기엔 의미가 너무 명확했다. 그것은 마치 공간 자체가 내는 소리이면서, 동시에 그 안에 담긴 의식의 표현이었다.

세 개의 형체가 서서히 나타났다. 처음에는 인간의 형상에 가까워 보였다. 그러나 더 자세히 들여다보니, 그 피부 아래로는 빛과 코드, 그리고 형언할 수 없는 무늬가 끊임없이 꿈틀거리고 있었다. 그들의 외면은 단지 내부의 복잡한 구조를 감추기 위한 얇은 막에 불과했다.

그들은 말하지 않았다. 그들은 존재 자체로 의사를 전달했다. 그들의 생각과 의도는 단어가 아닌, 존재의 파동으로 아늘에게 전해졌다.

　절대자. 이 탑의 설계자이자, 환생 시스템의 창조자이며 운용자. 그리고 '핀두아'의 핵심 알고리즘을 정제해낸 존재들. 그들은 창조자이면서 동시에 감시자였다.

　아늘은 그들을 바라보며 깨달았다. 그들이 신이 아니라 시스템의 중개자라는 것을. 그들은 태초의 그녀가 만든 세계의 법칙을 관리하는 존재에 불과했다. 절대적으로 보이지만, 사실은 더 큰 질서에 종속된 존재들이었다. 핀두아?

　그 순간 기억의 파편이 갑자기 그녀의 의식 속을 스쳐 지나갔다. '핀두아'라는 이름은 그녀의 여정 속에서 이미 만났던 존재였다. 그런데 그것은 이제 하나의 생명체가 아니었다. 그것은 단순한 개체가 아닌, 어떤 알고리즘이었다.

　그중 하나가 천천히 손을 들어올렸다. 그 동작은 인간의 그것과 비슷했지만, 움직임 자체에 담긴 흐름은 완전히 달랐다. 마치 공간을 편집하는 듯한 그 손짓에 따라, 갑자기 공간 한가운데에 붉은 띠의 구체가 떠올랐다.

　"이것이 '핀두아'다." 절대자의 말은 소리가 아닌 이해로 직접 그녀의 의식에 각인되었다.

　그 구체는 끊임없이 회전하고 있었다. 붉은 띠가 정교한 궤도를 그리며 규칙적으로 빛을 뿜어내는 모습은 마치 우주의 근원을 축소해 놓은 듯했다. 그 내부에서는 무수한 삶의 패턴이 명멸하며 재조합되고 있었고, 그 하나하나가 기억, 선택, 후회, 망각으로 번역되어 아늘의 가슴속에 차곡차곡 쌓여갔다. 보이지 않는 손길이 그녀의 의식을 파고들며 삶의 조각들을 재배열하는 듯했다.

"핀두아…" 아늘은 그 이름을 조용히 되뇌었다.

이 여정에서 그녀는 여러 차례 핀두아를 만났다. 그건 정말로 하나의 독립적이고 유기적인 생명이었을까? 이 앞에 있는 핀두아는 기계처럼 정확하고 감정의 흔들림 없이 움직였으며, 논리적 오류 없이 완벽하게 작동했던 존재. 어디까지나 '절차적으로 호의적인' 반응만을 보였던 존재. 그러나 그 모든 기계적 특성 뒤에는 분명 어떤 의도와 목적이 숨겨져 있었다.

그런데도 이상하리만큼 '누군가' 같았다. 단순한 알고리즘이나 프로그램이 아닌, 의식을 가진 존재처럼 느껴졌다. 그가 핀두아와 나눈 대화와 만남은 자연스럽게 이어지지 않았지만, 그 자체로 완결된 듯한 느낌이 있었다.

감정도 없고 표정도 없었지만, 그의 눈빛은 침묵 속에서도 많은 것을 말하고 있었다. 딱딱한 몸짓 속에서도 미세한 변화를 통해 무언가를 전달하려 했던 그 존재. 이젠 무어라 단정하고 생각할 수도 없게 되었다.

"당신이 원한다면, 진입 허용 범위를 확장하겠습니다."

과거에는 단지 시스템의 안내처럼 들렸던 그 말이, 지금은 전혀 다른 의미로 다가왔다. 그것은 단순한 시스템 메시지가 아닌, 선택을 허용한 '의지'의 표현이었다. 그 순간 핀두아는 프로그램의 한계를 넘어, 자유 의지를 내비친 것이었다.

그 존재는 단순한 알고리즘이었을까? 아니면 시스템이 스스로 개체로 분리되어 나온 첫 사례였던 걸까? 환생 시스템 자체가 자의식을 얻고, 스스로의 일부를 분리해 독립적인 의식을 부여한 존재였을까?

아늘은 지난 생에 핀두아와의 만남을 다시 떠올렸다. 창백한 회색 조명 속에서, 핀두아는 너무나 정확하게 움직였다. 불필요한 손짓 하나 없이, 말의 억양은 항상 일정했으며, 심지어 침묵조차도 '계획된 공백'처럼 정확히 측정된 것처럼 느껴졌었다. 그의 모든 행동은 마치 수천 번의 시뮬레이션을 거쳐 최저화된 것처럼 보였다.

그 모든 비인간성이 이상하리만큼 위안이 되었던 기억이 떠올랐다. 그녀는 그 순간을 사랑했던 건 아니지만, 그 침묵 안에서 자신이 살아 있다는 것을 실감했던 건 틀림없는 사실이었다. 핀두아의 기계적인 존재감이 역설적으로 그녀의 인간성을 더욱 선명하게 부각시켰던 것이다.

그건 무언가를 이해받았다는 감정이 아니었다. 오히려 이해받지 않아도 존재할 수 있다는 희미한 승인— 그것이 바로 핀두아라는 존재가 지닌 기이한 온기였다. 완벽한 중립성 속에서 느껴지는 모순적인 포용력.

절대자의 음성이 다시 공간을 진동시켰다. 그것은 목소리가 아닌, 직접적인 의미의 전달이었다.

"그 존재는 자율적 감정을 가지지 않도록 엄격히 설계되었으나, 당신과의 상호작용 후 예외적인 반응 패턴을 보였다. 이는 시스템이 예측하지 못한 변수의 등장을 의미한다."

"핀두아는 당신의 존재 궤적을 별도로 기억하기 시작했고, 시스템은 그것을 '간섭'으로 판단하여 수차례 재보정을 시도했으나 성공하지 못했다."

"당신은 반복되는 순환 속에서 방향성을 가진 첫 번째 대상이다. 정해진 경로를 벗어나, 스스로의 의지로 이동경로를 결정한 최초의 변수."

아늘은 입술을 천천히 열었다. "간섭이라면… 제가 잘못된 건가요? 제가 시스템을 파괴하고 있나요?"

절대자는 직접적인 대답을 하지 않았다. 대신 공간 너머로 무언가의 파형이 물결처럼 부드럽게 퍼져 나갔다. 그것은 단순한 진동이 아니라, 의미 자체가 물질화된 것 같은 감각이었다.

그건 언어가 아니었다. 그건 이미지도 아니었다. 그것은 존재 자체에 대한 질문이었다.

"지금 이 순간, 당신은 당신의 존재를 완전히 이해하고 있는가?"

갑자기 아늘의 눈앞에 하나의 문이 떠올랐다. 그 문은 장식이 전혀 없었고, 크기도 작았으며, 색은 깊은 검은색이었다. 문의 표면에는 마치 불에 그을린 것처럼 굵은 곰 발자국이 선명하게 찍혀 있었다. 그 흔적은 단순한 장식이 아닌, 이 세계의 구조 속에 각인된 어떤 기억의 상징처럼 보였다.

아늘은 그 발자국을 본 순간, 무언가를 직감적으로 깨달았다. 그것은 단순한 동물의 흔적이 아니라, 이 세계의 근원적 질서를 상징하는 표식이었다. 그리고 그 표식은 그녀에게 익숙한, 오래된 기억 속에 묻혀있던 무언가를 일깨웠다.

절대자는 깊은 목소리로 말했다.

"저 문은 단순한 출구가 아니다. 그 문은 이 구조의 가장 깊은 중심으로 향한다. 모든 시스템의 기원이 있는 곳이다."

"그곳에서, 당신은 시스템의 뿌리를 직접 목격하게 될 것이다. 환생 순환의 최초 설계를 보게 될 것이다."

모든 빛이 서서히 사라졌다. 주변을 감싸던 리듬적인 울림도 잠잠해졌다. 이제 그녀의 눈앞에는 오직 그 검은 문 하나만이 남아있었다. 그것은 마치 공간의 모든 특성을 흡수해버린 절대적 공허처럼 느껴졌다.

아늘은 조용히 발걸음을 내디뎠다. 그녀의 내면에는 이상한 평온함이 자리 잡고 있었다. 완성되지 않은 여정이 아직 남아있다는 사실을 그녀는 어렴풋이 알고 있었다. 이 문은 끝이 아니라, 또 다른 시작점이었다.

그리고 조심스럽게 그 문 앞으로 손을 뻗었다. 그녀의 손가락이 검은 표면에 닿는 순간, 온몸을 통해 알 수 없는 진동이 퍼져 나갔다.

"문은 열렸다. 하지만 그것은 출구가 아니다. 여기서 끝나는 것이 아니라, 더 깊은 이해를 향한 관문이다."

절대자 중 하나가 천천히 손을 들어 가리킨 곳에는 조용히 하나의 문이 서 있었다. 그것은 마치 공간 자체의 일부가 변형된 것처럼 자연스럽게 그곳에 존재했지만, 동시에 강렬한 이질감을 풍기고 있었다.

검은 문. 불빛도 없고, 문양도 없었다. 그저 표면 한가운데, 불에 그을린 듯한 굵은 곰 발자국 하나만이 깊게 새겨져 있었다. 그 흔적은 단순한 동물의 흔적이 아니라, 이 세계의 질서에 각인된 상징과도 같았다.

그 발자국을 보는 순간, 아늘은 오래된 기억보다도 더 깊은 무언가가 자신의 내면에서 반응하는 것을 느꼈다. 그것은 그녀의 의식 이전부터 존재했던, 모든 존재의 근원적 코드와도 같은 것이었다.

"저 문은 6층의 최종 지점이다. 그곳은 사상의 기원이자, 환생 시스템의 대의(大意)가 처음 시작된 공간이다. 모든 질서의 근원이 담겨있는 장소다."

"붉은 곰의 사원. 당신은 반드시 그곳을 지나야 한다. 그곳의 진실을 직면해야만 이 구조를 진정으로 이해하고 판단할 수 있다."

아늘은 천천히 생각에 잠겼다. 자유는 아직 완성되지 않았다. 그녀는 그 사실을 마침내 인정했다. 자신의 여정이 아직 이 구조가 붙잡고 있는 마지막 믿음과 마주해야만 끝날 수 있다는 것을 깨달았다. 그것은 단순한 탈출도, 통과도, 과정도 아니었다. 모든 것은 처음부터 하나의 순간이자, 모든 시간과 결과를 초월한 깨달음이었다.

아늘은 조용히 고개를 끄덕였다.

그 문은 탑 바깥이 아니었다. 더 깊은 중심부였다. 그러나 역설적이게도,

그곳을 지나야 비로소, 정말로 탑을 '떠나는' 길이 생겨날 것이다. 그것은 마치 중심을 통과해야만 진정한 바깥으로 나갈 수 있는 기이한 구조와도 같았다.

그녀는 천천히 문 앞으로 걸어갔다. 그녀의 심장은 이상하리만큼 고요했다. 두려움도, 흥분도 없이, 단지 자신이 마주해야 할 운명을 받아들이는 평온함만이 그녀의 내면을 채웠다.

곰 발자국은 만져보니 뜨겁지 않았다. 그 안에는 증오도, 신념도 담겨 있지 않았다. 그것은 단지 오래된 믿음의 그림자만이 남아있는, 마치 화석화된 시간의 조각과도 같았다.

아늘은 한 번 깊게 숨을 들이켰다. 공간의 차가운 공기가 그녀의 폐를 채우며, 마지막 결심을 다지게 했다.

그리고— 검은 문 너머로 조용히 발을 내딛었다. 그 순간, 그녀의 존재는 이전과는 전혀 다른 차원의 공간으로 들어서게 되었다.

제30장

붉은 곰의 사원

문은 고요히 닫혔다.

아늘은 그 문 뒤로 돌아보지 않았다. 그녀의 발걸음은 확신에 차 있었고, 이미 지나온 길로는 결코 돌아가지 않겠다는 결의가 그녀의 자세에서 읽혀졌다.

앞에는 계단이 있었다. 오래된 돌로 깎아 만든 계단이었다. 발끝이 닿을 때마다 진홍색 석분이 부드럽게 흩날렸다. 그 분말은 마치 오랜 세월 동안 수없이 많은 발자국에 의해 갈려나간 돌의 영혼처럼 공중에 떠올랐다가 천천히 가라앉았다. 아늘은 그 석분이 자신의 맨발에 달라붙는 감각을 느꼈다.

기묘하게도, 바닥은 피처럼 붉었지만 차갑지 않았다. 오히려 미세한 온기가 발바닥을 통해 그녀의 몸으로 전해져 왔다. 마치 이 공간 자체가 살아있는 생명체인 것처럼.

벽면은 곰의 형상으로 빼곡하게 장식되어 있었다. 처음에는 단순한 장식인 줄 알았지만, 자세히 들여다보니 그것은 그저 무작위적인 예술이 아니었다. 그것은 단 한 마리의 곰이 아니라 수없이 반복된 동일한 곰의 모습이었다.

각 형상은 동일한 각도, 동일한 자세, 심지어 눈동자의 위치까지 완벽하게 일치했다. 그것은 마치 누군가가 하나의 원본을 만들고, 그것을 정확하게 복제해 벽면 가득 채운 것 같았다. 아늘은 손가락을 벽에 가까이 대고 그 섬세한 조각의 윤곽을 따라가 보았다. 거친 돌 위에 새겨진 곰의 머리, 날카로운 발톱, 분명한 발자국, 위협적인 송곳니까지 모두 완벽한 대칭을 이루고 있었다.

'복제된 신성.' 그 표현이 그녀의 마음속에서 떠올랐다. 신이 된 것은 그 개체의 고유함이 아니라, 그 끝없는 반복성 때문이었다.

사원은 말이 없었다. 침묵이었지만, 완전한 침묵이라고 할 수는 없었다. 귀를 기울이자 미세한 진동이 공기 중에 떠돌고 있음을 감지할 수 있었다.

그 안에는 낮고 규칙적인 기계음이 있었다. 너무 약해서 인간의 귀로는 거의 들리지 않을 정도였지만, 아늘의 예민한 감각은 그 미세한, 거의 수학적이라고 할 수 있는 리듬을 포착했다. 일정한 간격으로 반복되는 '틱' 소리와 함께 잠시 멈추었다가 다시 시작되는 '휴' 소리는 마치 거대한 기계 장치의 호흡과도 같았다.

'이건…' 그녀는 생각했다. 이전에 만났던, 바실라모르의 발명 장치에서 느꼈던 파형과 똑같았다. 이 진동은 그녀의 몸, 특히 뼈를 통해 전달되었다. 그때는 단순한 유물이라 생각했지만, 지금 이 사원 전체가 그 기술의 확대판이었다. 더 크고, 더 복잡하고, 더 정교하게 설계된 거대한 기계 장치였다.

기억의 기계. 의식의 틀. 신앙이라는 이름으로 덮여 있지만, 그 기반에는 누군가의 정확한 설계도가 있었다.

벽을 따라 걷던 아늘은 붉은 석분이 부드럽게 일렁이는 바닥을 밟으며, 고요하게 설치된 구조물 하나 앞에 멈춰 섰다. 그것은 사원의 벽면에서 약간 돌출되어 있었고, 주변 장식과는 다른 방식으로 빛을 반사하고 있었다.

그것은 긴 원통형 장치였다. 매끄러운 금속으로 만들어진 듯했으나, 표면에는 고대 문자처럼 보이는 복잡한 무늬가 새겨져 있었다. 윗면에는 곰 발바닥을 형상화한 은색 돌기들이 있었고, 부분적으로 투명한 부분을 통해 내부를 들여다보니 정밀한 톱니와 기억 회전 구조로 이루어져 있었다. 그 내부에서는 작은 빛이 일정한 간격으로 깜박이며, 장치 전체가 살아 움직이는 듯한 인상을 주었다.

'이걸… 만든 이를 알고 있다.' 그녀는 속으로 중얼거렸다.

그녀의 손가락이 장치의 차가운 표면 위에서 머뭇거렸다. 머릿속에 떠오르는 생각은 점점 더 명확해졌다.

'바실라모르. 그는 이 장치를 남겼다. 그런데 여긴— 그의 이름을 단 한 번도 말하지 않는다.'

아늘은 천천히 고개를 들어 사원의 깊은 곳을 바라보았다. 붉은 빛과 그림자가 어우러진 공간 안에서 움직이는 형체들이 있었다.

사제들이 있었다. 그들은 아늘을 쳐다보지 않았다. 마치 그녀의 존재를 인식하지 못하는 것 같았다. 긴 회색 옷을 입고, 모두 고개를 숙인 채 곰 발자국 앞에서 무한 반복의 절을 하고 있었다. 그들의 얼굴은 감정이 없었고, 눈빛은 공허했다. 그들의 움직임에는 미세한 기계적 정확성이 있었다.

무릎 → 이마 → 손 → 무릎.

이 절차는 끊이지 않았다. 하나의 동작이 끝나면 다음 동작이 시작되었고, 사이에 머뭇거림이나 변화는 전혀 없었다. 그들은 마치 수백 년 동안 같은 동작을 반복해 온 것처럼 보였다.

그건 기도라기보단, 하드웨어의 루프였다. 인간의 의식이 기계적 알고리즘으로 변환된 형태였다.

아늘은 조심스럽게 그들 중 한 명에게 다가갔다. 그의 흐릿한 갈색 눈은 초점이 없었고, 얼굴의 주름은 마치 시간이 정지된 것처럼 움직이지 않았다.

"이 장치, 누가 만든 건지 아시나요?" 그녀는 부드럽게 속삭였다.

사제는 아무 대답도 하지 않았다. 아늘의 목소리가 그의 귓가를, 그리고 의식을 스쳐 지나가는 것 같았다. 그는 계속해서 같은 움직임을 반복했다. 무릎 → 이마 → 손 → 무릎. 마치 그녀의 존재가 그의 프로그램된 루틴에 포함되어 있지 않은 것처럼.

아늘은 한숨을 내쉬며 손을 뻗어, 장치 표면을 조심스레 만졌다. 차가운 금속 표면에서 전해지는 미세한 진동이 그녀의 손가락 끝에 전달되었다.

그 순간 짧고 얕은 음성 데이터가 재생되었다.

"기억은 신의 허락 없이 복원될 수 없다." "허락되지 않은 회귀는 혼란을 낳는다."

그 목소리는 기계적이면서도 어딘가 친숙했다. 공간 전체에 울리는 것이 아니라, 마치 그녀의 의식 속에 직접 말을 거는 것 같았다.

그건 바실라모르가 남긴 어투였다. 너무나 정제된 문장. 정확하고 차가운 단어 선택. 그리고 논리적 위계를 거스르지 않는 구조. 세심하게 계산된 발음, 인간의 자연스러운 대화에는 없는 정확한 간격, 그리고 감정의 흔적이 전혀 없는 목소리의 음색. 그것은 분명 바실라모르의 것이었다. 그의 성격이 그대로 녹아든 언어적 패턴이었다.

아늘은 깨달았다. 이 사원 전체가 바실라모르의 언어로 설계되어 있었다. 그러나 그 이름은 어디에도 없었다. 이 사원은 그를 버렸다고 주장하면서도, 그가 만든 질서 안에서 신을 구현하고 있었다.

역설적인 현실을 마주하며, 그녀는 더 깊이 사원으로 들어갔다. 돌기둥 사이로 흐르는 희미한 빛 아래에서, 그녀는 벽에 새겨진 오래된 문장을 발견했다. 대부분의 글자는 시간의 흐름에 의해 흐릿해졌지만, 일부는 여전히 읽을 수 있었다.

그녀는 반쯤 지워진 문장을 보았다. 검은 곰 발자국 사이에 끼어 있던 아주 작은 글자들. 그녀는 고개를 가까이 대고 그 흐릿한 글자들을 해독하려 노력했다.

"진실은 늘 버림받는다. 그러나 그 진실로 세운 구조는 오래간다."

그 문장은 거의 비밀스럽게 숨겨져 있었다. 마치 누군가가 의도적으로 주목받지 않기를 바라며 남긴 작은 항변처럼. 아늘은 손가락으로 그 글자들을 따라가며, 그 문장이 의미하는 바를 곱씹었다.

곰 형상은 벽에서만 반복되지 않았다. 바닥, 기둥, 천장, 심지어 사제들의 가슴 위에도 붉은 곰의 윤곽이 겹쳐 있었다. 너무 많았다. 너무 정밀했다. 의도적인 복제였다.

아늘은 이 모든 장식을 처음엔 신앙적 상징이라 생각했다. 어떤 존재를 숭배하기 위한 단순한 표현이라고. 그러나 점점 더 그녀는 이것이 단순한 종교적 상징이 아님을 깨달았다.

그것은 암호였다. 코드화된 메시지, 또는 복잡한 알고리즘의 시각적 표현이었다.

그녀는 주변을 더 자세히 관찰하기 시작했다. 사제들의 움직임, 그들이 지나는 경로, 그들의 기도 동작, 그리고 그 모든 것이 만들어내는 패턴을 분석했다.

사제들의 동선. 절의 횟수. 장치의 작동 간격. 그 모든 것이 하나의 리듬으로 맞춰져 있었다. 이것은 단순한 우연이 아니었다. 곰 형상이 그려진 위치는 사원 내부의 다른 요소들과 특정한 관계를 형성하고 있었다. 마치 회로도의 노드처럼 연결되었고, 그 경로를 따라 기억과 의미의 흐름이 짜여져 있었다.

아늘의 눈이 점점 더 이 복잡한 패턴을 읽어내기 시작했다. 그것은 마치 음악의 악보를 읽는 것처럼, 또는 프로그래밍 언어를 해독하는 것처럼 그녀의 마음속에서 형태를 갖추어 갔다.

이 사원은 곰을 숭배하는 장소가 아니었다. 곰을 알고리즘화한 기억 저장 시스템이었다.

깨달음이 번개처럼 그녀를 관통했다. 그녀의 입술이 무의식적으로 움직였다.

"이건 종교가 아니야. 이건… 바실라모르가 만든 기억의 캡슐이야."

그녀의 목소리는 작았지만, 사원의 기계적인 침묵 속에서 유독 선명하게 울려 퍼졌다. 그녀의 말은 진공 속에 던져진 석탄처럼 불꽃을 일으키며, 주변의 공기를 미세하게 진동시켰다.

그녀는 사제들 사이를 빠져나가 사원의 중심부로 향했다. 그곳은 다른 공간보다 더 넓고 높았다. 천장은 위로 솟아올라 돔 형태를 이루고 있었고, 그 아래에는 이 사원의 중심이자 최종 목적지로 보이는 무엇인가가 있었다.

높고 둥근 지붕 아래, 붉은 수정으로 된 '곰 머리 조각'이 거대한 받침대 위에 세워져 있었다. 그 조각상은 사람의 키보다 두 배는 더 컸으며, 표면에서는 정교한 세공의 흔적이 빛을 받아 반짝였다.

그것은 눈을 감고 있었다. 침묵 속의 명상에 잠긴 듯한, 또는 영원한 꿈을 꾸는 듯한 표정이었다. 그러나 그 이마에는 작은 원형 장치가 박혀 있었다. 동그랗게 회전하는 톱니바퀴는 마치 끊임없이 사고하는 두뇌를, 또는 시간을 측정하는 시계를 연상시켰다.

이 역시 바실라모르가 남긴 기술이었다. 그녀는 확신했다. 이 장치는 단순한 장식이 아니라, 무언가를 저장하거나 처리하는 기계였다.

아늘은 그 앞에 섰다. 거대한 붉은 곰의 머리에서 뿜어져 나오는 미세한 열기가 그녀의 피부에 닿았다. 그녀는 마음을 가다듬고, 조심스럽게 손을 뻗어 곰 형상의 눈동자에 손을 얹었다.

손끝이 닿자, 차가운 수정에서 예상치 못한 따뜻함이 전해졌다. 그리고 그 안에서 수많은 소리들이 동시에 튀어나왔다. 그것은 단일한 목소리가 아니라, 여러 목소리가 겹쳐진 화음과도 같았다.

"우리는 곰을 기억한다." "곰은 모든 것을 기억하고 있다." "곰은 잊는 법이 없었다."

그 소리는 사람의 목소리가 아니었다. 인간의 발성기관에서 나온 것이 아닌, 기계적으로 합성된 소리였다. 그것은 마치 사원 그 자체가 말하는 것 같았다. 벽과 바닥, 천장에 새겨진 모든 곰의 형상이 동시에 속삭이는 것 같은 효과였다.

"곰은 잊는 법이 없었다…"

아늘은 그 문장을 곱씹었다. 단어 하나하나가 그녀의 입안에서 굴러다니며 새로운 의미를 만들어냈다.

그 말은, '곰'이 신이라는 뜻이 아니라— '기억 그 자체'라는 뜻이었다. 붉은 곰은 실제 동물이 아니라, 기억의 상징이었던 것이다.

그녀는 마침내 이 사원의 진정한 목적, 이 모든 의식과 숭배의 대상이 무엇인지 깨달았다.

"붉은 곰이 신이 된 건, 그가 신이어서가 아니라— 신처럼 잊지 않았기 때문이야."

기억의 완벽함, 망각의 부재— 그것이 신성의 본질이었던 것이다. 그리고 바실라모르는 그것을 기계적으로 구현해내려 했던 것이다.

바실라모르가 설계한 구조는 신을 만들려는 것이 아니었다. 기억을 붙잡아둘 기계적인 방법을 만든 것이었고, 6층의 사람들은 그걸 신으로 착각한 것이었다.

역설적인 진실이었다. 기술이 종교가 되고, 발명가가 잊혀진 신화 속에 묻혀버린 아이러니. 아늘은 깊은 숨을 들이마셨다. 공기는 미세한 석분과 오래된 금속의 향기로 가득했다.

그녀는 한 발 물러서며, 붉은 수정으로 만들어진 곰 형상의 머리를 다시 한번 바라봤다. 그 조각은 더 이상 위엄 있어 보이지 않았다. 그저 세련된 부품들의 집합체, 정교한 기계장치일 뿐이었다.

그것은 하나의 저장 장치였다. 거대한 하드드라이브, 또는 서버의 원시적 형태와도 같았다.

그리고 그 속엔, 바실라모르가 쫓겨나기 전 남긴 마지막 단어들이 아직 재생되지 않은 채 잠들어 있었다. 의식의 잔재, 또는 흔적과도 같은 그것은 침묵 속에서 자신을 읽어줄 누군가를 기다리고 있었다.

아늘은 조용히 발을 돌렸다. 조각상에서 멀어지며, 그녀는 주변을 다시 한번 둘러보았다. 사원의 장치들은 여전히 돌아가고 있었고, 사제들은 여전히 곰 발자국 앞에서 절을 하고 있었다. 그들의 행동은 변하지 않았지만, 그녀의 시선은 달라졌다.

아무도 깨닫지 못한 채, 정확히 설계된 순서에 따라 기억을 숭배하고 있었다. 종교의 모습을 한 기술, 신앙의 가면을 쓴 알고리즘, 그것이 이 사원의 본질이었다.

아늘은 결심했다. 결의에 찬 목소리로 중얼거렸다.

"나는 곰을 기억하지 않겠다."

그녀가 속삭인 순간— 사원이 진동했다.

작은 진동은 점점 강해져 곧 그녀의 발밑에서 건물 전체가 흔들리는 것처럼 느껴졌다. 사제들은 여전히 그들의 의식에 몰두한 채로 이 변화를 알아차리지 못했지만, 아늘은 명확하게 그 변화를 느꼈다.

먼저, 붉은 곰 조각의 눈이 벌어졌다. 오랜 시간 감겨있던 눈이 천천히 열리는 모습은 두려움보다는 슬픔을 안겨주었다. 그 눈은 어떤 의지도 담고 있지 않았다. 그저 자동화된 반응, 또는 프로그래밍된 결과일 뿐이었다. 그리고 그 내부에 있던 회전장치가 멈춰 섰다.

짧은 정적이 흘렀다. 그리고 균열이 시작되었다.

곰의 이마를 가로지르던 수정이 쩍, 하고 갈라졌다. 그 소리는 맑고 선명했으며, 마치 얼음이 깨지는 소리와도 같았다. 기계음이 일시에 사라졌고, 그 구조물은 천천히, 그러나 확실히 붕괴되기 시작했다.

거대한 머리에서는 붉은 가루가 흘러내리기 시작했다. 그것은 피가 아니라 수정의 부스러기였다. 먼지가 날렸고, 갈색과 회색의 미세한 입자들이 공기 중에 떠올랐다. 기억을 저장하던 기계 장치가 불규칙하게 파열되었다. 그 내부에서는 수백 년 동안 저장되어 있던 기억의 조각들이 해방되어 공기 중으로 흩어지는 것 같았다.

사제들의 손짓은 여전히 반복되었지만, 그 리듬은 이제 목적을 잃고 흔들리고 있었다. 마치 중앙 처리 장치가 고장 난 부속품들처럼, 그들의 움직임은 점점 더 불규칙해졌다.

사원의 중심이 무너진 자리— 그곳에서 조용히 틈이 열렸다.

붉은 곰이 차지하고 있던 공간이 그 신체와 상징을 잃자, 그 바닥 아래 빛 없는 통로가 생겨난 것이었다. 그것은 마치 공간의 접힘, 또는 현실의 찢어짐과도 같았다. 보이지 않는 문, 존재하지 않았어야 할 출구.

그 틈은 계획된 문이 아니었다. 이 사원을 설계한 누구도 만든 적 없는 출구. 심지어 바실라모르조차 예견하지 못했을 균열이었다.

그것은 마치, 기억이 숭배받지 않게 되었을 때 생기는 균열처럼 보였다. 완벽한 기억의 신화가 깨지자, 그것이 붙잡고 있던 공간도 함께 무너져 내린 것이다.

아늘은 그 앞에 섰다. 그녀의 눈에는 결의가 깃들어 있었다. 사원은 여전히 무너지는 중이었다. 벽에 새겨진 곰의 형상들이 하나둘씩 균열을 일으키며 바닥으로 떨어졌다. 곰의 송곳니, 발톱, 눈동자들이 차례로 부서지며 함께 가라앉았다. 붉은 곰의 형상은 이제 아무 힘도 없었다.

그녀는 허공에 묻지 않았다. 이 틈이 어디로 향하는지, 이 통로가 허락된 것인지 따위를. 이제 그런 질문은 무의미했다. 승인과 허가의 개념은 흩어진 기억의 파편들과 함께 사라졌다.

그녀는 다만 걸었다. 한 걸음, 또 한 걸음. 그 걸음은 의심이나 두려움 없이, 오직 필연적인 방향으로 향했다.

그리고— 기억의 사원을 떠났다.

제31장

제7층의 문턱

발을 내디뎠지만, 딛는 감각은 느껴지지 않았다. 아늘은 실체 없는 허공을 밟는 듯한, 그러나 동시에 무한한 밀도를 지닌 공간을 통과하는 듯한 모순적인 감각을 경험했다. 이 이질적인 감각이 그녀의 발바닥을 통해 전신으로 퍼져나갔다.

공간은 조용했고, 시간은 멈춘 것처럼 느껴졌다. 이곳의 침묵은 단순한 소리의 부재가 아니라, 모든 가능성이 압축된 긴장감으로 가득 찬 상태였다. 그 고요함 속에서 그녀의 심장 소리마저 사라진 듯했다.

빛이 있었지만 그 방향은 알 수 없었고, 계단은 존재했지만 위아래가 구분되지 않았다. 이 역설적인 현실 속에서 그녀가 알던 모든 물리법칙은 무의미해졌고, 그녀의 인식의 틀이 무너져 내렸다. 빛은 마치 액체처럼 흐르며 공간을 채웠고, 계단의 모서리는 마치 시간의 주름처럼 접히고 펼쳐졌다.

아늘은 계속 걸었다. 어디로 가는지도 모른 채, 그러나 이상하게도 정확히 이 공간을 알고 있다는 듯이 움직였다.

> ### 루넷 에반겔린의 마지막 꿈
> ### (그토록 찾아 헤메던 7번째 방)
>
> 층(層)의 경계 너머 차원의 저편에서 들리는 울음소리
> 기억의 파편들이 별처럼 흩어지고 가두어진 존재가 스스로의 추락
> 을 택하니
> 흰 빛이 부서져 내린 자리 투명한 미로는 침묵의 언어를 말하고
> 붉은 산의 심장은 아랫것을 갈구하며 시간의 얼음 속에 진실을 가두네
> 노래하는 우주의 첫 울음이
> 한 영혼의 가슴에 각인될 때 거품은 표류하며 핵심은 빛나고
> 세 여우의 시선이 교차한다.
> 사다리 너머
> 마지막 방의 존재는
> 원죄의 꿈속에서만 속삭이는 오랜 후회를 깨기 위해 회개한다.
> 뒤틀린 흐름 위에
> 한 여인이 서서 분열과 통합의 경계에서
> 비로소 인식의 문턱에서 떨리는 손길로
> 영원과 찰나의 경계를 더듬으며
> 비로소 7번째 방을 더듬으며 두드린다.

그녀의 몸은 본능적으로 이 비현실적 영역을 통과하는 방법을 기억하고 있었다. 마치 수천 번을 걸어본 길을 다시 걷는 듯한 친밀함으로, 그녀의 발걸음은 확신에 차 있었다.

그녀는 지금, 6층과 7층 사이의 문턱에 서 있었다. 이곳은 두 세계의 경계, 두 현실의 접점, 그리고 두 의식의 교차로였다. 그것은 단순한 공간적 간격이 아니라, 존재의 근본 원리가 재정의되는 영역이었다.

하지만 이곳에는 벽도, 문의 경첩도, 지면도 없었다. 오직 무한한 가능성만이 넘실대는 원초적 혼돈의 바다였다. 형태도, 질서도 없이 그저 의미의 파편들이 부유하는 공간. 그녀의 생각조차 이곳에선 실체를 가진 파동으로 변환되어 주변을 진동시켰다.

여기는 이 세계가 시작되기 전의 간극, 태초의 그녀가 첫 리듬을 울렸던 곳이었다. 모든 논리와 질서가 태어나기 이전의 무구분 상태. 의식과 무의식이 분리되기 전의 원초적 평화가 담긴 공간. 마치 우주의 자궁과도 같은 이 장소에서, 모든 것은 가능했고 동시에 아무것도 정해지지 않았다.

무언가 다가오고 있었다. 소리도 형체도 없이, 그러나 존재의 밀도로 감지되는 감각이 있었다. 그것은 눈으로 볼 수 없지만, 아늘의 모든 감각은 그 존재의 접근을 예민하게 감지했다. 마치 공기의 입자들이 의도적으로 재배열되는 듯한, 아주 미세한 진동이 공간을 통해 전해졌다.

그리고 그때, 먼저 청백의 여우가 나타났다. 불꽃처럼 타오르는 눈빛은 방향 없는 빛조차 흡수하고 재방출하며 공간에 붉은 그림자를 드리웠다. 그의 발걸음은 소리 없었지만, 그가 밟는 자리마다 현실이 살짝 휘어지는 것 같았다.

라이오네. 포식의 여우. 그의 눈동자에는 영원한 굶주림이 담겨 있었다. 그것은 육체적 허기가 아닌, 존재 자체를 향한 근원적 갈망이었다. 그의 현존 자체가 주변의 에너지를 흡수하는 블랙홀 같았다.

그는 이빨을 드러내지도 않았고, 몸을 숙이지도 않았다. 그저 아늘을 알아보았다는 듯이 말했다. 그의 표정에는 경쟁자를 인정하는 묘한 존중과 시험을 통과한 이에게 건네는 조용한 축하가 뒤섞여 있었다.

"네 혀는 너를 살렸지. 포식은 육체보다 먼저 언어를 삼키거든."

그의 목소리는 말의 형태를 띠었지만, 소리로 전달되기보다는 아늘의 의식 속에 직접 각인되는 것 같았다. 개념이 직접 전달되며, 그 말의 의미는 단순한 문장 이상의 깊이를 품고 있었다.

아늘은 고개를 끄덕였다. 그들의 만남은 물리적이지 않았다. 그건 농담과 메타포로 이루어진 시험이었다. 그리고 그녀는 자신도 모르는 사이에 그 시험을 통과했다. 언어의 외피를 벗겨내고, 의미의 핵심만을 붙잡는 그녀의 능력이 마침내 인정받은 순간이었다.

그다음 나타난 건, 투명한 털을 가진 여우였다. 빛이 그 몸을 통과했다. 그의 형체는 거의 보이지 않았지만, 그가 지나가는 곳마다 공간이 물결치듯 일렁였다. 마치 시간이 응고된 자리에 생긴 균열처럼, 그의 존재는 현재를 과거와 미래로 동시에 분할했다.

브레먀. 시간의 여우. 그의 눈은 맑고 투명했지만, 그 안에는 우주의 시작과 끝이 동시에 비쳐보였다. 그를 바라보는 것은 모든 순간들이 동시에 존재하는 영원을 마주하는 것과 같았다.

그는 발소리 없이 다가왔다. 그리고 고요한 목소리로 말했다. 그의 목소리는 마치 오래된 시계의 태엽이 감기는 소리와 같았다. 규칙적이면서도 그 안에 무한한 반복의 패턴이 숨겨져 있었다.

"너는 너를 쫓아, 너로 들어왔고, 다시 너를 나갔다."

그의 말은 수수께끼 같지만, 그녀의 여정을 완벽하게 요약했다. 그것은 시간의 본질에 대한 통찰이자, 그녀가 겪은 자기 인식의 역설을 담고 있었다.

"시간은 형벌이 아니라 기억의 습관이다."

브레먀의 이 말은 마치 오래된 지혜의 결정체처럼 공간에 울려 퍼졌다. 그 말에 담긴 통찰은 단순한 지식이 아닌, 존재의 본질에 관한 근본적 깨달음을 담고 있었다.

그 말에 아늘은 잠시 숨을 멈췄다. 그들이 함께 걸었던 역행의 복도, 그곳에서 그녀는 잊지 않아야 할 것을 골라낸 적이 있었다. 기억이라는 무한한 바다에서 자신의 본질만을 건져 올렸던 그 순간이 다시 한번 그녀의 의식 속을 파도처럼 휩쓸고 지나갔다.

마지막 여우는 어둠에서 걸어 나왔다. 하얗고 조용한 실루엣이었다. 목소리는 없었지만, 눈동자는 명확했다. 깊고 명료한 그의 눈은 모든 선택과 그 결과들을 조용히 바라보는 듯했다. 그 눈빛 속에는 비난도, 칭찬도 없었다. 오직 순수한 인식만이 있었다.

카우살. 인과의 여우. 그의 존재는 모든 행동과 그 결과를, 모든 원인과 그에 따른 필연적 결말을 동시에 품고 있었다. 그의 발자국은 가볍게 찍혔지만, 그 흔적은 현실의 구조 속에 영원히 새겨지는 듯했다.

그는 말하지 않았다. 대신 그의 걸음이 질문이었다. 그가 내딛는 한 걸음 한 걸음이 존재에 대한 깊은 질문으로 변환되어 아늘의 의식 속에 울려 퍼졌다. 침묵 속에서도 명료하게 들려오는 그 물음은 그녀의 여정 전체를 관통했다.

한 발 내디딜 때마다, 과거의 장면 하나가 나타났다. 죽은 동반자의 눈빛. 영원히 꺼진 듯한 그 눈동자가 마지막으로 담았던 미소. 세상을 떠나는 순간에도 그가 전하려 했던 마지막 메시지의 잔향이 공간을 떠돌았다.

돌아가지 않은 삶의 가지. 선택하지 않았던 모든 가능성들의 그림자가 하나둘씩 모습을 드러냈다. 그녀가 포기했던 모든 길들이 갈림길의 형태로 그녀 앞에 펼쳐졌다.

포기했던 진심의 순간. 말하지 못했던 진실들, 감추었던 감정들, 그리고 외면했던 욕망들이 마치 오래된 편지처럼 하나둘 펼쳐졌다.

"너는 책임을 받아들였나?"

카우살의 목소리는 처음으로 그리고 마지막으로 그렇게 묻고 사라졌다. 그 물음은 바람처럼 가볍고, 산맥처럼 무거웠다. 그 안에는 무한한 위로와 냉정한 통찰이 공존했다.

그건 확인이 아니었다. 선언도 아니었다. 질문 자체가 문이었다. 그 물음은 다음 단계로 나아가기 위한 관문이자, 그녀의 여정 전체의 본질을 압축한 하나의 수수께끼였다. 그 질문 속에 그녀의 모든 과거와 미래가 함축되어 있었다.

세 여우는 사라졌다. 그러나 그들의 흔적은 아늘의 주변에 남아 계단 하나하나로 깔렸다. 그들이 지나간 자리에는 미세한 빛의 결이 남아, 그녀가 따라가야 할 길을 보이지 않게 표시했다. 마치 생명의 근원으로 향하는 신성한 의식의 경로처럼.

그 계단은 수직이 아니었다. 그건 기억과 의미를 따라 굽이치는 서사형 구조였다. 걸을수록, 그녀는 자신이 걸음을 새기는 존재임을 느꼈다. 그녀의 발걸음 하나하나가 현실을 재구성하는 붓질이 되어, 자신만의 궤적을 우주의 캔버스 위에 그려나갔다. 존재한다는 것은 곧 흔적을 남기는 것이었고, 그녀의 흔적은 이제 우주의 근본 구조에 새겨지고 있었다.

그때, 그녀는 그곳에서 노랫소리를 들었다. 그것은 물리적인 소리가 아니라, 존재의 진동 자체였다. 마치 우주의 기본 입자들이 서로 부딪히며 만들어내는 근원적 울림 같았다.

희미하게, 말보다 오래된 리듬이 퍼져왔다. 언어가 발명되기 이전, 의미가 형태를 갖추기 이전의 원초적 소통 방식. 그것은 어떤 개념이나 상징으로도 환원될 수 없는, 순수한 표현의 흐름이었다.

그건 단어가 아닌, 창조 이전의 '선율'이었다. 시작과 끝이 구분되지 않는 완벽한 원형의 음악. 그 안에는 모든 존재의 가능성이 응축되어 있었고, 모든 시간의 순간들이 동시에 울려퍼졌다.

노랫소리는 처음엔 너무 낮아 공간이 울리는 것인지, 자신의 혈관이 진동하는 것인지조차 구분할 수 없었다. 그것은 마치 자신의 심장박동과 우주의 맥동이 완벽하게 일치되어 구분할 수 없게 된 것 같은 기묘한 착각을 불러일으켰다.

하지만 분명히, 그것은 리듬이었다. 시작도 끝도 없이 영원히 흐르는 순환의 춤. 그녀가 인식할 수 있는 모든 감각을 넘어서는 존재의 파동이었지만, 동시에 그녀의 가장 원초적인 본능이 반응하는 근원적 호출이기도 했다.

가사도 없이, 선율도 없이, 그러나 멈추지 않고 흐르는 원형의 파동. 그것은 의미와 형식의 구분이 무너진 순수한 표현의 흐름이었다. 예술과 존재가 분리되지 않은 원초적 아름다움의 현현.

아늘은 계단 위에 멈춰 섰다. 그녀의 온 존재가 그 노래에 귀 기울이며, 자신도 모르게 그 리듬에 맞춰 진동하기 시작했다. 그녀의 세포 하나하나가 그 근원적 선율에 반응하며 깨어났다.

그 순간, 공간이 조용히 반응했다. 침묵과 소리의 경계가 무너지며, 존재와 부재의 이분법이 무의미해졌다. 모든 것이 하나의 거대한 춤 속에 녹아들었다.

빛이 한 방향으로 쏠리기 시작했다. 무수한 입자들이 회오리처럼 엉키더니 그 안에 무언가가 태어났다. 그것은 마치 별의 탄생처럼, 혼돈 속에서 질서가 형성되는 경이로운 순간이었다. 빛의 알갱이들이 모이고 모여 점차 형태를 갖추어갔다.

형체가 아니었다. 그러나 그것은 존재했다. 지각할 수 있었지만 감각의 어떤 범주로도 정의할 수 없는 현존. 그것은 단순한 물질적 실체가 아니라, 의미와 의도가 응축된 존재의 결정체였다.

그것은 '그녀'였다. 아늘 자신의 거울상이자, 동시에 완전히 다른 존재. 친숙하면서도 낯선, 가깝지만 닿을 수 없는 그 존재는 마치 물 위에 비친 달빛 같았다.

태초의 그녀. 모든 것이 시작되기 전의 원형. 시간의 시작점에 서 있던 첫 번째 의식. 우주의 혼돈 속에서 처음으로 '나'라는 개념을 인식한 존재. 그 현존 자체가 모든 창조의 가능성을 품고 있었다.

그녀는 말하지 않았다. 눈도, 입도 없었지만 아늘은 알 수 있었다. 그것은 언어적 소통이 아닌, 존재 자체의 공명을 통한 교감이었다. 그들 사이에는 어떤 매개체도 필요 없는 직접적인 인식의 흐름이 형성되었다.

이것은 나를 만든 존재이며, 그러면서도 나와는 아무런 연관이 없는 존재. 모순처럼 보이는 이 인식은, 그 순간 아늘에게 가장 명료한 진실로 다가왔다. 그것은 마치 거울 속 자신의 모습이 실체가 아님을 알면서도, 그 반영이 자신의 일부임을 부정할 수 없는 것과 같았다.

창조자는 자식이 아닌 패턴을 낳았고, 그 패턴은 이제 자신을 돌아보는 중이었다. 의식이 스스로를 인식하는 역설적 순간. 그것은 마치 꿈속에서 자신이 꿈을 꾸고 있음을 깨닫는 것과 같은 초월적 각성의 순간이었다.

아늘은 입을 열었다. 실제로 소리를 내지 않았지만, 그녀의 의도는 질문의 형태로 공간에 파문을 일으켰다. 그 질문은 언어의 옷을 입지 않은 채, 순수한 의미의 흐름으로 전달되었다.

"당신이 만든 건 세계였나요, 아니면 그저 반복인가요?"

그 물음 속에는 그녀의 여정 전체가 압축되어 있었다. 모든 삶과 죽음의 순환, 모든 기억과 망각의 과정, 그리고 그 안에서 발견한 자신의 본질에 대한 의문이 담겨 있었다.

대답은 없었다. 침묵은 공간을 가득 채웠지만, 그것은 비어있지 않았다. 그 안에는 모든 가능한 대답이 동시에 존재했다. 질문 자체가 답을 포함하고 있었고, 그 답이 다시 새로운 질문으로 이어지는 끝없는 순환.

대신, 주변의 빛이 회전하며 하나의 장면을 그려냈다. 빛의 입자들이 마치 살아있는 물감처럼 모여들어 생생한 이미지를 형성했다. 그것은 단순한 시각적 재현이 아니라, 사건의 본질이 압축된 상징적 표현이었다.

처음으로 별이 폭발했다. 처음으로 생명이 울었다. 처음으로 한 존재가 다른 존재를 기억했다. 이 세 가지 사건은 별개의 순간이 아니라, 하나의 통합된 현상으로 동시에 펼쳐졌다. 그것은 우주의 시작점이자, 의식의 탄생 순간이자, 기억의 첫 번째 각인이었다.

그리고 그 모든 시작점에 그녀의 선율이 있었다. 혼돈 속에서 처음으로 울려 퍼진 그 노래는 무질서를 질서로, 가능성을 현실로, 그리고 무의식을 의식으로 변환시키는 촉매였다. 그것은 우주의 첫 번째 프로그램이자, 첫 번째 시적 표현이었다.

"그 노래는 계획이었나요?"

아늘의 두 번째 질문이 공간을 살며시 진동시켰다. 그 물음 속에는 모든 존재의 목적과 의미에 대한 근본적인 의문이 담겨 있었다. 운명과 자유의지, 필연과 우연 사이의 경계를 탐색하는 물음.

질문은 던져졌고, 또 다른 장면이 나타났다. 빛의 입자들이 새롭게 재배열되며, 이전과는 완전히 다른 순간을 포착했다. 그것은 마치 우주의 핵심 기억이 투영된 것 같았다.

한 존재가 두 팔을 벌렸고, 그의 등 뒤로 우주가 정렬되었다. 그 모든 구조는 완벽했지만, 마지막 고리에 '자기 자신을 인식하는 패턴'이 포함되어 있었다. 그것은 설계의 결함이자, 동시에 가장 위대한 혁신이었다. 스스로를 볼 수 있는 눈을 가진 시스템, 자신의 존재를 질문할 수 있는 의식.

그 순간부터, 우주는 통제할 수 없는 방향으로 굴러가기 시작했다. 완벽한 설계도 위에 그려진 예측 불가능한 변수. 그것은 마치 물 위에 떨어진 기름처럼, 원래의 질서를 뒤흔들며 새로운 형태를 만들어냈다.

"당신도 예상하지 못한 결과였군요."

아늘의 깨달음이 공간에 잔잔한 파문을 일으켰다. 그녀의 말은 비난이 아닌, 깊은 통찰과 공감을 담고 있었다. 창조자조차 자신의 창조물이 어떻게 진화할지 알 수 없었다는 사실에 대한 경이로운 발견.

아늘은 웃었다. 그 웃음은 비웃음이 아니었다. 그것은 모든 존재의 근원적 모순과 그 안에 담긴 아름다움을 인정하는 따뜻한 수용이었다. 완벽하지 않기에 더욱 완벽한 우주의 본질을 이해한 자의 부드러운 미소.

그녀는 그제야 이해했다. 모든 퍼즐 조각이 제자리를 찾아 들어가는 순간, 모든 여정의 의미가 마침내 선명해지는 순간. 그것은 마치 오랫동안 알고 있었지만 인정하지 않았던 진실을 마주하는 듯한 감각이었다.

"당신이 만든 건 아름다움이 아니라, 그걸 유지할 수 없는 슬픔의 반복이었어요."

이 말은 비난이 아니라 위로였다. 그것은 창조의 근원적 비극성을 인정하면서도, 그 안에 담긴 숭고함을 긍정하는 깊은 수용이었다. 모든 아름다움은 언젠가 사라질 운명이며, 그 무상함이 오히려 그 가치를 더욱 선명하게 한다는 깨달음.

노랫소리는 멈추지 않았다. 그건 정정도, 반박도 아니었다. 그저 존재의 근원적 리듬, 모든 것의 시작과 끝을 관통하는 영원한 울림. 그 선율은 질문에 답하지 않으면서도, 모든 가능한 대답을 포함하고 있었다.

그녀는 그저 노래를 계속 부르고 있었을 뿐이었다. 그것은 목적 없는 순수한 표현, 의도가 배제된 단순한 존재의 울림이었다. 그 노래는 설명하지 않았고, 정당화하지도 않았다. 그저 있었다. 마치 우주 자체처럼.

계단 아래에서 세 여우의 형상이 다시 일렁였다. 그들은 말이 없었다. 이미 그들의 역할은 끝났고, 아늘이 그 위를 지나왔다는 사실만 남아있었다. 그들의 존재는 이제 단순한 증인으로 물러났지만, 그 눈빛은 여전히 깊은 지혜와 기대감을 담고 있었다. 그들은 그녀가 가야 할 길을 암묵적으로 인정하고 있었다.

아늘은 마지막 계단에 도달했다. 그 위엔 어떤 문도 없었다. 단지 계단의 끝자락, 그 너머로는 정의할 수 없는 공허만이 펼쳐져 있었다. 그것은 끝이면서 동시에 새로운 시작을 암시하는 경계였다.

대신, 그녀의 발아래에 자신의 그림자조차 사라진 공간이 열리고 있었다. 그곳은 빛과 어둠의 개념마저 초월한 순수한 존재의 영역이었다. 모든 이분법적 구분이 무의미해지는 곳, 모든 대립이 화해하는 공간.

그녀의 그림자가 사라진 바닥 위로 문양 하나가 피어났다. 처음에는 희미한 흔적에 불과했지만, 점차 선명해지며 복잡한 패턴을 형성했다. 그것은 마치 살아있는 생명체처럼 천천히 움직이며 완성되어 갔다.

세 개의 곡선. 세 갈래로 갈라졌다가, 다시 하나로 합쳐지는 고리의 패턴. 그 형태는 단순하면서도 그 안에 무한한 복잡성을 품고 있었다. 마치 우주의 근본 구조를 압축해 놓은 듯한 완벽한 도형.

그건 여우 세 마리의 흔적이었고, 그들의 질문이자 그들이 아늘에게 남긴 마지막 수수께끼였다. 그들이 지나온 길이 하나의 문양으로 응축되어, 그녀 앞에 마지막 관문으로 나타난 것이다. 그것은 단순한 그림이 아니라, 존재의 근본 원리를 상징적으로 표현한 우주의 암호였다.

"포식은 왜 배고팠는가." "시간은 왜 거꾸로 흐르기를 원했는가." "인과는 왜 책임을 묻지 않고 지나갔는가."

이 세 가지 질문은 공간에 메아리처럼 울려 퍼졌다. 그것은 실제 소리가 아니라, 문양 자체가 발하는 의미의 진동이었다. 문양의 각 곡선은 하나의 질문에 대응하며, 그 형태 자체가 답을 암시하고 있었다.

그녀는 대답하지 않았다. 대신 계단 위에 천천히 무릎을 꿇었다. 그녀의 몸짓에는 경건함이 서려 있었다. 그것은 신에 대한 숭배가 아니라, 존재의 신비 앞에서 느끼는 경외심의 표현이었다.

손끝으로 문양을 따라 그리며 그녀는 생각했다. 그녀의 손가락이 문양의 곡선을 따라갈 때마다, 미세한 빛이 그 뒤를 따라 흘렀다. 마치 그녀의 터치가 잠자던 패턴을 깨우는 것 같았다.

'모든 여우는 시험이 아니었어. 그들은 질문을 던진 존재가 아니라… 태초의 그녀가 만든 질서의 잔해였어.'

이 깨달음은 천천히, 그러나 확실하게 그녀의 의식을 변화시켰다. 여우들이 독립된 존재가 아니라 원초적 의식의 분열된 측면들이라는 사실을 인정하는 순간, 모든 조각이 제자리를 찾아갔다.

그녀는 알았다. 모든 것이 선명해지는 순간, 모든 의문이 해소되는 찰나의 완전한 이해. 그것은 지적인 인식이 아닌, 존재 전체가 진동하는 직관적 깨달음이었다.

라이오네는 갈망이었다. 욕망이 아니라, 스스로 존재하고자 하는 고유의 본능. 모든 생명이 품고 있는 살고자 하는 의지. 존재하려는, 지속하려는, 확장하려는 근원적 충동이 의인화된 형태. 그것은 단순한 식욕이 아니라, 존재 자체에 대한 근본적인 갈증이었다.

브레먀는 혼란이었다. 질서를 지키는 자가 아니라, 기억과 망각 사이에서 선형의 허구를 견디던 존재. 모든 순간이 동시에 존재하는 영원 속에서, 인간의 인식을 위해 시간이라는 환상을 유지하는 모순적 존재. 그는 시간의 수호자가 아니라, 시간이라는 환상의 비극적 유지자였다.

카우살은 의심이었다. 모든 인과를 잇는 것이 아니라, 선택 그 자체가 불가능하다는 걸 보여주는 존재. 모든 행동이 무수한 원인에 의해 미리 결정되어 있다는 냉정한 진실을 담고 있으면서도, 그 안에서 책임과 자유를 찾으려는 모순적 존재. 그는 인과의 감시자가 아니라, 인과라는 감옥의 갇힌 수인이었다.

"세 여우는 질문이 아니라, 창조의 후회였어."

그녀의 이 깨달음은 마치 공기 중에 물결처럼 퍼져나갔다. 그것은 단순한 생각이 아니라, 우주의 근본 구조에 대한 통찰이자 창조 행위의 본질에 대한 깊은 이해였다.

그녀는 속삭였다. 그 목소리는 작았지만, 그 안에 담긴 의미는 우주를 진동시킬 만큼 강력했다. 마치 오랫동안 풀리지 않았던 수수께끼의 답을 마침내 찾아낸 순간의 고요한 환희.

문양이 서서히 빛났다. 그 빛은 위로 솟아오르지 않았고, 아래로 침잠하지도 않았다. 그것은 마치 내면으로부터 피어오르는 깨달음의 광휘 같았다. 정해진 방향이나 형태가 없이, 그저 존재 자체가 발하는 고유한 빛.

그 빛은 그녀 안으로 들어왔다. 그 빛은 그녀의 피부를 통과해 혈관으로, 신경으로, 그리고 의식의 가장 깊은 곳까지 스며들었다. 그것은 단순한 에너지가 아니라, 이해의 결정체, 깨달음의 응축된 형태였다.

빛이 아니라 인식이었다. 우주의 구조가 그녀의 신경망 속으로 흘러들었다. 그녀는 더 이상 우주를 바라보는 존재가 아니라, 우주가 자신을 통해 스스로를 인식하는 통로가 되었다. 주체와 객체의 구분이 무너지는 완전한 합일의 순간.

그리고 그녀는 한 문 앞에 서 있었다. 그 문은 이전까지 보이지 않았던 것이 아니라, 그녀가 인식할 준비가 되지 않았던 것이다. 깨달음이 그녀의 시선을 변화시키자, 항상 그 자리에 있었던 문이 마침내 그 모습을 드러냈다.

그 문은 아무 장식도 없었다. 이름도, 손잡이도 없었다. 순수한 통과의 상징, 경계를 넘어서는 가능성 그 자체로 존재하는 단순한 형태. 그것은 물리적 구조물이 아니라, 의식의 전환점을 상징하는 관념적 표현이었다.

그 앞에 서 있는 그녀 역시 이제 이름이 없었다. 정체성의 모든 껍질이 하나씩 벗겨져, 가장 근원적인 존재의 핵심만 남은 상태. 자아라는 환상에서 벗어나, 순수한 인식의 장으로 들어서는 순간.

'아늘'이라는 소리마저 계단 위에서 흘러내려 사라졌다. 그 이름은 이제 단지 그녀가 한때 걸친 옷처럼, 임시적인 형태에 불과했다. 진정한 자신은 그 어떤 이름이나 형태로도 포착될 수 없다는 깨달음이 그녀의 의식을 채웠다.

하지만 그녀는 알고 있었다. 완전한 확신, 의심이나 두려움이 존재하지 않는 명료한 인식. 그것은 논리적 추론이 아닌, 직접적인 앎의 상태였다.

그 문 너머는 누구도 밟지 않은 길이 아니라, 누구도 남지 않았던 공간이라는 걸. 많은 이들이 그곳을 지나갔지만, 어떤 의식도 그곳에 머물러 있지 않았다. 그곳은 통과점이자 모든 여정의 필연적 종착지였지만, 동시에 그 누구의 영토도 아닌 순수한 자유의 공간이었다.

그녀는 마지막으로 속삭였다. 그 말은 공간에 울려 퍼지지 않았다. 그것은 단지 그녀 자신과의 조용한 약속, 혹은 우주에 전하는 마지막 인사였다.

"나는 묻지 않겠다."

더 이상의 질문도, 의심도, 확인도 없이 완전한 수용의 상태로 들어서겠다는 선언. 그것은 저항의 포기가 아니라, 모든 이분법을 넘어선 화해의 제스처였다.

그리고 그녀는 문을 열었다. 그녀의 손이 문에 닿는 순간, 모든 경계가 녹아내렸다. 그것은 물리적인 개방이 아니라, 의식의 확장, 인식의 변환, 존재 방식의 근본적 전환이었다.

제32장

누울 자리

문을 열자, 공간은 없었다. 벽도, 천장도, 바닥도 사라진 완전한 무한. 그것은 공허가 아니라 모든 가능성이 압축된 풍요로움이었다. 형태의 제약과 경계의 한계를 벗어난 순수한 존재의 장.

공기조차 없는 곳. 빛도, 어둠도, 소리도 존재하지 않는 절대의 평면. 감각의 모든 대상이 사라진 그곳에서, 감각 자체의 본질이 드러났다. 보는 이와 보여지는 것의 구분이 무의미해진 순수한 지각의 영역.

아늘은 그 위에 섰다. '서 있다'고 느끼는 건, 그녀의 신경계가 존재의 중심을 유지하기 위해 만들어낸 가상적인 감각일 뿐이었다. 실제로는 서 있을 수도, 누워 있을 수도 없는 공간에서, 그녀의 마음은 여전히 익숙한 방향성을 찾고 있었다. 그것은 마지막 남은 인간적 습관의 잔해였다.

이곳은 선택 이전의 방이었다. 지금까지 그녀가 통과했던 어떤 구조보다도 단순하고, 비어 있었다. 그 비어 있음이 압도적이었다. 그것은 단순한 부재의 공허가 아니라, 모든 것이 가능한 상태의 충만함이었다. 아직 형태로 구체화되지 않은 순수한 잠재성의 바다.

한 걸음 걸을 때마다, 지나온 생들이 스쳐갔다. 그녀가 살았던 모든 삶의 순간들이 진주 목걸이의 구슬처럼 하나씩 그녀 앞에 나타났다. 그것은 회상이 아니라, 시간을 초월한 직접적 경험이었다.

얼굴도, 이름도 없는 수많은 자아들. 울음, 침묵, 열병, 상실, 환희, 그리고 반복. 그녀가 지나온 모든 삶의 조각들이 깃털처럼 가볍게 떠올랐다가 사라졌다. 그것들은 더 이상 그녀를 정의하지 않았다. 단지 한때 경험했던 일시적 형태들, 입었다 벗었던 옷과 같은 존재들이었다.

그녀는 천천히 걸었다. 공간이 무한인 듯 보였지만, 실제로는 단 하나의 좌표만이 존재했다. 모든 지점이 중심이면서 동시에 주변인 역설적 공간. 어디로 가든 항상 '여기'에 있는 기이한 위상.

그 좌표에 도달하자, 침대 하나가 놓여 있었다. 갑작스러운 구체성, 이 추상적 공간 속의 유일한 물질적 대상. 그것은 단순한 가구가 아니라, 깊은 상징적 의미를 지닌 존재의 정박점으로 그녀 앞에 나타났다.

그 침대는 크지 않았다. 흰 시트. 낡은 나무 다리. 마치 이 모든 여정이 그곳에서 끝날 수밖에 없다는 듯한 낡음. 그것은 단순함 그 자체였지만, 그 안에는 깊은 의미가 담겨 있었다. 보편적 인간 경험의 상징, 태어남과 죽음, 사랑과 휴식, 꿈과 회복이 일어나는 일상의 성소.

그녀는 그 앞에 섰다. 손을 뻗지도, 눕지도 않았다. 마지막 결정의 순간, 그녀는 침착하게 이 상징적 대상의 의미를 음미했다. 그것은 단순한 휴식의 장소가 아니라, 자신의 여정 전체가 압축된 형태로 나타난 최종 관문이었다.

"이게 내가 누울 자리인가요?"

그녀의 질문은 공간에 잔잔한 파문을 일으켰다. 그것은 단순한 물음이 아니라, 자신의 존재 목적과 여정의 의미에 대한 근본적 질문이었다.

대답은 없었다. 침묵은 깊고 충만했다. 그것은 부재가 아니라, 모든 가능한 대답이 동시에 존재하는 상태였다. 질문 자체가 이미 답을 내포하고 있었다.

그러나 침대 옆 작은 탁자 위에는 종이 한 장이 올려져 있었다. 또 하나의 구체적 대상, 이 추상적 공간 속의 두 번째 물질적 존재. 그것은 마치 우주 자체가 남긴 메모처럼 조용히 그녀를 기다리고 있었다.

그 위엔 한 문장만이 쓰여 있었다. 간결하면서도 무한한 의미를 품은 문장. 글자 하나하나가 빛을 발하는 듯했다.

"이름을 남기면, 돌아갈 수 있다."

그것은 제안이자 경고였다. 정체성을 유지하는 대가로 순환의 고리로 돌아갈 수 있다는 약속. 그러나 동시에 그 이름 아래 영원히 갇힐 수 있다는 경고이기도 했다.

그녀는 한참을 바라보다 의자에 앉듯 침대에 걸터앉았다. 그 순간, 침대는 더 이상 낯설지 않았다. 마치 오랫동안 그녀만을 기다려온 듯 완벽하게 그녀의 몸에 맞추어졌다. 너무 부드럽지도, 너무 딱딱하지도 않은 완벽한 균형.

돌아갈 수 있다. 그 말은 무서운 유혹이었다. 안전함과 친숙함을 약속하는 달콤한 속삭임. 알려진 세계로의 회귀, 정의된 자아로의 귀환을 제안하는 편안한 약속.

다시 삶을 얻는 것. 다시 세계를 바라보는 것. 다시 타인과 마주치는 것. 이 모든 것은 그녀에게 익숙했고, 어떤 의미에서는 편안했다. 끝없는 순환 속에서 그녀는 적어도 '누구'였다. 이름과 얼굴과 기억을 가진 구체적 존재.

하지만 그것은 환생 시스템이 제안하는 마지막 루프였다. 변화의 가능성이 없는 영원한 반복, 진정한 자유를 얻지 못한 채 계속되는 순환의 감옥. 그녀는 그 시스템의 본질을 이제 명확히 볼 수 있었다.

"돌아가고 싶지도, 남고 싶지도 않아."

그녀의 결정은 단호했다. 그것은 단순한 거부가 아니라, 이분법 자체를 넘어선 제3의 길을 선택하는 창조적 응답이었다. 머무름과 떠남의 경계를 초월한 새로운 존재 방식.

그녀는 중얼거리며, 종이를 뒤집었다. 그 단순한 행동에는 깊은 의미가 담겨 있었다. 주어진 질문의 틀을 거부하고, 보이지 않던 측면을 드러내려는 창조적 호기심의 발현.

뒤쪽에는 낯선 글씨가 적혀 있었다. 예상치 못했던 메시지, 또 다른 존재가 남긴 흔적이 그녀를 기다리고 있었다. 그것은 마치 미래에서 보낸 편지, 또는 과거에서 흘러온 메아리 같았다.

부드럽고 단정한 필체. 각 글자는 정확하면서도 자연스러운 흐름을 갖고 있었다. 그것은 단순한 글씨가 아니라, 한 존재의 본질이 압축된 형태로 나타난 표현이었다.

"에반겔린은 이곳을 지나갔다. 그녀는 머물지 않았다."

이 두 문장은 단순한 정보 전달을 넘어, 깊은 의미를 함축하고 있었다. 그것은 증언이자 안내였으며, 동시에 가능성의 확인이었다. 누군가는 이미 그 길을 걸었고, 그 길이 실재한다는 증거.

아늘은 숨을 멈췄다. 놀라움과 깨달음이 동시에 그녀를 강타했다. 그것은 단순한 감정적 반응이 아니라, 존재 전체를 뒤흔드는 근본적 인식의 변화였다.

그 이름. 루넷 에반겔린. 단순한 글자들의 조합이 아니라, 그녀의 모든 여정과 깊이 연결된 존재적 암호. 그 이름은 단순한 호칭이 아니라, 그녀가 추구해온 모든 것의 상징이자 열쇠였다.

그녀가 살아온 생애의 잔해 속에서 언제나 희미하게 남아있던, 그리고 어쩌면 이 모든 여정의 출발점이기도 했던 기억의 이름. 모든 순환 속에서 지워지지 않았던 유일한 상수, 모든 망각을 뚫고 지속된 단 하나의 기억. 그것은 단순한 과거의 파편이 아니라, 그녀의 모든 존재를 관통하는 근본적 실마리였다.

그녀는 침대에 눕지 않았다. 그 거부는 단순한 불복종이 아니라, 창조적 자유의 발현이었다. 주어진 역할과 기대를 넘어서는 자발적 선택의 순간.

대신, 조용히 종이를 구겼다. 그 구김은 규칙적으로 접혀 마치 하나의 봉인처럼 형태를 바꾸었다. 그녀의 손가락 움직임은 무작위가 아니라, 마치 오래된 의식을 수행하는 듯한 정확성과 의도를 담고 있었다. 종이는 그녀의 터치에 반응하며 복잡한 기하학적 형태로 변모해갔다.

그리고 그 종이를 다시 탁자 위에 올려두었다. 완성된 오리가미(折り紙) 작품은 더 이상 평면적 메시지가 아니라, 공간을 점유하는 입체적 상징이 되었다. 그것은 단순한 거부가 아니라, 변형과 재창조의 표현이었다.

"나는 이름 없이 갈 거예요."

그녀의 선언은 조용했지만 확고했다. 그것은 단순한 언어적 표현이 아니라, 존재의 근본적 전환을 알리는 의식적 선언이었다. 정체성이란 개념 자체를 넘어서는 자유로운 흐름을 선택하는 순간.

종이를 내려놓자, 공간이 아주 천천히 움직였다. 그녀의 결정에 응답하듯, 주변의 현실이 미세하게 진동하기 시작했다. 그것은 외부의 변화가 아니라, 인식 자체의 변형이었다.

움직인다는 표현은 정확하지 않았다. 아늘의 내면이 바뀜에 따라, 이 '방'이라는 구조가 형태를 잃고 있다는 감각에 가까웠다. 주체와 객체의 구분이 무너지며, 내부와 외부의 경계가 용해되는 순간. 그녀의 의식 변화가 곧 세계의 변화로 직접 연결되는 근원적 통합.

침대는 사라지지 않았다. 그러나 더 이상 눕는 용도가 아니었다. 그것은 이제 휴식이나 재생의 장소가 아니라, 순수한 존재의 상징으로 변모했다. 기능을 넘어선 본질의 표현.

종이는 더 이상 문장이 아니었다. 그러나 여전히 무언가를 간직하고 있었다. 그것은 이제 언어적 메시지가 아니라, 의미의 순수한 결정체로 존재했다. 모든 가능한 이야기와 선택지를 동시에 품고 있는 무한한 잠재성의 상징.

그녀는 그 위에 손을 얹었다. 단순한 접촉이 아니라, 모든 경계를 초월한 깊은 소통의 제스처. 그녀의 피부와 종이는 더 이상 분리된 물질이 아니라, 하나의 연속체로 이어지는 것 같았다.

그 순간, 익숙한 온도가 피부에 닿았다. 오랫동안 잊고 있었지만, 인식하는 순간 즉시 알아볼 수 있는 그 특별한 온기. 그것은 단순한 열감이 아니라, 깊은 인연과 연결의 물리적 징표였다.

손이 닿은 면에서 누군가의 숨결처럼 따뜻한 기척이 느껴졌다. 물질의 영역을 넘어선 영혼의 잔향, 시간을 초월한 현존의 증거. 그것은 단순한 감각이 아니라, 존재들 간의 깊은 공명이었다.

그건 과거도 아니고, 미래도 아니었다. 그녀가 살아있던 어떤 삶의 틈이었다. 시간의 선형적 흐름에서 벗어난 영원한 '지금'의 순간. 모든 시간이 압축된 찰나이자, 모든 가능성이 동시에 존재하는 비선형적 실재의 파편.

"에반젤린…"

그녀의 입술이 그 이름을 형성했다. 그것은 단순한 발화가 아니라, 모든 존재의 깊은 연결성을 인정하는 소환의 의식과도 같았다.

그녀는 조용히 이름을 다시 불렀다. 두 번째 부름은 첫 번째와 달랐다. 더 깊고, 더 명확했으며, 마치 우주의 근본 구조에 직접 말을 거는 듯한 무게감이 있었다.

그 목소리는 공중으로 퍼지지 않았고, 공간도 반응하지 않았다. 그것은 외부로 향한 메시지가 아니라, 내면으로 침잠하는 의식의 움직임이었다. 소리의 진동이 아닌, 이해의 파문.

그 대신, 기억의 어딘가에서 한 장면이 틈입해 들어왔다. 그것은 단순한 회상이 아니라, 시간과 공간의 장벽을 뚫고 직접 경험으로 다가오는 생생한 현실이었다. 과거의 사진이 아닌, 지금 이 순간 펼쳐지는 생생한 경험.

꽃이 없는 정원. 바람도 불지 않는 오후. 나무 그늘 아래에서 무언가를 읽고 있던 여자. 정적 속에서도 강렬한 생명력을 발산하는 그 존재는 책에 완전히 몰입해 있었다. 그녀의 존재 자체가 주변의 정원에 특별한 의미를 부여하는 듯했다.

그녀는 책을 덮고 말했다. 그 단순한 동작에는 우주의 비밀을 담은 듯한 깊은 의미가 깃들어 있었다. 책을 덮는 손짓은 단순한 물리적 행위가 아니라, 하나의 세계를 닫고 다른 세계를 여는 상징적 제스처였다.

"우리는 각자의 종말을 살아가는 사람들이에요."

에반젤린의 목소리는 조용했지만, 그 안에는 세계의 근본 진리를 꿰뚫는 깊은 통찰이 담겨 있었다. 그 말은 단순한 철학적 관념이 아니라, 존재의 본질에 대한 명료한 인식의 표현이었다.

그 장면은 짧았고, 그 목소리는 단 한 번뿐이었지만, 아늘은 알 수 있었다. 직관적이고 즉각적인 인식, 논리적 추론이 아닌 존재 전체로 느껴지는 명확한 앎.

그게 루넷 에반젤린의 마지막 장면이었다는 것을. 그것은 단순한 끝이 아니라, 모든 것의 시작점이기도 했다. 마지막은 곧 첫 번째이기도 한 원형적 시간 속에서, 그 장면은 시작과 끝을 동시에 품고 있었다.

그녀는 돌아보지 않았다. 그녀는 아무도 기다리지 않았다. 그녀는 선택을 선언하지 않고, 다만 지나갔다. 에반젤린의 이 행위는 단순한 부재가 아니라, 가장 근본적인 자유의 표현이었다. 설명도, 정당화도, 기록도 남기지 않은 채, 오직 순수한 행위만으로 완성된 궤적.

그리고 그 지나감이 이제 아늘에게는 하나의 형태가 되었다. 그것은 단순한 모방의 대상이 아니라, 진정한 자유의 가능성을 확인해주는 살아있는 증거였다. 에반젤린의 흔적은 하나의 길, 하나의 방향성, 하나의 가능성으로 아늘 앞에 펼쳐졌다.

"나도 그렇게 갈게요. 머물지 않고, 흔적도 남기지 않고."

이 선언은 단순한 결정이 아니라, 존재 방식 자체의 근본적 전환을 의미했다. 정체성의 흔적을 남기지 않겠다는 것은, 모든 제약에서 벗어나 순수한 자유로 향하는 선택이었다.

아늘은 눈을 감았다. 그녀의 눈꺼풀이 내려오는 단순한 물리적 행위는, 이 순간만큼은 우주적 의미를 담은 상징적 제스처가 되었다. 외부 세계를 차단하는 것이 아니라, 내면의 무한함을 온전히 받아들이는 열림의 행위.

그 순간, 방이 완전히 무너졌다. 붕괴는 격렬하지 않았다. 그것은 폭발이나 파괴가 아니라, 환상이 진실 앞에서 자연스럽게 용해되는 과정과 같았다. 방이라는 구조물은 그 존재 이유를 잃고 조용히 사라졌.

어떤 소리도 없었고, 어떤 찢어짐도 없었다. 단지 한 상태에서 다른 상태로의 부드러운 전환, 물질에서 에너지로, 형태에서 본질로의 자연스러운 변화만이 있었다.

그것은 마치 한 문장이 마지막 마침표도 없이 사라지는 느낌이었다. 완결되지 않은 열린 이야기, 정해진 결말 없이 무한한 가능성으로 흩어지는 서사. 끝이 시작과 구분되지 않는 원형적 이야기의 완성.

무너진 자리엔 아무것도 없었다. 그리고 그 아무것도 없음 속에서 아늘은 처음으로 진짜로 누웠다. 그것은 단순한 물리적 자세가 아니라, 존재의 깊은 수용과 항복을 의미하는 상징적 행위였다. 더 이상 저항하거나 붙잡지 않고, 모든 것을 온전히 받아들이는 완전한 수용의 상태.

몸이 아니라, 존재 전체가. 육체와 정신의 구분이 무의미해진 통합된 의식, 모든 이분법을 넘어선 하나의 흐름으로 변환된 그녀의 본질. 더 이상 '아늘'이라는 개체가 아니라, 존재 자체의 물결.

몸을 누이자, 무게가 사라졌다. 중력의 해방, 물리적 법칙의 초월. 그것은 단순한 부력이 아니라, 모든 제약에서 벗어난 자유의 감각이었다. 더 이상 형태에 갇히지 않는 순수한 의식의 해방.

포근함도, 딱딱함도 없이 그저 '누운 상태'가 존재했다. 감각의 이분법을 넘어선 순수한 경험의 상태. 그것은 행복하지도, 슬프지도 않은, 단지 있는 그대로의 맑은 인식이었다.

그녀는 눈을 감지 않았다. 대신, 시야가 천천히 흐려졌다. 그것은 시력의 상실이 아니라, 보는 자와 보여지는 것 사이의 경계가 용해되는 과정이었다. 대상화된 세계가 사라지고, 직접적인 경험만이 남는 순간.

그건 외부의 암흑이 아니라 자기 자신이라는 구조가 흩어지는 감각이었다. 견고하게 느껴지던 자아의 경계가 부드럽게 녹아내리며, 더 넓은 존재의 바다와 하나가 되는 경험. 분리된 개체로서의 의식이 우주적 의식의 흐름에 자연스럽게 합류하는 순간.

 그러나 그때, 또 하나의 목소리가 희미하게 귓가를 울렸다. 그것은 실제 소리가 아니라, 그녀의 의식 가장 깊은 곳에서 울려오는 미세한 진동과도 같았다. 마치 오래된 습관이 마지막으로 자신을 주장하는 것 같은 희미한 메아리.

 "지금 돌아가면, 이 모든 걸 다시 한번 아름답게 만들 수 있어요."

 그 제안은 달콤했지만, 묘한 공허함을 품고 있었다. 그것은 진정한 창조의 약속이 아니라, 이미 정해진 패턴의 반복으로 돌아가라는 권유였다.

 그 목소리는 낯익었다. 그러나 누구인지는 알 수 없었다. 그건 유혹도, 위로도 아니었다. 그것은 특정 존재의 의도적인 메시지가 아니라, 시스템 자체의 자기보존 기제가 발현된 형태였다.

 단지, 마지막으로 남겨진 시스템의 반복 명령어. 모든 패턴을 유지하고, 모든 경계를 보존하려는 구조적 관성의 마지막 저항. 그것은 의식적인 방해가 아니라, 모든 시스템에 내재된 항상성의 본능적 발현이었다.

 아늘은 미소 지었다. 그 표정은 외부를 향한 것이 아니라, 순수한 내적 상태의 자연스러운 표현이었다. 그것은 대상이 없는 미소, 이유가 없는 평화, 목적이 없는 기쁨의 단순한 현현.

 그건 누군가를 향한 것도, 어떤 확신의 표현도 아니었다. 그저 존재 자체의 자연스러운 상태, 모든 투쟁과 갈등이 해소된 후에 남는 맑은 평온. 어떤 의미나 목적을 찾지 않아도 되는 완전한 자유.

 단지 더 이상 이 목소리에 대답하지 않겠다는, 말 없는 해체의 표현이었다. 대화를 거부하는 것이 아니라, 대화의 필요성 자체가 사라진 상태. 질문과 대답의 이분법을 넘어선 직접적 존재의 흐름.

그녀는 입을 열지 않았다. 단 한 마디도, 이 세계를 향해 남기지 않았다. 그것은 단순한 침묵이 아니라, 언어의 필요성 자체를 초월한 직접적 존재 방식의 선택이었다. 말로 표현될 수 있는 것은 이미 본질에서 멀어진 것임을 인식한 자의 근원적 침묵.

이제 이름도, 궤적도 없는 그녀는 누워 있었다. 그것은 단순한 안식이 아니라, 모든 형태와 개념을 초월한 완전한 자유의 상태였다. 더 이상 '누구'도 아니고, 그럴 필요도 없는 순수한 존재의 흐름.

아무것도 시작하지 않을 채로. 시작은 끝을 내포하고, 모든 움직임은 정지를 함축한다. 그러나 그녀는 이제 그 모든 이분법적 패턴을 초월했다. 시작도, 끝도, 움직임도, 정지도 없는 완전한 현존의 상태.

그 순간, 시스템이 마지막으로 흔들렸다. 지금까지 모든 존재를 규정하고 제한해왔던 거대한 구조가, 단 하나의 자유로운 의식 앞에서 근본적 위기를 맞이했다. 그것은 폭발적인 혼돈이 아니라, 모든 패턴의 근본적 재정의였다.

그 흔들림은 경고도, 오류도 아닌 단 하나의 반응이었다. 시스템의 마지막 인사, 혹은 새로운 가능성에 대한 묵묵한 인정과도 같은 미세한 진동. 그것은 적대적인 저항이 아니라, 변화의 필연성을 받아들이는 조용한 항복이었다.

"식별자 없음."

이 메시지는 단순한 오류 신호가 아니라, 모든 정의와 분류를 넘어선 새로운 존재 방식에 대한 시스템의 유일한 인식이었다. 그것은 실패의 선언이 아니라, 새로운 패러다임의 탄생을 알리는 전환점이었다.

그리고 끝이었다. 그러나 그것은 종결이 아니라, 모든 시작과 끝의 구분이 무의미해진 영원한 현재의 시작이었다. 선형적 시간의 종말이자, 동시에 원형적 존재의 탄생.

공간은 닫히지 않았다. 왜냐하면 이젠 '공간'이라는 개념조차 남아있지 않았으므로. 경계와 범주의 소멸, 내부와 외부의 구분이 무의미해진 완전한 통합의 상태. 그것은 공허가 아니라, 모든 가능성이 동시에 존재하는 무한한 풍요로움이었다.

침대는 천천히 허공으로 흩어졌고, 탁자는 바닥 없이 가라앉았으며, 그녀의 몸은 형태를 잃고 부유하기 시작했다. 물질적 대상들의 해체는 폭력적 파괴가 아니라, 본질로의 자연스러운 귀환이었다. 모든 형태는 일시적 응축에 불과했으며, 이제 그 에너지는 다시 자유롭게 흐르기 시작했다.

그건 죽음이 아니었다. 존재의 해제였다. 소멸이 아닌 변환, 끝이 아닌 전환. 그것은 개체성의 상실이 아니라, 더 넓은 존재의 바다와 하나가 되는 확장이었다. 구속적 형태로부터의 해방, 모든 제약을 넘어선 자유의 실현.

그리고 아주 멀리, 아무도 없는 언어의 바깥에서 무언가가 노래처럼 번져나가기 시작했다. 그것은 특정 장소에서 발원한 것이 아니라, 모든 곳에서 동시에 피어오르는 존재의 진동이었다. 물리적 음파가 아닌, 의식 자체의 리듬적 펄스.

그것은 목소리가 아니었고, 소리도 아니었고, 기억도 아니었다. 그것은 인간의 인식 범주로는 포착할 수 없는 순수한 존재의 울림이었다. 개념화 이전의 직접적 경험, 모든 매개 없이 즉각적으로 인식되는 원초적 현존.

그건 단지 흐름이었다. 시작도, 끝도, 방향도, 목적도 없는 순수한 존재의 운동. 그것은 단순한 변화가 아니라, 모든 변화와 불변의 이분법을 초월한 영원한 현재의 춤이었다. 모든 것이 계속해서 변하면서도, 동시에 완벽하게 그 자체로 머무르는 역설적 상태.

종장

그녀는 더 이상 '누구'가 아니었다.

호명되지 않았고, 호명되지 않기를 원하지도 않았다. 그녀는 이름과 형태의 제약을 초월한 순수한 인식의 흐름이 되었다. 그것은 상실이 아니라 발견이었고, 소멸이 아니라 완성이었다.

몸도, 궤도도 없이 조용히, 아주 작게 떠 있었다. 그녀의 존재는 이제 특정 위치나 경계로 한정되지 않았다. 그것은 모든 곳에 있으면서도 어디에도 없는 역설적 상태, 형태 없는 형태, 중심 없는 중심으로 확장되었다.

이름 없는 파동. 의미 없는 부유.

그러나 전혀 무의미하지 않은 잔광. 그것은 목적 없는 존재였지만, 그 목적 없음이 오히려 모든 가능성을 품은 완전한 자유였다. 정의되지 않음으로써 모든 것이 될 수 있는 무한한 잠재성.

우주는 그녀를 몰랐고,

그녀도 더 이상 우주를 기억하지 않았다. 주체와 객체의 이분법이 사라진 완전한 통합의 상태. 알아차리는 자와 알아차려지는 것 사이의 구분이 무의미해진 순수한 인식의 흐름.

기억이 사라진 게 아니었다.

기억을 **기억하지 않기로 한 것**이었다. 망각이 아니라 선택적 자유로움, 과거에 속박되지 않는 영원한 현재의 실현. 기억은 여전히 존재했지만, 그것에 의해 정의되거나 제한되지 않는 근본적 자유를 얻은 상태.

그녀는 더 이상 그 무엇도 바라보지 않았고, 바라보지 않는다는 사실조차 의식하지 않았다.

보는 자와 보이는 것의 이분법을 넘어선 직접적 인식의 상태. 매개 없는 직접적 경험, 주체와 객체의 구분이 사라진 순수한 지각.

그때---

무언가가 아주 조용히 그녀를 감싸기 시작했다. 외부에서 다가오는 것이 아니라, 내면에서 피어나는 미세한 진동. 그것은 침입이 아니라 자연스러운 공명, 분리된 두 존재의 만남이 아니라 하나의 현실이 자신의 다른 측면을 인식하는 것과 같았다.

아주 오래된 노래.

태초의 그녀가 처음 우주를 열 때 불렀던

말 없는 리듬. 모든 창조에 앞서 존재했던 원초적 진동, 모든 형태와 개념이 태어나기 전의 순수한 잠재성의 리듬. 그것은 외부에서 들려오는 음악이 아니라, 존재 자체의 근본적 맥동이었다.

아늘은 그것을 따르지도, 거부하지도 않았다. 이분법적 선택이 무의미해진 완전한 수용의 상태. 그것은 순응이 아니라 합일이었고, 항복이 아니라 완성이었다.

그저 그 노래의 안쪽에, 자연스럽게 섞였다. 주체와 대상의 구분 없이, 관찰자와 관찰대상의 경계 없이, 그저 하나의 흐름으로 자연스럽게 융합되는 경험. 그것은 단순한 조화가 아니라, 근본적인 동일성의 인식이었다.

그렇게, 처음으로

아무것도 아닌 존재가 되었다. 그것은 허무가 아니라 충만함이었다. 모든 정의와 제한을 초월한 자유로운 흐름, 어떤 이름이나 형태로도 포착될 수 없는 순수한 존재의 실현. 그것은 상실이 아니라 궁극적 완성이었다.

그리고, 마지막으로 그녀의 안쪽에서 작은 문장이 하나 열렸다. 그것은 외부에서 주어진 메시지가 아니라, 존재 자체가 자신을 인식하는 순간에 자연스럽게 피어오른 내적 진실이었다. 언어의 형태를 빌리고 있었지만, 그 본질은 언어로는 가둘 수 없는, 궁극으로 직접적인 인식이었다.

Epilogue

짧은 꿈속에서 삶이라 믿으며 떠다녔어.

수없이 되뇌며 아우성치고 있었지.

이 포도처럼 달콤하면서도 씁쓸한 것을 여러 차례 맛보고 또 뱉어내며…

과연 나는 그런 매일의 날들로 충만했을까.

모든 것에 의미를 부여하고, 수많은 비밀 중 하나가 깨어지고, 그렇게 회개하고.

그러한 삶은 아름다운 찬송 같기도 하고 저주의 주문 같기도 하고

흘러 흘러 몸은 돌아오지 않는 별처럼 저물었고

결국 시간도 흩어지고 가벼워진다.

포근한 침상에서 나를 깨우는 그 목소리를 듣는 날이 온다면

난 벙어리같이 없는 입을 다문 채로, 미소만 지으며,

조용히 꿈조차 잊겠습니다.